MANFRED EICHHORN

Ein Haiku für die Leiche

SCHNITZELJAGD Kommissar Lott hat keine Lust mehr, ein Jahr trennt ihn noch von seiner Pensionierung. Doch als in einem Waldstück im Schönbuch ein toter Luchs mit abgetrennten Läufen gefunden wird, müssen Lott und seine neue Kollegin Britta Zorn ermitteln – denn Umwelt- und Artenschutzdelikte gehören zum Aufgabebereich des Dezernats für Sonderfälle. Ein Haiku wurde, offenbar vom Täter, bei dem toten Luchs platziert. Doch aufklären können Lott und Zorn den Fall trotz intensiver Ermittlungen nicht. Wochen später wird ein totes Mädchen in Ulm aufgefunden. In unmittelbarer Nähe prangt ein Zettel, es ist ein Haiku – Schrift und Material mit dem Haiku an der Tierleiche von vor einigen Wochen identisch. Lott und Zorn ermitteln gemeinsam mit ihren Ulmer Kollegen. Eine erste Spur führt sie zu einem Ulmer Buchhändler …

Manfred Eichhorn wurde 1951 in Ulm geboren. Nach einer Buchhandelslehre eröffnete er 1973 mit seiner Frau in seiner Geburtsstadt den Kult-Buchladen Eichhorn. Im selben Jahr erschienen erste literarische Arbeiten. Heute ist er als Schriftsteller tätig. Manfred Eichhorn veröffentlichte Romane, Regionalkrimis, Erzählungen, Lyrik und zahlreiche Kinderbücher sowie Publikationen über seine Heimat und über seine Kindheitserinnerungen aus den 50er und 60er Jahren. Seine Theaterstücke in schwäbischer Mundart werden landauf, landab gespielt. Die Versdichtung »Die schwäbische Weihnacht«, im Fernsehen mehrfach ausgestrahlt, wurde zum Klassiker der Weihnachtsliteratur. Der Autor wurde mit mehreren Literaturpreisen ausgezeichnet.

Bisherige Veröffentlichungen im Gmeiner-Verlag:
Schwanenschrei (2018)

MANFRED EICHHORN

Ein Haiku für die Leiche

Kriminalroman

GMEINER

Personen und Handlung sind frei erfunden.
Ähnlichkeiten mit lebenden oder toten Personen
sind rein zufällig und nicht beabsichtigt.

Immer informiert

Spannung pur – mit unserem Newsletter informieren wir Sie regelmäßig über Wissenswertes aus unserer Bücherwelt.

Gefällt mir!

Facebook: @Gmeiner.Verlag
Instagram: @gmeinerverlag
Twitter: @GmeinerVerlag

MIX
Papier aus verantwortungsvollen Quellen
FSC® C083411
FSC
www.fsc.org

Besuchen Sie uns im Internet:
www.gmeiner-verlag.de

Im Ehnried 5, 88605 Meßkirch
Telefon 07575/2095-0
info@gmeiner-verlag.de

1. Auflage 2020

Lektorat: Claudia Senghaas, Kirchardt
Herstellung: Mirjam Hecht
Umschlaggestaltung: U.O.R.G. Lutz Eberle, Stuttgart
unter Verwendung eines Fotos von: © msl33 / stock.adobe.com
Druck: CPI books GmbH, Leck
Printed in Germany
ISBN 978-3-8392-2471-7

Karl-Heinz Hahn
Erster Kriminalhauptkommissar a.D.
in Dankbarkeit gewidmet

Haiku ist eine traditionelle japanische Gedichtform, die heute weltweit verbreitet ist.

Das oder der Haiku gilt als die kürzeste Gedichtform der Welt. Ein Haiku besteht aus einer einzigen Strophe mit maximal 17 Silben (nach dem Schema 5-7-5; es heißt, 17 Silben seien das Maß eines Atemzugs).

PROLOG

Was ist der Wert eines Tieres? Wie viel wiegt das Leben eines Menschen?

Was überhaupt ist ein Leben wert?

Gerade so viel, wie es das Spiel verlangt!

Denn das Leben ist ein Spiel mit Gewinnern und Verlierern.

Nicht mehr.

Nicht weniger.

Der Sieger bekommt die Hand der Königstochter. Und obendrein ein Schloss. Mit einem Park dabei, in dem die Pfauen regieren.

Der Verlierer geht leer aus.

So war die Welt noch in Ordnung.

Jetzt hat sie sich gedreht.

Jemand muss sie wieder ins Lot rücken.

Denn der Sieger darf nicht leer ausgehen.

Die Spielregeln müssen ihre Gültigkeit zurückgewinnen.

*

Die abgeschnittenen Vorderbeine des Luchses legte er an die Waldlichtung. Zwei Schritte weiter das Übrige der Luchsdame.

Hier musste sie gefunden werden.

In Schönschrift schrieb er 17 Silben.

17 Silben für den Tod.

KAPITEL EINS

Falls ihr nicht zu sterben versteht – keine Angst! Die Natur wird euch, wenn es so weit ist, schon genau sagen, was ihr zu tun habt, und die Führung der Sache voll und ganz für euch übernehmen; grübelt also nicht darüber nach.

Michel de Montaigne

*

Lott hatte keine Lust mehr. Er stand vor dem Spiegel im Bad und dachte: Wenn du morgens aufstehst und es dir schwerfällt, ins »G'schäft« zu gehen, dann ist es an der Zeit aufzuhören.

Das Gesicht im Spiegel nickte ihm zu. Aber was half es. Lott putzte sich die Zähne und machte sich fertig, fertig fürs »G'schäft«.

Sein »G'schäft« war die Landespolizei Tübingen, und dort das Dezernat für Sonderfälle, das er seit einigen Jahren leitete. Er war 59. Ein Jahr trennte ihn noch vom ersehnten Ruhestand. Und das Gesicht im Spiegel ließ keine Zweifel aufkommen: Er hatte genug von dieser Tätigkeit.

Elli saß bereits am Frühstückstisch. Ihr Blick verriet ihm, dass er spät dran war. Er setzte sich dazu, trank Kaffee und bestrich sich eine Semmel mit Butter, löffelte geruhsam ein weiches Ei und überflog nebenher die Titelseite der Tageszeitung, als übe er bereits für den Ruhestand.

Der Schrei eines Roten Milans schreckte ihn auf. Er tönte von der Wanduhr her. Ein sinniges Geschenk von Tochter Lisa. Jede Stunde hatte ein anderer Vogel die Aufgabe, anzukündigen, welche Stunde es geschlagen hatte. Um sieben Uhr morgens war der Rote Milan an der Reihe.

Lott trank hastig seinen Kaffee zu Ende, ließ den Rest des weich gekochten Eies wie auch die halbe Semmel auf dem Teller liegen, stand vom Tisch auf, eilte zur Garderobe, zog sich die Jacke über, küsste Elli flüchtig, und flüchtig war auch sein »Ade«, ehe er die Tür hinter sich ins Schloss fallen ließ.

Lott fuhr das Auto aus der Garage und lenkte es durch die Einfahrt hinaus auf die Straße. Er schaute in den Rückspiegel. Einen Augenblick lang dachte er, da säße jemand auf dem Rücksitz, der ihn anstarrte. Lott erschrak. Er dachte an den Tod. Saß der ihm etwa schon im Nacken? So dicht bereits bei ihm, dass der nur die Hand nach ihm ausstrecken musste. Er verscheuchte den Gedanken. Drehte sich um. Der Rücksitz war wieder leer. Jetzt dachte er an Elli, mit der er nun bald 40 Jahre verheiratet war. Jung gefreit – nie gereut. Im Großen und Ganzen stimmte der Spruch bei ihnen. Mehr oder weniger. Ausbruchsversuche hatte es auf beiden Seiten gegeben. Jetzt aber waren sie in einem Alter, in dem nur mehr der Tod ein ernsthafter Konkurrent war. Warum aber ging er, der noch Kriminalhauptkommissar, dann so fahrlässig mit seiner Zeit um? Mit der Flüchtigkeit, mit der er Elli am Morgen maulfaul begegnet war, mit abgeflachten Ritualen, so selbstverständlich, als beanspruchten sie einen Ewigkeitswert. Diese hingeworfenen Abschiedsfloskeln!

Da war Flaubert, sein in die Jahre gekommener Golden Retriever, aus anderem Holz geschnitzt. Der lebte jeden Augenblick so, als könnte es der letzte sein. Ließ keine Gelegenheit ungenutzt, um seine Anhänglichkeit unter Beweis zu stellen, genoss jeden Moment des Familienlebens, ganz gleich ob drinnen oder draußen.

Flaubert müsste mein Lehrer sein, dachte Lott.

Wenn man versäumt, das Leben festzuhalten, wird es einem entwischen. Aber auch wenn man es festhalten will, wird es entfliehen. Also muss man gegen den schnellen Lauf der Zeit ankämpfen und wie aus einem reißenden Gießbach, der nicht ständig fließen wird, geschwind trinken.

Das hatte Elli ihm vorgelesen. Vor nicht allzu langer Zeit. Er hatte sich das Wort für Wort gemerkt. Was selten vorkam. Denn Elli las viel und teilte ihm viel von dem, was sie gelesen hatte, mit. Sätze, die dazu taugten, sich ins Gedächtnis einzubrennen.

Ich schaue dem Tod ins Gesicht und sage: Es gibt dich nicht.

Dieses Epigramm aus Meßmers Gedanken hatte Elli damals, während ihrer akuten Erkrankung, als sie täglich am Sauerstoffgerät hing, wie ein Schutzschild vor sich hergetragen. Aber auch ein anderes Zitat von Martin Walser war ihm aus der Zeit von Ellis Kuraufenthalt in Bad Dürrheim in Erinnerung geblieben:

Es gibt keinen schrecklicheren Unterschied als der zwischen einem Kranken und einem Gesunden.

Damals hatte sie ihr Kranksein kultiviert. Ihren Kuraufenthalt mit den Kurberichten großer Literaten in Einklang gebracht: Goethe in Marienbad, Hesse in Baden und Nietzsche und Rilke in Maria Sils. Nur so ertrage ich das hier, hatte sie erklärt. Lott sah Elli jetzt vor sich, wie sie ihm auf dem Hof des Kurhauses entgegen kommt und sich schon als Gesunde ausgibt. Ihre Schritte knirschen auf dem Kiesweg, der durch die Blumenrabatte mit den Frühjahrsblühern führt. Und dann wird sie schneller und schneller, sie läuft auf ihn zu, und je näher sie ihm kommt, desto schneller wird sie. Sie spielen jetzt eine Szene, wie in einem Film, in der ein Liebespaar sich auf einem Bahnsteig nach Jahren wieder trifft. Das war, fast auf den Tag genau, vor einem Jahr gewesen. Warum war es mittlerweile wieder so selbstverständlich geworden, dass Elli gesund und an seiner Seite war. Warum nahm er es nicht täglich als Geschenk, für das man sich gefälligst zu bedanken hat.

Lott musste an der nächsten Ampel halten. Plötzlich durchfuhr ihn ein Schaudern. Wo war Flaubert heute Morgen gewesen? Der Hund war nicht wie üblich zu ihm ans Bett geschlichen, um sich eine erste Streicheleinheit abzuholen. Und er war ihm beim Weggehen nicht bis zur Tür gefolgt, wie er das immer tat.

Das Schlimme war nur, er hatte es nicht einmal bemerkt.

Lott zog sein Handy aus der Tasche und rief Elli an.

»Ist was mit Flaubert?«, fragte er.

»Es ist der Rücken«, antwortete Elli. »Aber das weißt du doch.«

Lott wusste es nicht. Aber er tat so, als ob er es wüsste, und drückte das Gespräch nach einigem Hin und Her schließlich weg.

Irgendwo im Hinterkopf, wie man so schön sagt, hatte er die Nachricht über Flauberts bedenklichen Zustand abgelegt.

Die Ampel schaltete auf Grün. Er legte den ersten Gang ein und fuhr los. Wenig später nahm er die Einfahrt zum Parkplatz der Landespolizeidirektion. Im selben Moment jaulte sein Handy: *Forever Young*, dieses vorgegaukelte Versprechen auf die ewige Jugend, Lisas Geburtstagsgeschenk. Der Klingelton hatte das Zeug zu einem Ohrwurm. Auf dem Display sprang ihm der Name der Tochter entgegen.

»Lisa?«, fragte er dennoch.

»Wer sonst«, antwortete Lotts Tochter amüsiert. Ein Zeichen, mit dem Lisa wieder einmal anklingen ließ, dass ihr Vater jener Generation angehörte, für die die Erfindung des Tastentelefons schon eine Revolution war.

»Ich komme heute Abend. Schau zu, dass du rechtzeitig aus der Firma kommst«, sagte sie schnoddrig.

Lott versprach es und legte auf.

Was sollte ihn daran hindern.

Zwar erdrückte ihn derzeit die Verwaltungsarbeit, wie die ganzen letzten Wochen schon. Aber heute war um 18 Uhr Schluss. Das nahm er sich fest vor und konnte es also versprechen. Es lag hoffentlich nichts vor, was ihm Überstunden abverlangt hätte.

Bis zum augenblicklichen Zeitpunkt zumindest nicht.

Was erwartete ihn denn?

Ein Hamsterrad, das er am Laufen halten musste: Beginnend mit der Frühbesprechung. Die Tagesabläufe miteinander abstimmen. Den Ablaufkalender erstellen. Danach die PC-Nachrichten aus dem zentralen Computer sichten. Das Einlesen neuer Fälle, sofern sie seinem Aufgabenbereich zufielen. Größere Wirtschaftsdelikte und Verfahren, die eine normale Polizeidirektion überfordern würde, lagen bis gestern nicht vor.

Und sonst?

Das Dezernat für Sonderfälle war derzeit mit 15 Personen besetzt. Alles Leute im gehobenen Dienst. Vorwiegend Hauptkommissare. Zuständig für Korruptionsfälle im eigenen Haus oder auch bei einer der Stadtverwaltungen im Ländle. Man ist ja neutraler als die Kollegen vor Ort. Immer eine größtmögliche Neutralität zur Schau stellen, hieß die Devise.

Ach, er hatte es satt.

Wer ermittelte schon gerne gegen die eigenen Kollegen. Und musste sich dann den Vorwurf, dem »Landjägerverfolgungskommando« anzugehören, gefallen lassen.

Das war der Jargon für die Interne.

Lott nahm die Treppe, die zu seinem Büro im zweiten Stock hochführte. Er hatte heute auf den Aufzug verzichtet. Eine kleine Selbstkasteiung. Nach wenigen Stufen bereits aber machte ihm seine von Arthrose geplagte Hüfte zu schaffen. Eine einzige unachtsame Bewegung und schon meldete sie sich mit ihrer generativ-arthrotisch bedingten Kapselverdickung, ihrer Gelenkspaltverschmälerung und Pfannenrandusur im Bereich des rechten Acetabulumdaches zurück.

Lott musste für einen Augenblick stehen bleiben.

Da kam Hilbinger, sein Chef, ihm entgegen. Lott tat, als suche er nach irgendetwas in seinen Taschen, um sich Mitleidsfragen nach seinem Gesundheitszustand zu ersparen.

Hilbinger grinste.

Das war nicht unbedingt ein gutes Zeichen. Lott kannte dieses Hilbinger-Grinsen nur allzu gut. Dahinter verbarg sich doch stets eine kleine, nicht wirklich bös gemeinte Gemeinheit.

Erst grüßten sie sich noch.

Aber dann?

»Sie dürfen zur Abwechslung mal wieder einen Mord aufklären«, sagte Hilbinger fast triumphal und nicht ohne den Schalk verbergen zu wollen, der ihm im Nacken saß.

Lott schaute seinen Chef nur an.

Der rückte dann auch gleich heraus mit der Sprache.

»Den hier«, feixte Hilbinger und hielt ihm das Foto eines toten Luchses hin.

»Soll das ein Witz ein?«

»So lustig ist das gar nicht«, antwortete Hilbinger, plötzlich ernst. »Der Luchsdame haben sie nämlich beide Vorderpfoten abgeschnitten und alles so drapiert, dass wir es finden mussten.«

»Wo?«

»Im Schönbuch, also direkt vor unserer Haustür.«

»Dafür sind wir nicht zuständig«, sagte Lott abwehrend und gab seinem Chef das Foto zurück.

»Sind wir doch«, widersprach Hilbinger.

Lott schaute ihn fragend an. Und wehrte sich weiter

dagegen: »Für Artenschutzdelikte wie illegale Tötungen von Luchs, Fischotter oder Uhu sind nicht wir, sondern …« Lott zögerte. Er wusste im Augenblick nicht, wer für derartige Fälle zuständig war.

»Artenschutzdelikte sind Umweltdelikte«, klärte Hilbinger auf. »Deshalb hat man uns damit betraut.«

Lott schüttelte, es nicht wahrhaben zu wollen, den Kopf.

»Vielleicht auch deshalb«, erklärte Hilbinger und reichte dem Kollegen ein Schriftstück, verpackt in einer Klarsichtfolie.

Lott las den in Schönschrift hingemalten Text:

Die Schwalben sind fort
Heute jagt diese Katze
Fallende Blätter

»Was soll das?«, entfuhr es Lott.

Hilbingers Schulterzucken war zunächst die Antwort. Dann schnaufte er tief durch und sagte: »Der Fall birgt noch eine andere Absurdität.«

Lott horchte.

»Es gibt im Schönbuch keine Luchse.«

*

Ein schönwüchsiges Waldgebiet mit wilden, vielfältigst zerrissenen Schluchten, mit Feldungen und sanften Wiesentälern auf den ebenen Stellen. Ein jagdlustiges Waldgebiet, und aus der Tiefe des stillen Klosters ertönt abendliches Geläut.

Lott hatte über den Schönbuch gelesen, damals, als sie nach Tübingen zogen. Ein paar Jahre war das jetzt her. Und mit Elli hatte er dort, im Schönbuch, kleine Wanderungen unternommen. Vom ehemaligen Zisterzienserkloster Bebenhausen aus.

Mit Tabletten musste er auch damals schon seine Hüftschmerzen klein halten, damit ausgedehnte Spaziergänge erst möglich wurden. Lott erinnerte sich daran. Einstmals hatte man den Schönbuch Norgewald genannt und später Schainbuch. Ein Buchenwald also. Zumindest vor rund tausend Jahren noch. *Die Mutter des Waldes ist die Buche.*

Was die Pflanzenwelt betraf, war Elli die Kundige. Das Heidekraut, das von Mitte August an unter dunkelgrünen Kiefern auf dem Bromberg erblüht, darauf machte sie ihn aufmerksam, wie auch auf das Breitblättrige Wollgras, das bei der Fruchtreife seine schneeweißen Haare zeigt. *Eine Zierde der sumpfigen Moorwiesen im Schönbuch.* Teufelskralle und Knabenkraut, Gemeines Leinkraut – Linaria vulgaris –, Schwarze Königskerze, zur Familie von Leinkraut und Fingerhut gezählt, die Echte Königskerze, die über zwei Meter groß wachsen kann. Adlerfarn und Waldschachtelhalm.

Von Elli konnte man lernen.

Auch, was die Tierwelt des Schönbuchs betraf, zeigte sich Elli kundig. Das Rotwild vor allem hatte es ihr angetan. Das Revier der Hirsche. Aber auch Baum- und Edelmarder, Fuchs und Eichhörnchen, bis hin zum Wasserfrosch und Feuersalamander. Eine Lanze brach sie für das Wildschwein. Die gleichmäßig schwarzgraue Färbung im Winter verlieh ihm den Namen Schwarzwild. Einst betrachteten die Grundstücksbesitzer der Schönbuchgemeinden den Schwarzkittel als ihren Feind, weil in den ersten Nachkriegsjahren das Wildschwein großen Schaden auf den Fluren anrichtete. Im Waldgebiet aber erweist es sich vielfach nützlich, denn durch das Aufbrechen des Bodens schafft es für verschiedene Holzarten ein günstiges Keimbett für die herabfallenden Samen. So zumindest stand es in dem Buch: *Eine Wanderung durch den Schönbuch*, von Walter Hahn aus dem Jahre 1956.

So reich die vielgestaltige Tierwelt auch war, Luchse beherbergte der Schönbuch nicht.

*

Hauptkommissarin Britta Zorn wartete bereits am zugeteilten Dienstfahrzeug auf ihn. Sie war neu im Team des Sonderdezernats. Lott kannte sie nur flüchtig. Ein guter Ruf beim BKA, das sie aus familiären Gründen verlassen musste, war ihr vorausgeeilt. Ausbildung zur Profilerin in den USA, als Forensikerin in den Speziallabors des Bundeskriminalamtes und der gerichtsmedizinischen Institute eine Koryphäe. Für das Dezernat für Sonderfälle bei der LPD Tübingen war sie eindeutig überqualifiziert. Als alleinerziehende Mutter einer mittlerweile zehnjährigen Tochter war ihr jedoch keine andere Wahl geblieben, als die Karriereleiter erst einmal in die Ecke zu stellen.

Der Aufgabenbereich beim BKA ließ sich mit denen einer verantwortungsvollen Mutter nicht mehr unter einen Hut bringen. Hilbinger hatte gemunkelt, dass da kein Mann an ihrer Seite wäre, der ihr einen Teil häuslicher Routine abnehmen könnte.

Der Mann hat sich mit einer anderen aus dem Staub gemacht, was mich, angesichts dieser Karrierefrau, nicht wundert.

Bei Hilbinger blühten ganzjährig Klatsch und Tratsch. So liebenswürdig er sich gab, man musste aufpassen. Er war eine Petze.

Britta Zorn war von kräftiger Statur, dabei hochgewachsen und machte, wie sie so am Wagen stand, den Eindruck einer Sportlerin vor Beginn eines Wettkampfes. Ihr fein geschnittenes Gesicht wirkte hoch konzentriert, die Nase hielt sie, so sah es zumindest Lott, gegen den Wind wie ein Spürhund gerichtet. Ihr Teint glich einer glatten Fläche, fern von jedem hingestreichelten Verputz. Ihr dunkles, glattes Haar reichte bis zum Halsansatz. Eine Frisur, die an einen Bubikopf erinnerte, war nicht unbedingt zu erkennen.

Lott wusste aus ihrer Akte, dass sie im April ihr 33. Lebensjahr vollendet hatte. Ein Widder also. Auf Widder kann man sich verlassen. Viel mehr wusste er nicht über die hervorstechenden Eigenschaften dieses Tierkreiszeichens.

Die neue Kollegin empfing ihn mit einem flüchtigen Lächeln. Und reichte ihm wie abwesend die Hand.

»Dann wollen wir mal«, sagte sie lapidar und setzte sich wie selbstverständlich auf den Fahrersitz. Lott nahm es dankbar zur Kenntnis. Er ließ sich gerne chauffieren.

»Von einem Tatort kann man ja nicht sprechen«, erklärte Britta Zorn, kaum dass sie den Parkplatz verlassen hatten, »den Fundort aber haben wir bereits abgesteckt.«

»Waren Kollegen von der KTU dabei?«, fragte Lott.

Die neue Kollegin lachte laut auf.

»Hallo?«, sagte sie dann, in genau dem Ton und der Art, womit man neuerdings allein schon die Frage infrage stellte. »Es handelt sich bei dem Opfer um ein Tier, nach unserer Gesetzgebung also um eine Sache, da macht man nicht so viel Wind und Aufhebens darum.«

Lott war sich im Unklaren darüber, wie Britta Zorn das meinte. Bedauerte sie nun die Tatsache, dass Tiere als Sache behandelt und dadurch Verfehlungen mit einem geringen Strafmaß geahndet wurden, oder empfand sie es schlichtweg als Zumutung, dass man sie mit derlei Kleinkram behelligte. Ein toter Luchs in einem fremden Revier.

»Natürlich war ein KTler dabei, aber erst drei Tage, nachdem der Luchs gefunden wurde. Da hatte der Regen der vergangenen Tage bereits alle brauchbaren Spuren vernichtet.«

Sie hat also doch ein Herz für Tiere, dachte Lott. Und die Kollegin ärgert sich nun, dass man nicht mit den standardisierten Methoden wie bei einem herkömmlichen, an einem Menschen begangenen Mordfall vorgegangen war. Auch Hilbinger war anscheinend nicht der Meinung, dass Umweltkriminalität ernst genommen und untersucht werden sollte wie jede andere Straftat auch. Nur so war seine Halbherzigkeit in dieser Sache zu erklären. Dass er Lott und die neue Kollegin damit beauftragte, war denn auch eher dem Interesse der Presse geschuldet, die daraus eine Story machen könnte, bei der die LPD nicht gerade gut wegkommen würde.

Britta Zorn lenkte den Wagen in Richtung des ehemaligen Zisterzienserklosters und parkte unmittelbar davor.

»Nicht einmal hundert Meter von hier entfernt wurde das Tier abgelegt«, sagte sie und stieg aus.

Lott folgte ihr.

Der Fundort war mit einem Absperrband abgesteckt.

»Nicht weiträumig genug«, meinte die Kollegin und fügte mürrisch an: »Aber das ist nun auch egal. Da findest du keine forensischen Quellen mehr.«

Der Boden war tatsächlich tief, der Weg, der bis zur Lichtung führte, die als Fundort des Luchses abgesteckt worden war, schien reichlich befahren zu sein.

»Der ganze Forstverkehr scheint hier vorbeizuziehen«, bemerkte die neue Kollegin sarkastisch.

»Es muss demnach sehr schnell gegangen sein«, mutmaßte Lott. »Der oder die Täter haben die Tierleiche dennoch in einer bizarren Inszenierung abgelegt und mit dieser merkwürdigen Botschaft versehen. Er las sie laut vor:

»Die Schwalben sind fort
Heute jagt diese Katze
Fallende Blätter.«

»Ach ja, diese drei Zeilen«, stöhnte Britta Zorn auf und warf noch einmal einen Blick darauf.

»Ein Haiku«, konkretisierte Lott.

»Was bitte?«, hakte die Kollegin nach.

»Eine japanische Gedichtform, die aus 17 Silben in der Abfolge fünf-sieben-fünf besteht«, antwortete Lott. Und gab Ellis Wissen darüber preis.

Britta staunte. Und schenkte Lott ein anerkennendes Lächeln, das allerdings schnell wieder verflog, denn rasch hatte sich wieder ein Unbehagen in ihr breitgemacht, das jedem noch so flüchtigen Lächeln standhielt.

»Wieder so ein Wichtigtuer«, schimpfte sie. »Einer, der ein noch so unappetitliches Verbrechen mit einem Gedichtlein garnieren, um nicht zu sagen, es schönreden will.«

Im selben Moment fuhr ein Pick-up der Forstverwaltung heran. Ein Mann in Jägerkluft stieg aus, betrachtete das abgesteckte Areal und fluchte: »Eine schöne Bescherung.« Dann erst stellte er sich vor. »Stadler, vom Regierungspräsidium der Tübinger Forstdirektion.« Er gab der Kollegin und Lott die Hand.

»Die Presse hat von dem toten Luchs Wind bekommen. Seither steht das Telefon bei uns nicht mehr still. Luchse im Schönbuch! Diese Affen! Ich habe ihnen zu erklären versucht, dass es hier keine Luchse gibt, außer diesem toten, der irgendwo, nur nicht hier getötet wurde. Aber die Damen und Herren von der Presse glauben mir nicht. Die wittern eine Story und wollen sich diese nicht nehmen lassen.«

»Hilbinger wird wohl eine Erklärung an die Presse abgeben müssen«, warf Lott ein.

»Das soll er auch gefälligst tun. Und er soll betonen: Es gibt im Schönbuch keine Luchse!«

*

Natürlich hatte Hilbingers Pressesprecher die Nachricht über den Luchs-Tod per Polizeibericht, der für alle Polizeistationen im Bundesgebiet einsehbar war, auch über die Presseagenturen verbreitet. Als eine schlichte, nüchterne Nachricht. Die einen überflogen sie, andere gingen kopfschüttelnd darüber hinweg und wieder andere traf die Nachricht wie ein Stich ins Herz.

*

Der Anruf kam aus Cham im Bayerischen Wald. Eine Frau Sonnenschmitt.

»Es ist unsere Tess«, hatte sie ins Telefon gehechelt. Als könnte der Luchs, weiblichen Geschlechts, dadurch wieder lebendig werden.

Frau Sonnenschmitt war, wie sie kundtat, bei der Nationalparkverwaltung Bayerischer Wald angestellt. Und außerdem aktives Mitglied beim LBV, dem Landesbund für Vogelschutz in Bayern.

»Was sind das für Menschen, die so etwas machen?« Ihre Stimme klang aufgekratzt. »Dies ist ein abscheuliches Verbrechen!«

Dann bat sie um Einzelheiten. Lott unterrichtete sie über den Sachverhalt.

»Wir hatten Tess besendert, dann aber den Kontakt verloren«, erklärte Frau Sonnenschmitt die Vorgehensweise mit den Luchsen im Nationalpark. »Da hatte ich schon befürchtet, dass wieder etwas Schreckliches passiert war.«

»Sie sagen *wieder*?«, hakte Lott nach.

»Im Mai letzten Jahres wurden bereits zwei Luchse

getötet. Auch damals haben die Wilderer ganz gezielt deren vier abgeschnittene Vorderbeine so hinterlegt, dass sie gefunden werden mussten.«

Lott vernahm, wie Frau Sonnenschmitt schluckte.

»Obwohl das Bayerische Umweltministerium eine Belohnung von 10.000 Euro ausgesetzt hat, hatten die Täter keine Konsequenzen zu fürchten. Die Polizei tappt, wie man so schön sagt, noch heute im Dunklen.«

»Hatte der oder hatten die Täter eine Botschaft bei den getöteten Tieren hinterlassen?«

»Außer den abgeschnittenen Vorderbeinen nichts.«

Ein Trittbrettfahrer, dachte Lott.

»Das aber war ein Fressen für die Presse. Die beiden Luchse machten Schlagzeilen, waren mit einem Male in aller Munde und entfachten von Neuem die Diskussion, ob es Sinn macht, dass die Luchse hier wieder heimisch werden.«

Frau Sonnenschmitt schwieg jetzt. Und Lott wusste auch nichts zu sagen. Die Ungeheuerlichkeit der Vorfälle legte sich schweigend über das unterbrochene Gespräch. Lott meinte, Frau Sonnenschmitt weine lautlos.

Dann aber wisperte sie leise: »Ich muss ja die Tess heimholen.«

»Wir sind im Augenblick noch dabei, Beweismittel zu suchen. Menschliche oder auch andere DNA. Eventuell Fingerabdrücke. Vielleicht haben die Täter ja eine Signatur hinterlassen.«

»Woraus schließen Sie, dass es mehrere Täter waren?«

»Nein, das wissen wir noch nicht. Vieles spricht auch für einen Einzeltäter. Wie zum Beispiel das Schriftstück, das bei der Tierleiche gefunden wurde.«

Frau Sonnenschmitt horchte.
»Er hat ein dreizeiliges Gedicht hinterlassen.«
Lott las vor:

»Die Schwalben sind fort
Heute jagt diese Katze
Fallende Blätter«

Frau Sonnenschmitt weinte jetzt wirklich. Lott hörte sie schluchzen.

Dann sagte sie: »Ich komm zu Ihnen.«

*

Britta Zorn hatte recherchiert: Im vergangenen Jahr hatte das Thema Wilderei tatsächlich für Schlagzeilen gesorgt. Die Zeitungen, vor allem die in Bayern, waren voll davon. Die grausamsten Fälle waren die von Frau Sonnenschmitt geschilderten, nämlich das Ablegen der vier Luchspfoten im Landkreis Cham. Darüber hinaus gerieten andere Fälle von Artenschutzdelikten an die Öffentlichkeit: So die Vergiftung eines Uhus im Landkreis Regensburg, das absichtliche Abbrennen eines Sumpfohreulenbrutplatzes im Landkreis Neuburg-Schrobenhausen und der Fang eines Sperbers mit einem Fangeisen im Landkreis Forchheim.

Genau wie Frau Sonnenschmitt sagte auch Britta jetzt: »Was sind das für Menschen, die so etwas machen?«

»Gibt es irgendwelche Erkenntnisse von Seiten der KTU?«, fragte Lott.

Britta schüttelte den Kopf.

»War auch nicht zu erwarten«, gab Lott klein bei.

»Die Luchsdame lag mindestens 24 Stunden im Freien. Und das im wahrsten Sinne des Wortes bei Wind und Wetter, denn es hatte zu der Zeit heftig geregnet. Und in der ersten Phase ist ja auch so gut wie nichts passiert.«

Hilbinger kam dazu.

»Ich habe einer Pressekonferenz zugesagt«, vermeldete er. »Und bitte Sie beide, mit dabei zu sein. Herr Stadler vom Regierungspräsidium der Tübinger Forstdirektion wird auch anwesend sein.«

»Wann?«, fragte Lott.

Hilbinger schaute auf seine Armbanduhr. »In einer Stunde.«

»Wir müssen uns erst vorbereiten«, warf Britta ein.

»Dann tun Sie das«, antwortete Hilbinger und ging.

Lott schaute ihm hinterdrein.

»Die Luchsdame ist ihm auf den Magen geschlagen«, sagte er, der Kollegin zugewandt. »Umwelt- und Artenschutzdelikte! Die sind auch für Hilbinger eine Nummer zu kleine Fälle, um damit vor die Presse treten zu wollen.«

»Ich versteh ihn«, nahm Britta Partei für den Chef. »Wir können da doch nur verlieren.«

»Also, was sagen wir?«

»Wir könnten die Forderung nach einer kleinen Polizeieinheit stellen, die sich ausschließlich um Naturschutz-Kriminalität kümmert«, schlug Britta vor.

Lott hob die Augenbrauen.

»War ein Scherz«, beschwichtigte Lotts neue Kollegin.

*

Das Interesse von Seiten der Presse an der getöteten und im Schönbuch abgelegten Luchsdame garte auf Sparflamme. Ein einziger Journalist hatte sich im Konferenzraum eingefunden. Ein freier Mitarbeiter der Tübinger Nachrichten. Der hatte auch, wie sich gleich herausstellte, diese Pressekonferenz im Auftrag des lokalen Chefredakteurs eingefordert. Nun saß der allein in der Reihe, mit gezücktem Schreibmaterial und erwartungsvollem Blick auf die vier Beamten an der Stirnseite des Konferenzraums.

»Nicht doch der Weber!« Hilbinger schlug die Hände vors Gesicht. Den konnte er leiden wie's Zahnweh. Hilbingers Gesicht sprach Bände. Es würde nicht das erste Mal sein, dass Weber den Chef der LPD auflaufen ließe. Der war penetrant wie ein ätzender Geruch, den man nicht loswird.

Hilbinger bewahrte aber Haltung und hieß den Journalisten *herzlich* willkommen.

»Es freut mich, dass Sie die gesamte Tübinger Presse, wenn nicht die ganze baden-württembergische Zeitungslandschaft, heute vertreten.«

Weber grinste und nickte.

»Dann wollen wir mal!«

»Entspricht es den Tatsachen, dass in Bebenhausen, unweit des Klosters, die Leiche eines Luchses gefunden wurde?«

»Das ist richtig«, antwortete Lott an Hilbingers Stelle. »Der Fundort der Leiche entspricht aber keineswegs dem Tatort.«

Der Forstverwalter fiel ihm ins Wort: »Damit keine Missverständnisse aufkommen, es gibt im ganzen Schönbuch keinen einzigen Luchs.«

»Bis auf diesen toten«, warf der Journalist ein.

»Wie gesagt«, fuhr Lott fort, »Tatort und Fundort sind nicht identisch. Der, oder besser gesagt, die ermordete Luchsdame war im Naturpark Bayerischer Wald zu Hause. Jemand hat sie dort getötet und hier bei uns im Schönbuch abgelegt. Weiß Gott oder der Teufel, warum! Im Übrigen gab es bereits im vergangenen Jahr, Sie werden das vielleicht schon recherchiert haben, einen ganz ähnlichen Fall. Damals wurden im Naturpark Bayerischer Wald zwei Luchse getötet. Und auch damals haben die Wilderer ganz gezielt deren vier abgeschnittene Vorderbeine so hinterlegt, dass sie gefunden werden mussten.«

»Wer tut denn so was?«, entfuhr es dem Journalisten. Aber anders als bei Britta und Frau Sonnenschmitt trat an Stelle eines Entsetzens bloße Sensationsgier zutage.

»Und wie ist der Stand der Ermittlungen?«, fragte Weber herausfordernd.

Britta Zorn spürte, es war höchste Zeit, dass sie das Gespräch übernahm.

»Wir sind der Meinung, dass Umweltkriminalität ernst genommen und untersucht werden sollte wie jede andere Straftat auch. Umweltdelikte sind ein besonderer Fall, da es in der Regel keine Zeugen gibt und sie an abgelegenen Stellen geschehen. Und weil man bei der Aufklärung nur selten mit Zeugen rechnen kann, verlassen wir uns hauptsächlich auf forensische Hilfe, um dadurch so viele Indizien und Informationen wie möglich herauszubekommen.«

»Und wie stellen Sie das an?«, fragte Weber verbissen.

»Bei richtig durchgeführter CSI, der Begriff dürfte

Ihnen geläufig sein, es ist die Abkürzung für *crime scene investigation*, liegt die Wahrscheinlichkeit, dass ein Fall gelöst werden kann, bei 80 Prozent. Der CSI muss allerdings direkt nachdem eine Tat bekannt geworden ist, erfolgen und sollte nur von speziell ausgebildeten Mitarbeitern durchgeführt werden. Forensische Quellen können eine Schlüsselrolle im entsprechenden Fall spielen. Nach diesen Indizien muss akribisch gesucht werden, was wir auch tun, sofern man uns lässt. Eine gute CSI kann nämlich schon mal ein oder zwei Tage harte Arbeit bedeuten, aber hier liegt auch die Crux. Je länger man damit wartet, umso größer sind die Chancen, dass Beweise verschwinden, dass DNA, Finger- oder Fußabdrücke und andere Hinterlassenschaften des Verdächtigen zerstört werden …«

Weber fiel ihr ins Wort: »Wir reden aber schon über den gleichen Fall, nämlich über den toten Luchs und nicht über ein Kapitalverbrechen?«

»Ganz richtig«, stimmte Britta ihm zu. »Denn wissen Sie, manchmal verwischen oder verwittern Spuren. Manchmal auch durch aasfressende Tiere. Aber nicht nur die Ergebnisse einer gut durchgeführten CSI sind von Bedeutung …«

»Wollen Sie mich verarschen?«, brüllte Weber.

»Keineswegs«, antwortete Britta Zorn gelassen. »Auch die oft im Zusammenhang damit stehenden Hintergrundinformationen früherer ähnlicher Fälle sowie die Analyse möglicher lokaler Konflikte …«

Wie von einer Tarantel gestochen, fuhr Weber jetzt hoch. Sein Kopf war rot angelaufen. Der Stuhl, auf dem er saß, kippte nach hinten. Er fixierte die vier Beamten an der Stirnseite des Raums, und zwar einen nach dem andern, dann schrie er: »Verarschen kann ich mich selber!«

Und rauschte aus dem Konferenzraum.

Ein kurzer Moment der Stille, einer Stille wie nach einem heftigen Gewitter, das reinigend herniedergegangen war, füllte den Konferenzraum. Dann brach Hilbinger in ein schallendes Gelächter aus. Und steckte Lott damit an. Britta wunderte sich. Alles, was sie sagte, hatte doch Hand und Fuß gehabt. Ratlos blickte sie in die Männerrunde.

»Der Weber ist und bleibt eben ein Idiot!«

Hilbinger schaffte Klarheit und Britta hatte dafür nur ein Achselzucken übrig.

Lott trat an Stadlers Seite und fragte ihn: »Ich dachte, bei Ihnen wäre das Telefon heiß gelaufen. Und nun saß allein dieser Hampelmann da?«

»Ist es auch«, wunderte sich der Forstbeamte.

»Der Weber ist eine Hyäne«, erklärte Hilbinger. »Der hat bestimmt ein paar seiner Spezeln gebeten, kräftig Wind zu machen.«

»Glaube ich nicht«, erwiderte Lott. »Der Termin war wohl Webers Taktik. Er wollte einen Vorsprung vor den Kollegen herausschinden. Die Öffentlichkeit wie die Presse haben durchaus ein Interesse an der toten Tess.«

»Glauben Sie das wirklich?«, hakte der Polizeichef nach.

Lott nickte.

»Die wirkliche Pressekonferenz steht uns also noch bevor«, murrte Hilbinger und unterstrich seinen Unmut mit einer abwertenden Geste.

*

Der Fall hatte jetzt einen Namen. *Tess.* Man könnte einer Soko den Namen geben, benannt nach der Luchsdame aus dem Bayerischen Wald. Aber von der Bildung einer Sonderkommission für dieses Umweltdelikt war man weiter entfernt als die Erde vom Mond. Allein die Logistik dafür würde bei Weitem den vorgegebenen Rahmen sprengen. Also blieb der Fall bei ihnen, beim Dezernat für Sonderfälle, zu deren Aufgabenbereich eben auch Umweltdelikte zählten.

Auch wenn bislang außer ein paar Reifenspuren, Fußabdrücken und wohl unerheblicher, weil nicht zuzuordnender DNA Spuren vorlagen, von denen die meisten, verwittert und verwischt, kaum Anhaltspunkte zuließen, war Lott in dieser Sache zuversichtlich, denn er hatte mit Britta Zorn eine Kollegin an seiner Seite, die ohne eine Signatur des Täters und mit nur mageren forensischen Quellen diese Ermittlung zum Erfolg bringen würde.

Lott baute auf sie, obwohl er sie erst seit ein paar Stunden kannte. Sie war eine beeindruckende Frau. In jeder Hinsicht.

Nach der Pressekonferenz hatten sie noch einmal die vorliegenden Fakten gesichtet, mit der Erkenntnis, dass sie auch mit der Ermittlungsplanung, deren Ziel es war, eine vorausschauende, rationelle und effiziente kriminalpolizeiliche Ermittlung vorzubereiten, noch ganz am Anfang standen. Handlungsziele festzulegen und eine sinnvolle Organisation und Koordination der Kräfte und Mittel zu gewährleisten, hatte dabei Priorität. Und, so wie es im Lehrbuch stand: *Den Weg der Wahrheitsfindung zu bestimmen sowie die Taktik des Vorgehens bei der Ermittlung festzulegen.*

Vielleicht galt es, eine erste Version aufzunehmen, zumindest in eine vorläufige Ermittlungsplanung. Im nächsten Moment verwarf er den Gedanken aber wieder, denn für Artenschutzdelikte war das deutlich zu hoch gegriffen.

Britta Zorn hatte sich bereits ihre Jacke übergezogen. War auf dem Sprung in den Feierabend. Sie kam an Lotts Schreibtisch und reichte ihm die Hand.

»Britta«, sagte sie. »Ich will, dass wir uns duzen.«

Lott griff nach ihrer Hand, drückte sie ein wenig zu fest und sagte so nebenbei wie möglich: »Klaus.«

Dabei hätte er sie, zum Anlass für dieses Du, gerne geküsst, wie es früher einmal Brauch gewesen war. Aber das war früher so, heute nicht mehr.

Lott ließ ihre Hand los und sah ihr nach, wie sie aus dem Büro zur Treppe eilte.

Er schaute auf sein Handy. Es war kurz vor 18 Uhr.

In wenigen Minuten war der Eichelhäher dran, um aus der Wanduhr heraus seinen klangvollen Lockruf *kuku-kuku* loszulassen. Zu jeder vollen Stunde ein anderer Vogel aus Lisas sinnigem Geschenk, der einem mit eigener Stimme die Uhrzeit mitteilte. Garrulus glandarius, so des Eichelhähers lateinischer Name. Lott hatte eine besondere Beziehung zu diesem buntgefiederten Uhr-Bewohner. Eichelhäher galten als die Waldpolizei.

Er würde ihn heute verpassen.

Dafür würde Lisa bereits auf ihn warten.

*

Sie kamen zu dritt angereist. Frau Sonnenschmitt hatte den Vorsitzenden des LBV, Herrn Doktor Norberts, sowie Doktor Hernandez, einen Forensiker, der in Südspanien für die Regierung von Andalusien als Leiter der Abteilung Forensik im Kampf gegen Vergiftungen und Wilderei arbeitete, dabei.

Sie hatten, wie Frau Sonnenschmitt gleich berichtete, im Hotel Hirsch in Bebenhausen Quartier bezogen. Morgen würden sie zurückreisen. Mit Tess im Gepäck.

Ein glücklicher Umstand war, dass sie unmittelbar vor der wirklichen Pressekonferenz bei der LPD eintrafen. Und Hilbinger nicht faul war, die drei Naturschützer mit in diese Pressekonferenz einbinden zu wollen. Alle drei stimmten dem Wunsch Hilbingers zu.

Britta nützte die Zeit davor, sich mit dem Leiter der Abteilung Forensik auszutauschen, der, wie sie gleich in Erfahrung brachte, über einen umfangreichen Erfahrungsschatz bei Schutzprogrammen für den iberischen Luchs, Greifvögel und Eulen sowie bei der Wiederauswilderung von verletzten Greifvögeln und Delfinen verfügte.

Für die Pressekonferenz hatte Hilbinger diesmal den Saal, wie er den Schulungsraum nannte, gewählt, weil der über ein Podest verfügte, das die ganze Breite des Raumes an der Kopfseite einnahm. Eine kleine Theaterbühne, die für eine jegliche Kasperliade herhalten musste. Und die meisten Pressekonferenzen waren eine solche. Lott konnte ein Lied davon singen.

Alle notwendigen Vorbereitungen dafür waren bereits am frühen Vormittag getroffen worden. Chef Hilbinger, Britta Zorn und Lott als Leiter des Dezernats und verantwortlicher Sachbearbeiter des Falles sowie Peter Nunning, der Pressesprecher, den alle nur den »Ö« nannten, weil er für die Öffentlichkeitsarbeit zuständig war, führten die drei Gäste zu ihren Plätzen.

Es war kurz vor elf Uhr.

Die Journalisten erschienen im Pulk. Angetan von diesem Termin, von dem sie sich mehr als nur eine Schlagzeile erhofften, annektierten sie die erste Reihe des Schulungsraums. Neben den lokalen Blättern und dem Schwabenradio waren auch Vertreter der Presseagenturen sowie Redakteure der »Stuttgarter Zeitung« und der »Stuttgarter Nachrichten« vertreten. Sie vernahmen mit professioneller Geduld Hilbingers umständliche Begrüßungsfloskeln und lauschten anschließend dem Bericht des Polizeisprechers, der gewohnt sachlich über diesen ungeheuerlichen Fund im Schönbuch berichtete: eine ermordete Luchsdame, deren Vorderbeine abgeschnitten und in bizarrer Weise drapiert worden waren.

Als der Polizeisprecher fertig war und den Redestab an Lott weiterreichte, herrschte eine derartige Totenstille im Raum, wie man sie von den Pressevertretern nicht gewohnt war. Im Allgemeinen zeigten die sich als eine nervöse, unruhige Horde, immer schon auf dem Sprung zurück in die jeweilige Redaktion. Selbst Weber, nie um einen vorlauten Kommentar verlegen, saß stumm da mit einem lächerlich offenen Mund.

Lott übernahm also. Gab ein paar Einzelheiten ihrer bislang mageren Faktenlage preis, sprach über die postmortalen Verletzungen des Opfers, hinter denen vielleicht das Motiv für die Tat zu suchen war. Er verschwieg allerdings nicht, dass sie, was die Täterschaft betraf, noch völlig im Dunkeln tappten.

Als Nächster kam Doktor Norberts vom LBV zu Wort.

»Wilderei ist kein Kavaliersdelikt, sondern ein abscheuliches Verbrechen«, begann er. »Leider folgt darauf immer das gleiche Muster: Naturschützer, wie wir es sind, werden auf Fälle schwerer Naturschutzkriminalität aufmerksam gemacht, bringen die Vorfälle zur Anzeige und die Polizei verhält sich, gelinde gesagt, sehr zögerlich. Bei der Vergiftung eines Uhus mit Carbofuran mussten wir sogar Untersuchungen im Labor selbst organisieren und bezahlen.«

Die Presseleute notierten.

»Zugegeben, wenn dann klar wird, dass mit hoher Wahrscheinlichkeit eine Straftat vorliegt, übernimmt die Staatsanwaltschaft in gewissenhafter Art und Weise die weitere Bearbeitung der Vorfälle. Was aber fehlt, sind die Erfahrung und Kapazität, um unmittelbar nach Bekanntwerden möglicher Naturschutzstraftaten eine professionelle Beweissicherung durchführen zu können. Bei einigen Fällen hat es mehrere Tage gedauert, bis die Polizei überhaupt aktiv wurde, und auch dann nur auf Drängen des LBV. Der LBV fordert deshalb schon seit Jahren eine kleine Polizeieinheit, die sich bayernweit um Naturschutzkriminalität kümmert. Wir wollen eine effiziente, gut ausgebildete und verfügbare Polizeieinheit, die sich um Naturschutzkriminalität in Bayern kümmert, damit die Rückkehr der Luchse nach Bayern oder das Überleben von Eulen und Greifvögeln nicht im Keim erstickt werden.«

Britta Zorn grinste Weber an, der mit hochrotem Kopf fleißig Notizen schrieb und nicht wagte, zu ihr hochzuschauen.

Dafür schaute Lott zur Kollegin hinüber. Hatte nicht Britta die Forderung nach einer kleinen Polizeieinheit, die sich ausschließlich um Naturschutzkriminalität kümmerte, als Scherz abgetan?

Helga Sonnenschmitt kam zu Wort: »Damit keine Missverständnisse aufkommen, unsere Polizei arbeitet in den allermeisten Bereichen vorbildlich. Bei Artenschutzdelikten, wie illegalen Tötungen von Luchs, Fischotter oder Uhu, wo die Aufklärungsrate bei null liegt, gibt es aber offensichtlich Verbesserungsbedarf. Was wir wollen, sind weniger als eine Handvoll Experten, die wissen, was zu tun ist, wenn unter verdächtigen Umständen beispielsweise tote Luchse oder Großgreife gefunden werden. Und die, die Kapazität haben, sich sofort um derartige Fälle kümmern. Was wir allerdings nicht brauchen, sind Vertröstungen oder sogenannte gute Ratschläge, doch bitte erst einmal abzuwarten oder selbst nach Hinweisen suchen zu gehen. Wie, um ein Beispiel zu nennen, bei dem Fall des vergifteten Uhus im Vorjahr.«

Doktor Norberts übernahm wieder: »Auch Nachfragen seitens der Polizei an uns, ob es sich denn bei den angezeigten Vorfällen überhaupt um Straftaten handele, sind nicht gerade hilfreich. Die Tatsache, dass der oder die Täter so gut wie nie gefunden werden, hängt zweifellos mit den mangelnden Aktivitäten der Behörden in der allerersten Phase zusammen.«

Britta Zorn hatte Mühe, sich nicht anmerken zu lassen, wie sehr ihr die Ausführungen des Gastes aus dem Bayerischen Wald gefielen, horchte aber jetzt, da Doktor Norberts den Forensiker aus Spanien vorstellte, gespannt auf.

»Doktor Hernandez arbeitet in Südspanien für die Regierung von Andalusien als Leiter der Abteilung Forensik im Kampf gegen Vergiftungen und Wilderei. Als Experte für die Beweisermittlung bei Naturschutzkriminalität hat er in den letzten 15 Jahren mehr als 500 Fälle untersucht. In zahlreichen Fällen von Vergiftungen, illegalem Handel und Wilderei kam es zu einer Verurteilung der Täter. Er ist derzeit Gast im Naturpark Bayerischer Wald und angesichts der Gräueltat heute mit hierhergereist.«

Doktor Hernandez sprach fließend Deutsch.

Er sagte: »Früher fand Wilderei in erster Linie zur Beschaffung von Lebensmitteln statt, das war in Spanien wie auch hierzulande wohl nicht anders. Wilderei, aus der bloßen Not heraus. Heute aber ist der illegale Handel mit geschützten Tierarten ein lukratives Geschäft, und so wird aus Geldgründen Wilderei begangen. Für einige wird die Wilderei als Herausforderung gesehen. Als Adrenalinkick, wenn Sie so wollen. Oder die Wilderei dient ihrer Trophäensammlung. Alle diese Gründe wird es auf Grund der Natur des Menschen wohl leider immer geben. Die strengere Anwendung von Gesetzen sowie gesellschaftlicher Druck konnten jedoch dazu beitragen, die Wilderei bei uns weitestgehend zu unterbinden.«

Ein Journalist meldete sich zu Wort.

Seine Frage richtete er an Hilbinger.

»In Spanien scheint man da einen Schritt weiter zu sein, und die bayerischen Naturschützer bemühen sich um mehr polizeiliche Präsenz bei der Verfolgung von Umweltdelikten. Wie sieht es bei uns in Baden-Württemberg aus?«

»Ich denke, ähnlich wie in Bayern«, antwortete Hilbinger lapidar.

Und Doktor Norberts: »Generell können wir sagen, wenn die Fälle nicht gelöst werden, wie sie sollten, dann liegt das daran, dass die Untersuchungen nicht wie bei einer Tat mit menschlichen Opfern durchgeführt wurden und dass die Untersuchungen von Umweltkriminalitätsfällen nicht als so wichtig angesehen werden.«

Weber meldete sich zu Wort: »Sie wollen damit sagen, dass der Mord, wenn ich das mal so sagen darf, an den beiden Luchsen nicht aufgeklärt wurde?«

»Genauso ist es.«

»Geben Sie dem neuen Fall eine Chance, aufgeklärt zu werden?«

Die Frage war an Britta Zorn gerichtet.

»Ein ungünstiger Zeitpunkt, danach zu fragen«, wehrte Britta ab. »Wir stehen ja noch ganz am Anfang unserer Ermittlung.«

»Die wohl im Sande verlaufen wird«, rief der Radio-Redakteur des SWR-Senders Britta zu.

Der Finger einer jungen Redakteurin schnellte in die Höhe, wie der einer Streberin im Schulunterricht.

Hilbinger gab ihr die Frage frei.

»Wir reden hier über die Luchstötungen im Bayerischen Wald vor einem Jahr. Aber dieser Luchs wurde im Schönbuch aufgefunden.«

Lott fuhr ihr über den Mund: »Ich dachte, das wäre bereits gesagt worden: Tess, so der Name der Luchsdame, wurde zwar im Schönbuch gefunden, getötet wurde sie aber, wie wir annehmen müssen, im Naturpark Bayerischer Wald. Mit ein Grund, warum unsere Gäste sich bereit erklärt haben, bei dieser Pressekonferenz zugegen zu sein.«

Ein Murren ging durch die Reihe der Journalisten.

Hartnäckig bohrte Weber, der wieder etwas Oberwasser hatte, nach. »Und Sie können uns also klipp und klar bestätigen, dass es in unserem Schönbuch keine Luchse gibt?«

»Das können wir mit Fug und Recht behaupten«, antwortete Lott.

Eine nächste Frage war an Doktor Hernandez gerichtet: »Werden Sie hier, quasi grenzüberschreitend, in diesem Fall ermitteln?«

»Nein«, antwortete der Forensiker. »Das ist aus verschiedenen Gründen nicht möglich. Dieser Zusammenarbeit müsste ein zeitraubender Papierkrieg vorangehen. Außerdem muss ich Ende der Woche wieder meine Arbeit in Andalusien aufnehmen.«

Hilbinger wollte zum Ende kommen und bat Doktor Norberts um ein Schlusswort.

Der Vorsitzende des LBV ließ sich nicht lange bitten und sagte: »Die jüngsten Vorfälle im Bayerischen Wald machen den Luchs zum traurigen Symbol für die Hilflosigkeit und Unentschlossenheit der Politik in Sachen Umweltkriminalität. Helfen Sie mit, das zu ändern. Der Druck, den Sie als Öffentlichkeit dabei ausüben können, wird dem Artenschutz zugutekommen.«

Die Journalisten klatschten, standen auf und drängten dem Ausgang zu. Auch jene, die sie zur Rede und

Antwort gestellt hatten, räumten das Feld, die kleine Theaterbühne am Kopf des Schulungsraums der Landespolizei.

*

Doktor Hernandez bestand darauf, wenn er schon einmal in Tübingen war, den Turm besichtigen zu wollen, den der Dichter Hölderlin bis zu seinem Tode im Jahre 1843 bewohnte.

Britta Zorn stellte sich als Fremdenführerin zur Verfügung und war bereit, dem Forensiker mit anscheinend literarischen Interessen eines der Wahrzeichen der Stadt zu zeigen. Gelb leuchtete der Turm mit seinem spitzen Dach den beiden entgegen. Idyllisch am Neckar gelegen, war es ein Postkartenmotiv, das Doktor Hernandez geradezu aufsaugen wollte. Britta Zorn musste gestehen, dass sie weit weniger über den Dichter wusste als der Spanier. Eigentlich gar nichts. Bis auf die Tatsache, dass Hölderlin zum Ende seines Lebens, vermutlich in geistiger Umnachtung, diesen Turm, vor dem sie jetzt standen, bewohnte. Gelesen hatte sie nicht eine Zeile von ihm. Es sei denn, während ihrer Schulzeit, was sie aber nie in den Regalen ihrer Erinnerung aufbewahren konnte.

»Wer je entrüstet war in seinem innersten Herzen über die Schlechtigkeit des Jahrhunderts, und die Verworfenheit der gezähmten und dressierten Menschennatur; wer verwundert sich fühlte von der tiefen Versunkenheit, in der die Abkömmlinge der Götter unter den Tieren des Feldes herumweiden, und das Antlitz immer und immer gegen die Erde gewendet, sich ihre notdürftige Nahrung aus ihr herausraufen; wer je sein Gemüt gedrückt und gepresst fühlte von der unbegreiflichen Verworrenheit, in der das Geschlecht tageblind herumtaumelt, der wird in Hyperion einen Bruder grüßen.« Doktor Hernandez schwelgte und erklärte: »Joseph von Görres hat dies so ähnlich in seiner Zeitschrift ›Aurora‹ festgehalten. Und Clemens Brentano riet in einem Brief an Rahel Varnhagen: ›Sollten Sie nie den ›Hyperion‹ von Hölderlin gelesen haben, so tun Sie es so bald als möglich; es ist eines der trefflichsten Bücher der Nation, ja der Welt.‹«

Britta Zorn bekam Nachhilfe in Sachen Hölderlin. Die Namen sagten ihr allerdings nichts. Der Spanier stellte sein Wissen über Hölderlin aber auch nicht gerade unter den Scheffel.

»Den ›Tod des Empedokles‹ habe ich mehrmals gelesen«, sagte er.

Und dann plauderte er über Hölderlins »Diotima«, die Gattin des Frankfurter Kaufmanns Jakob Friedrich Gontard, die Hölderlin im August 1795 kennenlernte, als er dort die Stelle eines Hofmeisters antrat, als handele es sich um ein aktuelles Liebesgeplänkel und nicht um lange Zurückliegendes und zur Literatur Gewordenes.

»Er war auch Nietzsches Lieblingsdichter«, trumpfte er auf. »Und Stefan George haben wir die Wiederentdeckung des Dichters im 20. Jahrhundert zu verdanken!«

Keine Frage, Doktor Hernandez entlarvte sich als Kenner der Romantik.

Britta Zorn konnte ihn nicht davon abhalten, dass er jetzt auch noch aus diesem ›Hyperion‹ zitierte: »Mein

Geschäft auf Erden ist aus. Ich bin voll Willens an die Arbeit gegangen, habe geblutet darüber, und die Welt um keinen Pfennig reicher gemacht. Ruhmlos und einsam kehr ich zurück und wandre durch mein Vaterland, das, wie ein Totengarten, weit umher liegt, und mich erwartet vielleicht das Messer des Jägers, der uns Griechen, wie das Wild des Waldes, sich zur Lust hält.«

Britta Zorn hegte den Verdacht, der Forensiker war nicht wegen Tess, er war wegen Hölderlin an den Neckar gereist.

Sie tranken noch einen Kaffee zusammen. Dann musste Britta Zorn ihre Tochter Mara von der Waldorfschule abholen. Den Forensiker brachte sie zuvor zum Polizeipräsidium. Sie würde später nachkommen. Der zitierte Hölderlin-Satz: »Ich bin voll Willens an die Arbeit gegangen, habe geblutet darüber, und die Welt um keinen Pfennig reicher gemacht« aber hatte sich festgekrallt in ihr.

Britta fürchtete, Doktor Hernandez bezog diese Aussage auf sich und auf die Sinnlosigkeit seiner Arbeit.

Aber sie war nicht sinnlos.

*

Im kleinen Konferenzraum saßen Lott und seine Gäste aus dem Bayerischen Wald bei Kaffee und Kuchen zusammen. Dennoch war dies alles andere als ein Kaffeeplausch. Lott wirkte angesichts der Dürftigkeit des Ermittlungsstandes ziemlich fahrig, als er die Unterlagen auf dem mächtigen Eichentisch neben der Kuchenplatte und zwischen Kaffeetassen ausbreitete. Er musste zugeben, die waren keine gute Ausgangslage, um die Ermittlung voranzutreiben. Andererseits lag die Zuständigkeit des Falles genau genommen bei der bayerischen Polizei in Cham, da zweifelsfrei feststand, dass die gesenderte Luchsdame nicht hier im Schönbuch, sondern im Naturpark Bayerischer Wald getötet worden war.

Dennoch war es auch Lotts Fall.

Weil hier, quasi vor seiner Haustür, die tote Wildkatze abgelegt wurde, drapiert mit ihren abgeschnittenen Vorderbeinen.

Dieser Ansicht war auch Chef Hilbinger.

Es gab einen Zusammenhang zwischen der Tötung der beiden Luchse im vergangenen Jahr und dem aktuellen Verbrechen an der Luchsdame, die Sektionssaal der Rechtsmedizin lag.

Da waren sie einer Meinung. Die abgeschnittenen Vorderbeine waren ein eindeutiges Indiz dafür. Aber die Frage, warum der Täter sie im Schönbuch abgelegt hatte, blieb allen ein Rätsel.

Lott fiel plötzlich ein, dass die literarische Botschaft, die der Täter bei Tess hinterlassen hatte, noch nicht zur Sprache gekommen war. Das musste er nachholen.

Doktor Norberts zeigte sich überrascht, und Frau Sonnenschmitt entschuldigte sich, dass sie die Information in der Aufregung nicht an ihren Chef weitergegeben hatte. Lott zog eine Kopie des Textes aus den Unterlagen hervor und reichte sie weiter. Als er bei Frau Sonnenschmitt ankam, las sie ihn laut vor:

»Die Schwalben sind fort
Heute jagt diese Katze
Fallende Blätter«

Doktor Hernandez zählte flüsternd die Silben und sagte: »Es sind 17 Silben, ein klassisches Haiku.«

Doktor Norberts Gesichtsfarbe veränderte sich. Er wischte sich mit einem Papiertaschentuch Schweiß von der Stirn und stammelte kopfschüttelnd: »Das gibt es doch nicht!«

Lott, der die Veränderung in Doktor Norberts Gesicht bemerkt hatte, hakte nach:

»Hatte der Täter bei den vorangegangenen Vergehen eine ähnliche Signatur hinterlassen?«

»Nein«, rief Frau Sonnenschmitt vehement.

Doktor Norberts legte eine Hand auf ihren Arm, um sie zu beruhigen. Dann sagte er, Lott und Frau Sonnenschmitt gleichermaßen zugewandt: »Bei den Luchstötungen nicht, aber bei der Vergiftung des Uhus mit Carbofuran im Landkreis Regensburg.«

Alle horchten nun.

Doktor Norberts wusste den Text auswendig.

»Im Schein des Vollmonds
Die Katze, der Nachtvogel
Friedlich die Grillen«

»17 Silben«, konstatierte Doktor Hernandez. »Aber was bedeuten sie?«

»Mit dem Nachtvogel ist wohl der Uhu gemeint«, sagte Doktor Norberts.

Im gleichen Moment wurde die Tür zum Konferenzraum geöffnet und Britta Zorn trat ein.

»Tut mir leid, aber es ging nicht früher. Meine Tochter ist in einem schwierigen Alter.«

Doktor Hernandez lächelte wissend.

Und Lott machte sie gleich neugierig: »Du hast etwas versäumt«, sagte er.

Die Kollegin horchte gespannt auf.

Lott klärte sie auf. Und Doktor Norberts wiederholte die 17 Silben, die der Täter bei dem vergifteten Uhu zurückgelassen hatte.

»Wann genau wurde der Uhu vergiftet?«, hakte sie nach.

»Ein halbes Jahr, bevor die beiden Luchse sterben mussten«, antwortete Frau Sonnenschmitt.

»Für die unser Uhu-Vergifter vermutlich nicht infrage kommt«, warf Lott ein.

Doktor Norberts schaute ihn fragend an.

»Der Täter hätte nicht versäumt, seine ominöse Signatur zu hinterlassen«, meinte Lott.

»Geriet der Fall Uhu an die Öffentlichkeit?« Die Frage kam von Britta.

Doktor Norberts antwortete: »Nicht wirklich. Es gab nur unter der Rubrik ›Der Polizeibericht meldet‹ eine Notiz aus dem Polizeiprotokoll. Mehr gab dieses Delikt wohl nicht her.«

»Das aber hatte unser Täter vermutlich erhofft«, spann Britta den Faden weiter. »Er will wahrgenommen werden, deshalb auch das Haiku. Aber die Polizei hatte den literarischen Erguss nicht an die Presse weitergegeben.«

»Zum Entsetzen unseres Täters«, kommentierte Lott lakonisch und wiederholte seine Theorie des Trittbrettfahrers.

»Der Mörder von Tess ist ein Nachahmer«, polterte er.

»Er war neidisch auf die Resonanz in der Presse, die der Luchsmörder erfahren durfte, ohne dabei geschnappt zu werden.«

Frau Sonnenschmitt lächelte den Kommissar an. Es gefiel ihr, dass er im Fall ihrer Tess das Wort »Mörder« verwendete.

Norberts las den Dreizeiler noch einmal laut vor:

»Im Schein des Vollmonds
Die Katze, der Nachtvogel
Friedlich die Grillen«

»Das Bild des Vollmonds könnte für Rampenlicht stehen, in dem sich unser Täter gerne sonnen möchte«, deutete Doktor Hernandez.

»Die Katze?«

»Nachtaktiv wie der Uhu«, meinte Frau Sonnenschmitt. »Aber zu den friedlichen Grillen fällt mir nichts ein.«

Das ging allen so.

»Wir dürfen das Haiku nicht überbewerten«, meinte Doktor Hernandez.

Britta gab ihm recht. »Für uns schafft es im Augenblick nur die Brücke zwischen dem vergifteten Uhu und der vergifteten Tess.«

»Aufschlussreicher finde ich die Tatorte beziehungsweise den Fundort«, fügte Britta an. »Regensburg – Cham – Tübingen. Wir haben drei Orte, zwischen denen es eine Verbindung geben muss.«

Doktor Hernandez schaute auf seine Armbanduhr. Zum Zeichen, dass es Zeit für ihn war aufzubrechen, klopfte er aufs Ziffernblatt und schaute dabei zu seinen beiden Mitreisenden. Auch die drängten zum Aufbruch, warteten aber auf Hilbinger, der ihnen wegen Tess Bescheid geben wollte.

Britta und Doktor Hernandez tauschten ihre Mailadressen.

»Wir bleiben in Verbindung«, sagte die Kommissarin.

Der Forensiker nickte.

Hilbinger kam dazu.

»Der Staatsanwalt gibt die Leiche frei«, sagte er, nicht ohne dabei zu schmunzeln.

Frau Sonnenschmitt verabschiedete sich. Dabei drückte sie Brittas Arm in der Art, als brächte sie eine Bitte vor, die sie nicht auszusprechen wagte.

Britta verstand.

»Wir werden den Täter fassen«, versprach sie.

Frau Sonnenschmitt lächelte. »Ihr Wort in Gottes Ohr.«

Brittas gerade noch Hoffnung gebender Gesichtsausdruck veränderte sich mit einem Male. Gedrückt sagte sie: »Die schlechte Nachricht dabei ist nur, er wird zuvor noch einen Menschen töten.«

*

Doktor Hernandez ging ihr nicht aus dem Kopf, so wenig wie das Hölderlin-Zitat: *Ich bin voll Willens an die Arbeit gegangen, habe geblutet darüber, und die Welt um keinen Pfennig reicher gemacht.* Dabei waren mittlerweile fünf Wochen vergangen, seit sie mit dem spanischen Forensiker vor dem Hölderlin-Turm gestanden hatte. Und obwohl sie ihre Mailadressen getauscht hatten, gab es danach keinen Kontakt mehr.

Inzwischen wurde auch die »Fundsache Tess«, wie der Fall der toten Luchsdame in den Ermittlungsakten sinnigerweise bezeichnet wurde, ad acta gelegt. Ob man in Cham noch weiterermittelte, war mehr als fraglich. Wahrscheinlich eher nicht.

Britta dachte an Doktor Hernandez und gleichzeitig über ihre eigene Arbeit nach. Ihre Arbeit, bevor sie nach Tübingen zog. Hatte die mehr Sinn gemacht, nur weil ihr Klientel aus Menschen, die Menschen getötet hatten, bestand? War es denn weniger ehrenvoll, gegen Tiermörder zu ermitteln wie Doktor Hernandez?

»Profiling«. Allein der Begriff hatte sie gelockt, sie angezogen wie das Licht die Mücken. Überhaupt diese kriminalistischen Schlagwörter: Täterprofil, ViCLAS, Operative Fallanalyse. Später, als sie beim BKA als besonders geeignete Kriminalbeamtin für die Ausbildung zur Polizeilichen Fallanalytikerin ausgewählt wurde, hatte sie das eingedeutschte Wort »Täterprofil« dem Begriff »Profiling« vorgezogen.

Messerscharfe Beobachtungsfähigkeit und Instinkt, ja vor allem Instinkt werde verlangt. Und ein vertieftes Fallverständnis. Ach Gott!

Wir erschnuppern keine Täter im Alleingang.

Einer der Lieblingssätze ihres Ausbilders. Ein anderer Satz von ihm lautete:

Fallanalytiker werden nicht von Visionen getrieben, sondern von Hypothesen. Wir haben Fakten und dazwischen haben wir Leerzeilen.

Es war ihr bald klar geworden, dass verschiedene Disziplinen bei der Fallanalyse ineinandergreifen mussten: Psychologie, Spurensicherung, forensische Psychiatrie und Statistik. Als Profilerin hatte sie den Mordermittlern die Handschrift des Täters zu erklären. Das war ihre Aufgabe gewesen. Vom Augenblick aus betrachtet, wie in einem anderen, einem früheren Leben.

Dass sie in den USA als Profilerin ausgebildet wurde, war eine Farce. Es war ein Lehrgang, der gerade mal zwölf Wochen dauerte. Aber dieser war, wer immer in ihrer Vita las, bei allen hängen geblieben. Profilerin beim FBI. Das klang wie aus einer Fernsehserie. Das klang ein wenig nach *Monk*, der mit spastischen Bewegungen um einen Tatort herumtanzt. Und damit allein schon den Täter ertastet. Ein Blindekuh-Spiel mit verbundenen Augen. Eine Mörderjagd auf der Basis der Hellseherei.

Dass Praxis und Alltag einer Profilerin anders aussahen, die Ermittlungen anders gestrickt waren, als diverse US-Krimiserien einem weismachen wollten, das gelangte rasch in ihr Bewusstsein. Mühsame, wochen-, wenn nicht monatelange akribische Arbeit waren der Preis, bis das Ziel, die Erstellung eines möglichst präzisen Persönlichkeitsprofils, erreicht war.

Aber es war eine Arbeit, die ihr fehlte.

Ihr mehr fehlte, als sie für gewöhnlich zugab.

Was tat sie denn heute? Bei der LPD in Tübingen?

Korruption im eigenen Haus! Auch so ein Schlagwort, mit dem sie, kaum dass sie ihren Dienst hier angefangen hatte, konfrontiert wurde.

Gegen die eigenen Kollegen ermitteln. Gottlob waren die ihr noch fremd.

Die Interne. Auch so ein fadenscheiniger Begriff. Ein nassforsches Wort, das manche ihrer Kollegen in Aufregung versetzte.

Nein, das war nicht das, was sie wollte.

Die Karriereleiter, auf der sie steil nach oben geklettert war, führte von einem Tag zum anderen plötzlich abwärts. Wegen Mara freilich, und wegen ihres Exmannes, der auf der Suche nach sich selbst den Umweg über Indien eingeschlagen hatte.

Bei ihrer Kündigung hatte sie angegeben: *Aus privaten Gründen.*

Andere gab es nicht.

Sie hatte sich gefragt, wann bei Thorsten, ihrem Mann, das Gefühl des Mangels sich eingeschlichen und sich, wie ein Krebsgeschwür, ausbreiten konnte. Und inwieweit sie die Verantwortung an dieser Entwicklung trug. »Schuld« ist wohl ein zu heftiges Wort, wenn Paare sich entzweien.

Ein Gefühl des Mangels wird stets begleitet von Schmerz. Den Satz hatte sie irgendwo gelesen oder aufgeschnappt. Schmerzen zu ertragen war aber nicht jedermanns Sache. Thorstens Sache gewiss nicht. Er suchte in der Flucht sein Heil. Oder in der Sinnsuche des Lebens, die ihn nach Indien trieb. Ihr Lamento aber galt dem eigenen Leben, das ein anderer ihr zerstört hatte.

Trotz allem liebte sie ihren Mann und der Stachel saß tief. Noch immer. Sie gab sich Mühe, dass der nicht auch noch in ihren Träumen sichtbar wurde. Sie war eine alleinerziehende Mutter und gänzlich ungeeignet für häusliche Routine. Aber sie hatte nun einmal keine Wahl gehabt.

Jetzt saß sie in ihrem neuen Büro, das ihr noch weniger vertraut war als ihre Tübinger Wohnung, auf der Höhe von Waldhäuser-Ost, am Rande des Schönbuchs gelegen. Ganz in der Nähe der Waldorfschule. Ein kurzer Schulweg für Mara, wenigstens das.

Sie stemmte die Ellbogen auf den Schreibtisch, faltete die Hände wie zum Gebet, doch anstatt zu beten, legte sie das Kinn auf die Fingerknöchel und dachte nach.

In fünf bis sechs Jahren, wenn Mara so weit wäre, könnte sie ja wieder einsteigen, die Karriereleiter von Neuem hochklettern, wenn sie es bis dahin nicht verlernt hätte. Oder die technischen Möglichkeiten des *Process Systems* unerreichbar für sie vorausgeeilt wären. Vielleicht reichten ihre Kenntnisse aber noch aus, um vielleicht Doktor Hernandez zu assistieren, ihm beizustehen im Kampf gegen Wilderer. Expertin werden für die Beweisermittlung bei Naturschutzdelikten und dem illegalen Handel mit geschützten Tierarten.

Sie dachte jetzt an Tess, die Luchsdame, die als Fundsache in der Datei der Landespolizeidirektion Tübingen ihren ewigen Schlaf gefunden hatte.

Plötzlich schreckte sie aus ihren wehleidigen Gedanken hoch. Ihr war etwas eingefallen. Ein Fall, der sie während ihres gesamten Lehrganges in den USA gefangen nahm, kam ihr wieder einmal in den Sinn. Der Fall: Ein Nachkomme deutscher Auswanderer. Ein 40-jähriger Serienmörder aus Wisconsin, dessen kriminalistische Laufbahn mit der bizarren Ermordung von Haustieren begann. Und dessen spätere Frauenopfer sich nicht wie üblich kaum voneinander unterschieden, die nur eines gemeinsam hatten: Der Täter hinterließ jedes

Mal eine Art Warenzettel, auf dem Alter und Gewicht des jeweiligen Opfers notiert waren. Die Angaben trafen meist haargenau. Bis zu seiner Verurteilung hatte er es auf fünf Frauen gebracht, die an Alter und Gewicht mit jeder neuen Tat zunahmen. Sein letztes Opfer war zehn Jahre älter und zwölf Kilo schwerer als das vorherige. Damit aber hatte er sich zu weit aus dem Fenster gelehnt. Die Frau hatte sich wehren können und der Täter bei ihr eine Unmenge Spuren hinterlassen. Getötet hatte er sie dennoch. Die eigentliche Spur, ihr Durchbruch, führte die Profiler aber in die Kindheit des Adam Schmitt und zu den ermordeten Haustieren, bei denen er eine ähnliche Signatur wie bei den Frauenopfern hinterlassen hatte. Ein Zettel mit Zahlen, aus denen damals keiner schlau wurde, was sie zu bedeuten hatten.

Jeder Mord bedeutete für mich eine größere Herausforderung. Man hat das doch von mir verlangt, dass ich endlich mit beiden Beinen auf der Erde stehen soll.

So sein Geständnis.

Was aber hatte Adam Schmitt mit der toten Tess, mit dem vergifteten Uhu zu tun?

Ihre Gedanken gingen fünf Wochen zurück. War es ein pures Orakeln gewesen, oder hatte da plötzlich der Fall Adam Schmitt in ihr gespukt, als sie sich von Frau Sonnenschmitt verabschiedete, als es um Tess' Mörder ging und sie Frau Sonnenschmitt seine Ergreifung versprach, mit dem Einwand allerdings:

… er wird zuvor noch einen Menschen töten.

Eine Eingebung, die sie vielleicht nicht hätte aussprechen dürfen. Sondern wegwischen, wie eine Träne, deren Grund man nicht einfach so preisgab.

Das war vor fünf Wochen gewesen.

Vor fünf langen, endlos langen Wochen.

Längst hatten andere Gedanken sie umgetrieben. Selbstmitleid und eine gewisse Unzufriedenheit, in welche Bahnen das Leben sie gelenkt hatte.

Warum dachte sie jetzt an den Fall Adam Schmitt?

Wie vielleicht vor fünf Wochen bereits, als sie eine Mitarbeiterin vom Naturpark Bayerischer Wald damit erschreckte? Nun erschrak sie selbst, vor ihrer eigenen Prophezeiung. War der Mörder von Tess etwa aus dem gleichen Holz geschnitzt?

Wie Adam Schmitt?

Ein Mörder, dessen Laufbahn mit dem Töten von Tieren begann?

Britta Zorn hoffte, dass dem nicht so wäre.

Aber dem war so.

KAPITEL ZWEI

Das Sterben geht ja im Nu vorbei. Es lohnt sich nicht, sich deshalb zu ängstigen.

Michel de Montaigne

*

Der Kreisel muss sich drehen, die Erde darf nicht stehen bleiben. Immer wieder muss sie ihn anschubsen. Sonst gibt es ein Unglück.

Nele steht da mit heruntergelassener Hose. Zeit, um aufs Klo zu gehen. Wenn die Geschwister sich streiten, fängt sie an zu heulen. Sie erträgt keinen Krieg. Zum Glück sind ihre beiden Schwestern nicht da, denn solange herrscht Frieden auf der Welt. Ihr Holzzug fährt durchs Zimmer, hält jetzt am Bahnhof. Er muss sich ausruhen nach der langen Fahrt. Entgleist er, ist auch das ein Unglück.

Nele, das Kind mit dem Down-Syndrom. Sie muss jetzt aufs Klo. Der Badschlüssel liegt hinter dem Stoff-Asterix auf dem Fensterbrett. Das Versteck des Schlüssels kennt sie nicht. Gäste dürfen sich einschließen, Nele nicht. Wer weiß schon, ob sie sich nicht für eine ganze Weile dort einquartieren würde, vielleicht für immer. Sie furzt und schnuppert nach hinten wie ein Hund. Die Hose kann sie schon selbst wieder hochziehen. Da braucht sie schon lange keine

Hilfe mehr. Immerhin ist sie schon 13, hat schon einen kleinen Busen. Auf den ist sie stolz. Wer ihn sehen will, bekommt ihn zu Gesicht. Manchmal zieht sie ihr Hemd hoch und zeigt ihn her. Sagt das Wort »Busen« und lacht.

Ihre Mutter ruft jetzt.

Es hat geklingelt an der Tür.

»Der Schulbus ist da«, sagt sie. »Beeil dich, Nele.«

Wenn Nele nicht vor der Tür wartet, klingelt der Fahrer. Ein junger, netter Kerl ist das. Nele weiß seinen Namen. Er heißt Lars.

Nele zieht ihr T-Shirt hoch und lacht.

Der junge Busfahrer lacht auch und schaut weg.

»Ab zum Tannenhof, ab in die Schule«, drängt er sie zur Eile.

Nele liebt die Stille. Und sie liebt den Busfahrer, der sie abholt und heimbringt. Wird ein anderer Busfahrer eingesetzt, liebt sie auch den. Alle Busfahrer sind für Nele da. Die Stille dagegen muss man finden. Aber Nele weiß, wo sich die Stille versteckt hält.

Stille jetzt!

Stille jetzt!

Das schreit die Lehrerin manchmal. Aber die Stille der Lehrerin ist laut.

Und lauter noch sind die Buben. Besonders, wenn sie raufen. Da muss sie sich die Ohren zuhalten. Aber der Krieg hört trotzdem nicht auf. Da muss man schon fliehen. Hinaus auf den Hof, auf die Wiese, in das Wäldchen dahinter bis an den Zaun.

Dorthin will Nele jetzt, sobald Pause ist und niemand auf sie achtet. Das funktioniert immer. Jeden Tag funktioniert das. Dass sie dem Krieg entkommt und der Stille direkt in die Arme läuft.

*

Der Anruf ging um 11.23 Uhr bei der Notrufzentrale ein, die das Gespräch an die Wache der Polizeidirektion Ulm weiterleitete, die wiederum umgehend Kriminalhauptkommissarin Petra Mai verständigte.

Die Kommissarin nahm die Information entgegen. Dann stockte ihr der Atem. In diesem Beruf hatte man einiges zu ertragen. Der Mord an einem Kind aber gehörte zum Schlimmsten, was einem als Ermittlerin widerfahren konnte.

Zweimal musste sie bereits bei Kapitalverbrechen an Kindern ermitteln. Der erste Fall lag ein paar Jahre zurück. Der Lebensgefährte der Mutter hatte das Kind zu Tode geprügelt, weil es nicht aufgehört hatte zu schreien. Beim Täter wurden drei Promille Alkohol im Blut nachgewiesen. Die halfen ihm bei der Schwere der Tat allerdings nicht, um eine Schuldminderung zu erwirken. Dem zweiten Mord an einem Kind war ein über Monate hinweg sexueller Missbrauch des Schwagers vorangegangen. Das Kind war erst sieben Jahre alt gewesen, als es erwürgt und in einem Waldstück verscharrt aufgefunden wurde. Vom kriminalistischen Standpunkt aus waren beide Fälle leicht zu ermitteln gewesen. Vom menschlichen nicht. Da waren Wut und Entsetzen ihre Begleiter gewesen. Nach wenigen Stunden waren die Täter gefasst und konnten dem Haftrichter übergeben werden. In beiden Fällen entschied das

Gericht auf lebenslang, obwohl beide Täter sich geständig zeigten.

Petra hoffte, dass es im aktuellen Fall ebenso ging. Eine kurze Ermittlung. Eine Festnahme. Ein geständiger Täter. Das weitere Vorgehen war dann Sache der Gerichtsbarkeit.

Petra ließ sich Zeit. Hektik brachte sie nicht weiter. Im Gegenteil. Hektik verhinderte, dass sie einen klaren Kopf behielt. Das war ihre Erfahrung. Eine Erkenntnis, zu der sie mit den Jahren gelangt war. *Ich muss nicht die Erste am Tatort sein.*

Jetzt waren ohnehin bereits Kollegen in Uniform zum Tatort unterwegs, um den, wie sie hoffte, weiträumig abzustecken. Und Lohner und Marlies, die beiden KTler im Team, waren gewiss ebenfalls an Ort und Stelle. Für die war Zeit ein wesentlicher Faktor ihrer Arbeit. Jede Sekunde zählt. Das war zumindest Lohners Meinung. Es galt nicht für sie.

Früh genug würde sie an diesen Schreckensort kommen. Und sie war froh, wenn andere ihn bereits für die Ermittlung präpariert hatten. Das schaffte Abstand. Zu dem Mordopfer. In diesem Fall zu einem getöteten Kind.

Petra Mai verließ ihr Büro, nahm die Treppe. An der Wache vorbei erweckte sie bei den diensthabenden Beamten den Eindruck, sie wäre in Eile. Sie schaute auf die Uhr. Es war exakt 12.37 Uhr. Sie stieg in den bereitgestellten Dienstwagen und fuhr los.

Zur Erlenhof-Schule im Stadtteil Wiblingen.

Schon aus einiger Entfernung sah sie die hektisch zuckenden Blaulichter der Streifenwagen. Ein Sanitätswagen mit geöffneten Türen hielt oben auf dem Parkplatz der Sonderschule. Uniformierte Beamte sicherten den Tatort, sperrten den Zugang zum Schulgelände, winkten die Kommissarin her und wiesen ihr den Platz neben dem Dienstfahrzeug der Spurensicherung zu.

Marlies Kaupper und Lohner, beide in ihren Overalls, waren bereits zugange. Es war das typische Bild, das sich vor Petra Mai auftat. Der Tatort als Arbeitsplatz. Lohner skizzierte den Fundort der Leiche, ob es auch der Tatort war, würde sich noch herausstellen, Marlies fotografierte.

Die Makrospuren, also jene, die mit bloßem Auge zu erkennen waren, wurden so festgehalten. Durch die Veränderung oder Übertragung von Materie entstanden nun einmal Spuren. Dies geschah am Tatort, am Opfer, am Täter und am Tatwerkzeug und die Intensität der Täterhandlung bestimmte somit die Menge des Spurenaufkommens. Je intensiver der Täter bei der Tatbegehung auf die Materie eingewirkt hatte, desto mehr Spuren konnten erwartet werden.

»Wo ist das Mädchen?«, fragte Petra Mai.

Marlies führte sie zu der Stelle. Eine leuchtend silberne Plane lag über der kleinen Leiche.

»Es ist zweifelsfrei auch der Tatort«, teilte Marlies der Kollegin mit und nahm die Plane von dem Mädchen, sodass die Kommissarin sie betrachten konnte.

Sie schreckte nicht zurück. Sie behielt den notwendigen kühlen Kopf. Der Tatort, das war auch ihr Arbeitsplatz. Zumindest im Augenblick.

»Wir haben die Leiche gedreht«, bemerkte Marlies. »Sie lag auf dem Bauch, als wir ankamen.«

»Wann ist der Tod eingetreten?«

»Vor ein bis zwei Stunden etwa.«

»Weiß man, wer das Mädchen ist?«

»Nele heißt sie, Nele Stadel, 13 Jahre alt, ist hier zur Schule gegangen. Ein Mädchen mit Down-Syndrom. Ihr Klassenlehrer hat sie gefunden.«

»Wo ist er?«

»Im Lehrerzimmer, er wird gerade medizinisch betreut, hat vermutlich einen Nervenzusammenbruch erlitten. Sie werden ihn wohl in die Klinik bringen.«

»Ich muss mit ihm sprechen«, beharrte die Kommissarin.

Petra Mai hatte, während sie den Ausführungen ihrer Kollegin gefolgt war, den Blick von dem ermordeten Mädchen abgewandt. Jetzt schaute sie wieder hin. Um den Hals des toten Mädchens hing lose ein dünner Sisalstrick, der ihr schon zuvor aufgefallen war.

»Der Täter hat sie erdrosselt«, erklärte Marlies.

»Ist sie vergewaltigt worden?«

»So wie wir sie vorgefunden haben, vermutlich nicht. Es sei denn, der Täter hat sie danach wieder vollständig angezogen, was nicht wahrscheinlich ist.«

Das Mädchen war komplett angezogen. Hellblaue leichte Sommerhose, rotes, langärmliges Shirt, darüber ein gelbes Sommerjäckchen. Plötzlich erstarrte Petra Mai. Das Mädchen war barfuß. Und ihre Füße hatten geblutet.

»Die Schuhe lagen daneben, Lohner hat sie bereits eingepackt. Aber schau mal genau hin, was der Täter mit dem Kind angestellt hat.«

Petra schaute.

Marlies klärte sie auf: »Dem Mädchen wurden ihre

beiden großen Zehen abgeschnitten. Vermutlich post mortem. Das hoffe ich zumindest.«

»Die Zehen abgeschnitten?« Petra konnte es nicht glauben, sie musste ihren Blick von dem Mädchen abwenden.

»Frag mich nicht, warum«, wehrte Marlies ab.

»Aber das ist nicht die einzige Signatur, die unser Täter hinterlassen hat. Auf dem T-Shirt des Mädchens lag ein Zettel mit einem, wie es aussieht, kleinen Gedichtchen. Lohner hat es bereits eingepackt.«

Lohner, der jetzt dazukam, konkretisierte.

»Der Zettel war mit einer Sicherheitsnadel festgesteckt worden. Komm mit zum Wagen, dann zeig ich ihn dir.«

Petra folgte ihm. Lohner hatte das Papier in einer Folie verstaut. Er reichte es der Kollegin.

Petra las den in Schönschrift hingemalten Text:

Wie willst du dort gehen
Über Dornenstraßen hin,
mit zappelnden Füßen?

»Was soll der Schmarren!«, rief sie wütend. »Haben wir es mit einem Irren zu tun?«

Lohner zuckte mit den Achseln.

»Wenn der Täter etwas hinterlassen hat, dann haben wir es dabei«, tönte er, um die Kollegin zu beruhigen.

Petra Mai nickte. Lohners Zuversicht tat ihr gut. Dann dachte sie an den ehemaligen Kollegen Lott, der ihr einmal sagte: »Ein Tatort kann sprechen.«

Mittlerweile wusste sie das aus eigener Erfahrung.

Auch wenn der aktuelle Tatort sich jetzt noch bockig zeigte.

Lohner machte sich noch einmal an die Arbeit. Der Hals des Mädchens wurde mit einem Stück Klebeband abgeklebt, um eventuelle Faserspuren zu sichern. Die Auswertung dieser Faserspuren, sofern sie welche fanden, wovon Lohner überzeugt war, würde durch das KTI, das Kriminaltechnische Institut in Stuttgart, erfolgen.

»Die Beschaffenheit der Mordwaffe wäre damit mit allergrößter Wahrscheinlichkeit sichergestellt. Allerdings nicht das Werkzeug, womit dem armen Mädchen die Zehen abgeknipst wurden. Vermutlich mit einer Astschere.«

»Wo sind die Zehen geblieben?«, hakte Petra nach.

»Sind bei mir«, sagte Lohner.

Petra staunte ihn an.

»Ist alles bereits dokumentiert«, versicherte Marlies.

»Sie lagen, schön drapiert, links und rechts von seiner schriftlichen Hinterlassenschaft. Deshalb auch die Blutspuren auf dem T-Shirt.«

Lohner deutete darauf.

Die fielen Petra erst jetzt ins Auge, ein Beweis dafür, dass ihr Blick auf die Kinderleiche scheu, zurückhaltend und noch zu wenig professionell war, um ihn bereits als Ermittlungsschritt gelten zu lassen.

Kurz darauf signalisierte die Spurensicherung, dass ihre Arbeit getan war. Allen voran Lohner, der die Kollegin Mai wissen ließ, dass der Tatort chemisch rein wäre.

Wie oft hatte sie diesen Satz bereits von Lohner gehört.

Das sagte er doch immer, wenn er mit seiner Arbeit fertig war.

Aber er klang heute anders als sonst.

*

Der Lehrer Lutz Albrecht, der Neles Leiche gefunden hatte, saß zusammengesunken in der hintersten Ecke des Lehrerzimmers. Als hätte man dieses Häufchen Elend da hingekehrt. Eine Sanitäterin, die bei ihm saß, versorgte ihn mit einer Flasche Kochsalzlösung, die sie ihm intravenös verabreichte. Sie brachte einen zweiten Stuhl, auf den sie die Beine des Erziehers legte.

Als Petra Mai sich ihm vorstellte, begann er zu heulen.

»Er hat einen Schock erlitten«, sagte die Sanitäterin. »Der Notarzt, der das diagnostiziert hat, will ihn in eine Klinik bringen lassen.«

»Ich muss ihm ein paar Fragen stellen«, erklärte die Kommissarin.

Lutz Albrecht nickte, schnäuzte sich. Und begann gleich zu reden.

»Ich hätte Nele nicht ohne Aufsicht in die Pause gehen lassen dürfen. Nicht heute. Ich hatte gleich so ein Gefühl, als sie nicht rechtzeitig wieder da war.«

»Warum nicht heute?«, hakte Petra Mai nach.

Der Lehrer hob die Schultern. »Weil ich so ein Gefühl hatte.«

»Machte Nele das öfter, einfach so verschwinden in den Pausen?«

»Die Nele war gern allein. Sie ertrug den Pausenlärm nicht. *Bäume streicheln*. Das sagte sie dann, wenn sie in das kleine Waldstück abzog. Anfangs habe ich sie nicht verstanden. Die meisten Kinder mit Down-Syndrom können sich ja nicht deutlich artikulieren. Auch Nele nicht. Aber ich habe herausgehört, was sie meinte. Bäume streicheln. Das Waldstück ist ja eingezäunt, gehört zum Schulgelände. Da kann eigentlich nichts passieren. Wenn ich Aufsicht hatte, habe ich meistens nach ihr geschaut. Aber heute nicht, obwohl ich Aufsicht hatte.«

Lutz Albrecht schluchzte. »Ich bin schuld, dass Nele tot ist. Ich hätte es verhindern können, verhindern müssen.«

»So wie es aussieht, hat Neles Mörder die Tat geplant. Und rund um die Uhr hätte man das Kind nicht beaufsichtigen können«, versuchte Petra ihn zu beruhigen.

Die Tür des Lehrerzimmers wurde geöffnet. Zwei Sanitäter in Begleitung des Notarztes traten ein.

»Wir bringen Sie in die Uniklinik«, teilte der Arzt, dem Lehrer zugewandt, mit.

Die beiden Sanitäter hoben ihn auf die Trage und brachten ihn zum Krankenwagen, der kurz danach abfuhr.

»Haben Sie den Totenschein ausgestellt?«, fragte Petra den Arzt.

Der Mediziner nickte, enthielt sich aber eines Kommentars.

Petra Mai hörte einen Wagen vorfahren. Sie schaute aus dem Fenster des Schulgebäudes und sah, dass es der Leichenwagen war. Auf dem Schulhof erkannte sie ihre Kollegin, die Oberkommissarin Ilona Raab, die inzwischen vor Ort war. Ihr rot gefärbtes Haar leuchtete in der Mittagssonne. Es war wie ein Signal. Sie hatte, wie sie gleich erfahren sollte, die Leiche beschlagnahmt, mit dem entsprechenden Anhänger dafür versehen und veranlasst, dass die kleine Leiche zur Obduktion in die Rechtsmedizin gebracht wurde. Dort würde man sie unter Verschluss halten, bis der Staatsanwalt sie freigab. Das aber würde voraussichtlich dauern.

Die Personalien der Lehrerinnen und Lehrer sowie die des Hilfspersonals wurden von den Streifenpolizisten, die zuvor den Tatort abgesteckt hatten, aufgenommen. Alle Mitarbeiter der Förderschule wirkten verstört und hilflos. Zur Aufklärung der Tat konnte keiner etwas beitragen.

Noch nicht.

Inzwischen unterwegs waren die beiden Busfahrer, die alle Schüler, deren Eltern sie nicht abholen konnten, nach Hause fuhren.

Schüler waren keine mehr im Haus.

*

Die gezielte Fahndung ist die Suche aufgrund von konkreten Hinweisen von Auswertungsergebnissen beziehungsweise aufgrund besonderer Anlässe. Der Fahndungsschwerpunkt beschränkt sich auf bestimmte festgelegte geografische Fahndungsbereiche.

Warum musste sie jetzt irgendwelche Lehrsätze hervorholen. Die Fahndung arbeitete doch selbstständig und wusste, was zu tun war.

Warum verstecke ich mich dahinter? Bin ich dem, was

auf mich noch zukommen wird, nicht gewachsen? Petra Mai zweifelte. Sie zweifelte an sich selbst.

Die erste Phase, Erstarren vor der Unglaublichkeit der Tat.

Die zweite Phase, Wut, eine unbändige Wut.

Phase drei aber hieß: Rückkehr zum kühlen Kopf.

Aber so weit war sie noch nicht.

Dem ersten Angriff jedoch, der Sicherung des Ereignisortes, der Suche und Sicherung von Spuren, die es akribisch zu dokumentieren galt, mussten erste Fahndungsmaßnahmen folgen. Und die waren bereits erfolgt, auf Petra Mais dringlichste Anweisung hin. Eine Tatortbereichsfahndung, die gezielte Fahndung in einem begrenzten Raum um den Tatort. Es gab durchaus Anhaltspunkte, dass sich der Täter noch im Tatortbereich befand und also dort ergriffen werden konnte, oder dass zumindest Fahndungshinweise gewonnen werden konnten.

Würde sie ergebnislos bleiben, müsste umgehend eine Ringalarmfahndung in die Wege geleitet werden. Ringförmig um den Feststellungsort, dem Schulgelände der Förderschule am Erlenhof, würde ein Radius festgelegt, der über die Grenzen des Schulgeländes hinausging, mit Kontrollstellen an allen Zufahrtsstraßen und Wegen.

Aber das war nicht Aufgabe der Kommissarin Petra Mai. Das war die Aufgabe der Fahndung, die sich nicht gerne in ihre Arbeit reinreden ließ.

Auf sie wartete eine andere Aufgabe, eine der unangenehmsten in ihrem Beruf. Sie musste die Hinterbliebenen benachrichtigen. Wie sie von der Rektorin der Förderschule Tanja Füllgraf erfuhr, war Neles Mutter alleinerziehend. Drei Mädchen musste sie großziehen. Nele war die Jüngste. Dieser Weg würde ihr nicht erspart bleiben. Das wusste sie. Diesen Job musste sie erledigen. Sie durfte sich nicht drücken. Neben der emotionalen Herausforderung brauchte sie die Daten für die Leichenmeldung, den Eintrag ins Familienstammbuch. Es war ihr freigestellt, die Hilfe eines Seelsorgers in Anspruch zu nehmen, der sie dorthin begleiten würde. Es war eine gute Einrichtung, das wusste sie. Er könnte für sie den Raum schaffen, das personelle Umfeld zu sondieren. Wie wichtig das gerade bei der ersten Befragung war, wusste sie aus Erfahrung. Vielleicht würden Auffälligkeiten in der Wohnung für erste Hinweise sorgen. Andererseits könnte sie dadurch von den Reaktionen der Mutter abgelenkt werden. Es gab wie fast immer ein Für und Wider. Petra Mai entschloss sich schließlich dazu, auf den Seelsorger zu verzichten. Sie schaute auf die Adresse, die sie notiert hatte, und fuhr in den Ortsteil Wiblingen, in die Neubausiedlung beim Tannenplatz, also ganz in der Nähe des Schulgeländes.

*

Er griff ihr unter den Rock. Es störte sie, wenn er immer gleich dorthin fasste, an eine Stelle, die doch zuletzt zu erobern war. Sie bevorzugte den langsamen Weg. Schritt für Schritt. Mund, Brüste, Knie und Schenkel, bis er zur empfindlichsten Stelle sich vorgearbeitet hatte. Dann erst war sie zum Äußersten bereit. Sie brauchte immer etwas Zeit, vielleicht mehr Zeit als andere Frauen. Ihrer Erregung musste sie Geduld abverlangen.

Und er musste Geduld haben mit ihr.

So war es abgesprochen. Festgelegt. Wie durch einen Vertrag besiegelt worden.

Das weiß er doch, verdammt noch mal! Warum greift er mir dann einfach unter den Rock. Grob dazu. Er weiß doch, dass mich das nicht antörnt. Das Gegenteil ist der Fall.

Sie maßregelte ihn jetzt: »Reinhold!«

In scharfem Ton, schrill bis an die Schmerzgrenze, nannte sie ihn beim Namen.

Das genügte.

Es genügte fast immer.

»Wir müssen das noch üben«, fügte sie leicht ironisch an und nahm seine Hand, die noch immer zwischen ihren Beinen klebte, mit einer unmissverständlichen Direktheit weg.

»Ich dachte, weil die Kinder doch gleich kommen«, rechtfertigte er sich.

»Die beiden Großen sind bei ihrem Vater. Heute ist Mittwoch«, erklärte sie.

»Bert ist nur Elenas Vater«, warf Reinhold ein.

»Wenn schon, er hat Karla immer schon auch als die seine angesehen«, verteidigte sie ihren Ex.

»Aber Nele«, warf Reinhold ein.

»Als ob Nele dich jemals gestört hätte«, bemerkte sie.

Reinhold wurde rot.

»Was ist los?«, fragte sie.

»Nichts«, sagte er.

»Bist du jetzt beleidigt?«

»Nein!«

Sie lenkte ein. »Dann lass uns ins Schlafzimmer gehen.«

Sie ging voraus. Die Treppe abwärts. Ihr Schlafzimmer war im Keller. Ganz bewusst hatte sie das so eingerichtet. Kühl im Sommer und zu keiner Zeit lichtdurchflutet, obwohl es Fenster hatte, zwei Fenster auf Schulterhöhe oder etwas darüber. Genügend Licht für die Dinge, die sich dort für gewöhnlich abspielten.

Reinhold folgte ihr. Wie ein Hündchen, das eben noch Prügel bezogen, dem sein Frauchen jetzt aber verziehen hatte. Er zog sich aus, bis er ganz nackt war. Und wartete auf die kleinen Befehle. Sie ausziehen. Dann Mund, Brüste, Schenkel. In genau der Reihenfolge. Manchmal kamen die Füße dazu. Heute nicht.

Sie lag jetzt. Er beeilte sich mit der Vorspielerei. Er wollte, er musste rasch zum Punkt kommen, konnte die Spannung sonst nicht aufrechterhalten.

Aber noch musste er folgsam sein. Sie küssen. Ihr die Lippen lecken. Das beherrschte er doch. Vielleicht wie kein anderer. Die Brüste danach. Aber sachte, nur sanfte Berührungen waren erlaubt. Nichts durfte schmerzen. Er musste sich an ihre Vorgaben halten, sonst machte sie zu. Das wusste er. Erst mit den Fingern, dann mit der Zunge. Die Zunge war sein Instrument, war seine Waffe. Mit der konnte er sie kleinhalten. Seine Zunge machte ihn groß. Damit durfte er sie quälen. Sie zurücknehmen, wenn sie kurz davor war. Und sie ihr dann doch geben. Bis es ihr kam.

Immer aber sie zuerst.

Er erst danach.

Wenn es dann noch funktionierte.

Wenn nicht, lachte sie ihn aus. Nicht immer. Aber doch manchmal.

Ich liebe so kleine Versager, sagte sie dann und küsste ihn, wie man ein Kind küsste. Sanft, als müsste sie eine Wunde damit heilen.

Heute hatte er dieses Problem nicht.

Seine Lust löste sich auf, wie Schwüle nach einem Gewitter.

Sie freute sich, dass er ein wenig dabei schrie.

Reinhold. Sie war noch nicht lange mit ihm zusammen. Die Kinder hatten andere Väter. Drei Kinder, zwei Väter.

Gesättigt lag er jetzt da. Gesättigt von ihr. Sie wusste, wie man einen Mann an sich band. Meist genügte das kleine Gefühls-Einmaleins dafür. Männer waren einfach gestrickte Geschöpfe. Leicht auszurechnen. Sie wieder loszuwerden, gestaltete sich dagegen meist schwieriger.

Aber davon war sie im Augenblick noch weit entfernt. Reinhold war alltagstauglich. Als alleinerziehende Mutter ein nicht unerhebliches Argument bei der Wahl ihrer Männer. Jetzt lag sie neben ihm. Ohne dass sie einander berührten. Sie dachte an alles und nichts, wie so häufig, wenn sie befriedigt ihrer Entspannung frönte. Wenigstens für eine halbe Stunde noch.

Bis Nele heimkam.

Es klingelte an der Haustür.

»Nele«, sagte sie, mehr zu sich selber als zu ihrem Partner. Und wunderte sich, dass sie jetzt schon gebracht wurde.

»Du kannst ruhig liegen bleiben«, sagte sie, ohne sich ihm zuzuwenden.

Sie sprang aus dem Bett, zog sich den Bademantel

über und stieg, während ein erneutes Schellen der Türklingel sie antrieb, zur Tür hoch.

Sie öffnete.

Vor der Tür stand eine Frau, stellte sich ihr vor.

»Mein Name ist Petra Mai, ich bin Hauptkommissarin bei der Mordkommission Ulm.«

*

»Spreche ich mit Frau Hannah Halder, Neles Mutter?«

Hannah Halder nickte.

»Darf ich hereinkommen?«

Frau Halder schnürte den Morgenmantel enger. Sie bat sie in ihre Wohnung.

»Ist etwas passiert?«

»Können wir uns setzen?«, fragte die Kommissarin.

Frau Halder ging voraus, bot der Polizistin einen Platz am Esstisch neben der Küchenzeile an.

Beide setzten sich.

»Es tut mir leid, Frau Halder, ich muss Ihnen leider eine traurige Mitteilung machen.«

Hannah Halder schwieg. Und wartete.

»Ich muss Ihnen mitteilen, dass Ihre Tochter Nele tot ist.«

»Tot?«, echote Frau Halder fragend. »Wie, tot?«

Petra Mai ließ der Mutter Zeit, dass diese Schreckensnachricht erst einmal in ihr Bewusstsein eindringen konnte.

»Sie sagen, Sie sind von der Mordkommission«, stammelte Frau Halder. »Heißt das …«

Sie sprach nicht weiter.

»Nele ist einem Gewaltverbrechen zum Opfer gefallen«, teilte die Kommissarin ihr betont sachlich mit.

Hannah Halder schlug die Hände vors Gesicht.

Dann schrie sie: »Reinhold!«

Kaum eine Minute später kam Hannahs Geliebter, mit erst zur Hälfte hochgezogener Hose, die Treppen hoch.

»Was ist passiert?«, fragte er. Sein Blick wanderte dabei von Hannah zu der Polizistin.

»Nele«, stammelte Hannah. »Man hat sie totgemacht.«

Wie sie das sagte.

Petra Mai schaute sie verwundert an. *Totgemacht.* Wie ein Tier, eine Spinne vielleicht. So redeten Kinder.

Hannahs Geliebter reichte der Kommissarin die Hand und stellte sich vor.

»Breisacher, Reinhold. Was genau ist denn passiert?«

Petra Mai versuchte in knappen Sätzen, den Sachverhalt zu schildern, ohne sich dabei in Details zu verstricken.

»Wo ist jetzt meine Nele?«, schluchzte die Mutter.

»In der Gerichtsmedizin. Wir hoffen, brauchbare DNA zu finden, um den Täter rasch überführen zu können.«

Reinhold Breisacher nickte wissend.

Hannah schaute zu ihrem Geliebten und schrie: »Wer macht nur so was!« Und krampfte sich an ihm fest.

Petra Mai versuchte so feinfühlig wie nur möglich, den administrativen Forderungen nachzukommen, die auch in so einem Fall unumgänglich waren.

Sie nahm auch die Personalien von Reinhold Breisacher auf.

»Darf ich fragen, wo Sie in der Zeit zwischen 10.30 Uhr und 11.30 Uhr waren?«

Er schaute sie groß an.

»Reine Routine«, beschwichtigte die Kommissarin.

Breisacher verstand. »Im Baumarkt«, antwortete er. »Und danach bin ich zu Hannah gefahren.«

»Wann darf ich zu meiner Nele?«, beharrte die Mutter schluchzend.

»Ich gebe Ihnen Bescheid«, sagte Petra Mai und fügte hinzu: »So gefühllos es klingen mag, Sie müssen die Leiche identifizieren.«

*

Petra saß an ihrem Schreibtisch im Neuen Bau und arbeitete sich, wie man so schön sagte, in den Fall ein. Zumindest versuchte sie das. Was sie letztlich daran hinderte, war ein Bild, das sich nicht verscheuchen ließ. Zwei abgeschnittene Zehen eines gerade mal 13-jährigen Mädchens, die einen in Schönschrift hingemalten Text, der ihr ein einziges Rätsel war, rahmten. Das Bild einer grotesk-bizarren Inszenierung, das sie nur von Marlies' Tatortaufnahmen her kannte. Zum Glück. Sie fragte sich, ob sie dem realen Bild gewachsen gewesen wäre. Oder ob der Notarzt auch sie hätte betreuen müssen.

Auf ihrem Tisch lag die Liste der Lehrerinnen und Lehrer der Förderschule, die ihr die Rektorin zusammengestellt hatte. Eine endlos lange Liste, wie ihr schien, dazu kamen die Busfahrer und der Hausmeister sowie der Name einer Reinigungsfirma, welche die Reinigungskräfte stellte.

Petra war sich sicher, dass der Täter im Umfeld der Mutter oder aber der Schule zu suchen war. Nele und ihr Mörder mussten sich gekannt haben. In 90 Prozent derartiger Kapitalverbrechen war dies der Fall gewesen. Sie vertraute dieser Statistik. Und dieser Mord würde diese Statistik stützen, da war sie sich sicher. Vielleicht war Nele sexuell missbraucht worden, über einen längeren Zeitraum hinweg, und der Täter fürchtete plötzlich, dass seine Übergriffe vom Opfer, das jedoch kaum der Sprache mächtig war, verraten und er enttarnt wurde.

Was Petra Mai bei ihren Überlegungen störte, waren diese drei Zeilen, die Neles Mörder auf ihrem roten T-Shirt drapiert hatte. Petra holte das Foto her, auf dem dieser in Schönschrift hingemalte Text deutlich zu lesen war:

Wie willst du dort gehen
Über Dornenstraßen hin,
mit zappelnden Füßen?

So oft sie ihn auch las, sie wurde nicht schlau daraus. Was hatte der zu bedeuten, und was hatte er mit dem toten Kind zu tun? Spielten die zappelnden Füße auf ihre Behinderung an? Was waren die Dornenstraßen, die zu gehen sie vielleicht nicht imstande war?

Ihr war klar, noch stand sie mit leeren Händen da.

Vielleicht würde die Rechtsmedizin Klarheit schaffen. Spuren eines vorangegangenen Missbrauchs entdecken.

Wenn das der Fall war, mussten sämtliche Männer aus dem Umfeld der Mutter ins Visier genommen werden. Ein Partner mit pädophiler Neigung. Der klassische

Fall. Er benutzt die Mutter, um sich an deren Tochter zu vergehen. Oder er hat sich das Vertrauen der Tochter erschlichen, in diesem Fall Neles, und es schändlich missbraucht. Ein früherer Freund der Mutter vielleicht.

Wie dem auch sei, der Fall brauchte zusätzliches Personal. Ihre eigene Inspektion war derzeit unterbesetzt. Ein Vorteil der Verwaltungsreform, die übergreifenden Zuständigkeitsbereiche miteinzubeziehen, kam ihr jetzt zupass. Sie konnte also bei den anderen Inspektionen hausieren gehen.

Und das duldete keinen Aufschub.

*

Noch in der Nacht hatte Petra Mai eine Leichenmeldung an die Staatsanwaltschaft geschrieben, in der neben den Personalien, der Sachverhaltsschilderung und der Fotos auch der Vermerk enthalten war, dass zweifelsfrei ein Kapitalverbrechen vorlag. Sie versuchte das so emotionslos wie möglich zu verfassen. Eine Schutzmaßnahme. Eine Schutzschicht, die jedoch spätestens morgen zu entfernen war.

Statt Kapitalverbrechen hatte sie zunächst »Fremdverschulden« notiert, doch gleich gespürt, dass dieser Begriff angesichts der Schwere der Tat geradezu lächerlich wirkte.

Sie saß an ihrem Küchentisch, der seit ihrem Einzug in diese Wohnung auch als Schreibtisch herhalten musste, und brütete über der noch mageren Ermittlungsakte.

Sie schaute auf die Uhr. Es war Viertel vor elf.

Dann fasste sie den Entschluss, ihren einstigen Chef und Mentor Klaus Lott anzurufen. Seit sie zu Beginn des neuen Jahrtausends bei der Ulmer Kripo eingestiegen war, war der Kontakt zu ihm nie wirklich abgebrochen. Sie erinnerte sich an ihren ersten Fall, den Fall Agnes Winter, den sie damals aufzuklären hatten. Und dann, als Lott bereits in Diensten der Landespolizei stand, als Leiter einer Sonderkommission nach Ulm gerufen wurde, weil auch gegen einen Kollegen, der unter Mordverdacht stand, ermittelt werden musste. Ein Fall für das Dezernat für Sonderfälle.

Damals hatte sie eine äußerst intensive, wenn auch kurze Affäre mit ihm, die letztlich in eine Freundschaft mündete, die bis zum heutigen Tage anhielt. Lott war ein hervorragender Ermittler, sie kannte keinen besseren. Und dem Drang, ihn anzurufen, gab sie jetzt nach. Sie nahm das Telefon zur Hand und wählte die gespeicherte Nummer an.

Lott nahm gleich ab, als hätte er vor dem Telefon gesessen, um auf ihren Anruf zu warten. Sie alberten darüber kurz, ehe Petra ihm vom Mord an dem 13-jährigen Down-Kind, wie sie Nele bezeichnete, in aller Ausführlichkeit berichtete. Zuletzt las sie ihm den Dreizeiler vor, den der Täter bei der Leiche hinterlassen hatte.

Petra spürte, wie Lott plötzlich starr verharrte. Sie hörte ihn nicht einmal mehr atmen.

»Bist du noch dran?«, rief sie ins Telefon.

Ohne darauf zu antworten, sagte er: »Zähle die Silben.«

»Wie bitte?«, fragte Petra zurück.

»Wie viele Silben hat der Text oder lies ihn mir noch einmal vor.«

Petra schwieg. Dann sagte sie: »17. Fünf, sieben und wieder fünf Silben.«

»Ein klassisches Haiku also«, antwortete Lott.

»Was bitte?«, hakte Petra nach.

Lott klärte sie über Form und Inhalt der japanischen Dichtkunst auf.

Petra dankte ihm, ohne zu verstehen, und sagte: »Ich würde dich gerne wiedersehen!«

»Das wirst du, und vielleicht früher, als dir lieb ist.«

Er küsste sie durchs Telefon und legte auf.

Was zum Teufel meint er damit.

Früher, als dir lieb ist.

Würde ihr früherer Chef und Mentor ihr wieder vor die Nase gesetzt werden?

Eine Soko leiten?

Würde man ihr den Fall wegnehmen, sie wieder einmal ins zweite Glied zurücksetzen?

Aber was wollte sie eigentlich?

Vielleicht war das doch gut so. Nicht an der Spitze der Verantwortung stehen bei der Ermittlung in diesem scheußlichen Fall.

Gut, sie war jetzt zur Ersten Kriminalhauptkommissarin der Polizeiinspektion 1, der Mordkommission also, aufgestiegen. Und dazu da, Morde wie diesen mit ihren Kolleginnen und Kollegen vor Ort aufzuklären.

Vor diesem Fall aber schreckte sie plötzlich zurück, ängstlich wie ein Nichtschwimmer vor dem Sprung ins tiefe Becken.

Sie überflog noch einmal die Leichenmeldung für die Staatsanwaltschaft. Es war kurz vor Mitternacht. Es lagen noch keine Fahndungsergebnisse vor. Man hätte sie sonst informiert. Sie hatte darum gebeten. Ausdrücklich. Zu jeder Zeit wäre sie zu erreichen. Hatte sie angeordnet. Auch wenn die Rechtsmedizin bereits Ergebnisse hätte. Was nicht wahrscheinlich war.

Nicht vor morgen Mittag.

Petra Mai stand auf, ging in die Küche, trank einen Schluck Wasser. Ihr Mund war trocken, als hätte sie eine Wüste durchqueren müssen. Sie ging ins Bad, putzte sich die Zähne, zog sich aus und stellte sich unter die Dusche. Eine warme Dusche zum Herunterkommen.

Um ruhig zu werden, wie sie dachte.

Aber sie wurde nicht ruhiger.

Sie zog sich ihr Sleep-Shirt an und legte sich ins Bett. Es war eine laue Nacht. Sie musste sich nicht zudecken. Auf dem Rücken liegend, starrte sie zur Decke, an der die Lichter von draußen wie Signale herumwanderten.

Schloss sie aber die Augen, suchte die tote Nele sie heim. Ein 13-jähriges Mädchen mit Down-Syndrom, der man post mortem die großen Zehen mit einer Astschere oder sonst einem Werkzeug wie ein Stück Totholz abgeschnitten hatte. Im nächsten Moment stellte sich die Kommissarin die makabre Frage, wo Lohner den entsprechenden Anhänger bei der Beschlagnahmung der Leiche, der normalerweise um einen der großen Zehen gehängt wurde, bei dem toten Kind angebracht hatte.

Sie machte die Augen zu und hoffte, der Sandmann käme, um sie in den Schlaf zu begleiten. Sie fühlte sich jetzt klein wie ein Kind. Aber alles andere als geborgen.

Plötzlich schreckte sie hoch.

Warum wollte Lott die Anzahl der Silben auf der ominösen Signatur des Täters wissen?

Und warum hatte sie ihn nicht eindringlicher danach gefragt?

Jetzt nahm sie die Frage mit in ihren Traum. Der handelte von abgeschnittenen Kinderzehen, die sie zählen musste, sich aber immer wieder verzählte und von Neuem zu zählen begann.

*

Was überhaupt ist ein Leben wert?, dachte Hans Schuler wie so häufig in der letzten Zeit wieder. Und gab sich selbst die Antwort: Gerade so viel, wie es das Spiel verlangt!

Denn das Leben ist ein Spiel mit Gewinnern und Verlierern. Nicht mehr. Nicht weniger. Der Sieger bekommt die Hand der Königstochter. Und obendrein ein Schloss.

Mit einem Park dabei, in dem die Pfauen regieren. Der Verlierer geht leer aus.

So war die Welt einst in Ordnung. Jetzt hatte sie sich gedreht.

Jemand musste sie wieder ins Lot rücken.

Er war auserwählt, dies zu vollbringen. Der erste Schritt dazu war vollbracht.

Kein Sieger durfte mehr leer ausgehen.

Die Spielregeln mussten ihre Gültigkeit zurückgewinnen.

Aus der Ferne hörte er die Sirenen der Polizeifahrzeuge. Sie klangen in seinen Ohren wie ein Triumphmarsch. Er hatte sie alle genarrt, war den geraden Weg gegangen, bis hierher in sein Elternhaus, in dem jetzt die Geister hausten. Sie hausten bei seiner Mutter, die ihn hergesungen hatte wie einen Knaben. Der Mutter ging er aus dem Weg. Das Haus war groß genug. Für sie und ihn. Für die Katzen und für die Spinnen. So sehr die Mutter ihn auch störte, es gelang ihm stets, ihr aus dem Weg zu gehen. Eine Gelegenheit fand sich immer. Liebte er sie noch? So wie früher, als er ein Kind war? Zumindest glaubte er das. Und er liebte das Haus, das, verwunschen wie ein Schloss, umgeben von mannshohen Hecken, sich vor der übrigen Welt verbarg.

Er ging in sein Zimmer und schloss sich ein, stopfte sich Watte in die Ohren, dass er die Mutter nicht hörte, wenn sie nach ihm rufen sollte.

So saß er da, bis die Dunkelheit das *Schloss*, in dem er jetzt wieder wohnte, verschlang.

*

Hilbinger, Chef des Tübinger Sonderdezernats, und Lander, der Polizeichef der Ulmer Kriminalpolizei, waren rasch übereingekommen, dass das Dezernat für Sonderfälle die Ermittlung im Mordfall Nele Halder übernehmen würde. In Zusammenarbeit mit dem Ulmer Morddezernat. Lott würde die dafür geschaffene Sonderkommission leiten. Eine Konstellation, die in der Vergangenheit einige Male erfolgreich gewesen war. Und warum sollte sie nicht auch dieses Mal funktionieren.

Der Grund neben der Schwere der Tat waren vor allem die ominösen Zeilen, die der Täter bei der Kinderleiche hinterlassen hatte. Drei Zeilen, 17 Silben, nach dem Muster japanischer Haikus. Dass mit dem Mord an Nele eine Serie weiterer Gewaltverbrechen folgen könnte, war nicht auszuschließen, eher wahrscheinlich. Vorausgesetzt, das Täterprofil entsprach in etwa dem des Serienmörders Adam Schmitt, von dem Britta Zorn berichtet hatte.

Die Handschrift des Täters, so viel war klar, da musste man kein Profiler sein, war die eines psychisch gestörten Menschen mit deutlichen sozialen Defiziten. Da gab es für Lott keine Zweifel.

Ilona Raab hatte Lott am frühen Morgen per Mail diese ominösen drei Zeilen geschickt:

Wie willst du dort gehen
Über Dornenstraßen hin,
mit zappelnden Füßen?

Lott erkannte dieselbe Handschrift. Eine in Schönschrift hingemalte Nachricht des Täters. Lott las es ein paarmal. Die *zappelnden Füße* könnten eine Metapher für Neles Behinderung sein, die *Dornenstraßen* ihr Lebensweg. So weit aber war die Kollegin Mai auch schon gekommen. Aber weiter wurde er so wenig schlau aus dem Text wie die Kollegin.

Er hatte gestern Nacht noch mit Britta Zorn telefoniert, ihr weitergegeben, was Petra ihm unmittelbar davor geschildert hatte: den Mord an Nele, die abgeschnittenen Zehen, das Haiku. Ein Täterprofil, ähnlich dem von Adam Schmitt, wenngleich die 17 Silben Lott anspruchsvoller dünkten als die »Warenzettel« des

Adam Schmitt, auf denen Gewicht und Alter der Opfer vermerkt worden waren.

Britta Zorn hatte versprochen, pünktlich zu sein, und war, gleich nachdem sie Tochter Mara zur Schule gebracht hatte, ins Präsidium geeilt, um die neue Signatur des Täters zu begutachten. Es war selbstverständlich, dass Lott sie mit nach Ulm nehmen würde. Britta Zorn würde eine wesentliche Aufgabe innerhalb der Soko zufallen, wenn nicht die wichtigste. Sie würde den Mordermittlern die Handschrift des Täters erklären.

»Und was mach ich mit Mara?«, warf Britta ein.

»Um die wird sich meine Frau kümmern«, sagte Lott.

*

Hannah Halder musste nicht lange nachdenken. Die Liste der Männer in ihrem Leben war kurz. Und sie trug sie in ihrem Kopf zum Polizeipräsidium, wo die Kommissarin Mai gewiss schon auf sie wartete. Die Münsterglocken hatten bereits zur vollen Stunde geschlagen. Sie hatte den Bus genommen und war an der Haltestelle Rathaus ausgestiegen. Bei der Wache fragte sie nach. Eine uniformierte Polizistin führte sie in den Verhörraum. Dort sollte sie warten. Sie schaute sich um.

Vermutlich werde ich bereits beobachtet, wie in den Fernsehkrimis, dachte sie.

Dann dachte sie an die kurze Liste ihrer Männer, die sie im Kopf hierhergetragen hatte. Hanno war ihr Erster gewesen. Er hatte sie entjungfert. Keine große Sache. Sie hatten geheiratet, weil Karla unterwegs war. Auch die Ehe keine Sache, auf die man hätte stolz sein können. Immerhin hielt sie sieben Jahre. Sieben langweilige Jahre bis zu dem Tag, an dem sie ihren Mann betrog. Mit Hannos bestem Freund. Ein Amerikaner mit Namen John. Ein so gewöhnlicher Name, aber ein außergewöhnlicher Mann. Zwei Meter groß. Aber zärtlich wie ein Kuschelhase. Leider verheiratet. Und scheiden lassen wollte der sich nicht, obwohl sie ihn drängte. Da war er lieber weggezogen. Auch weil er Hanno nicht mehr in die Augen schauen konnte. Damals war ihr klar geworden, dass sie Hanno nicht liebte. Denn wenn man mit einem anderen schläft, dann liebt man den Mann, mit dem man zusammenlebt, nicht mehr. Zwei Männer gleichzeitig zu lieben war doch unmöglich. Ungehörig zudem. Und verlogen. Diesem Grundsatz war sie treu geblieben. Bis heute. Und daran würde sich auch nichts mehr ändern. Mit Karla war sie nach Ulm gezogen. Mietete im Frauengraben eine Zweizimmerwohnung. Finanziell war sie versorgt. Da war Hanno großzügig. Bis heute zahlte er für Karla. Und immer mehr als den Pflichtteil. Und danach? Sie musste jetzt überlegen. Bevor sie mit Bert zusammenzog, hatte sie mit dem Krankenpfleger Matthias eine Affäre. Aber auch der verheiratet und partout nicht bereit, sich scheiden zu lassen. Bert war zum Glück ledig. Und erstaunlich alltagstauglich. Geschickt auch im Umgang mit Geld. Nur im Bett war er alles andere als das. Verklemmt bis zur Unerträglichkeit und nie bereit, ihr die sexuellen Wünsche, die sie hatte, zu erfüllen. Dennoch bekam sie zwei Kinder von ihm. Elena und Nele. Gerade einmal ein Jahr auseinander. Nele, ihre Jüngste. Als sie geboren und klar wurde, dass es ein Kind mit Down-Syndrom war, weinte sie tagelang und ging über Wochen hinweg nicht mehr aus dem Haus. Sie schämte sich, ein behindertes Kind auf die Welt gebracht zu haben. Über eine Totgeburt wäre sie leichter hinweggekommen. Aber jetzt, wo Nele tot, ermordet worden war, konnte sie vor Schmerz kaum noch atmen. Sie musste die Liebe zu ihrem behinderten Kind erst lernen. Dass es mit Bert nicht ein Leben lang gut gehen würde, ahnte sie. Aber Nele war daran nicht schuld, obwohl sie ihm bei Neles Geburt stille Vorwürfe, die nie laut wurden, gemacht hatte. Schuld war auch kein anderer Mann, in den sie sich verliebt hätte. Seit Nele auf der Welt war, fehlte es ohnehin an Möglichkeiten. Sieben Jahre sind eine lange Zeit. So lange aber war sie auch mit ihm zusammen, bis sie ihm erst das Ehebett, später das Haus verwehrte, obwohl er es gebaut hatte. Seine Kinder sah er jedes zweite Wochenende und jeden Mittwochnachmittag. Dazu die Hälfte der Sommerferien. Es genügte ihm. Und sie war froh, die Kinder für eine Weile los zu sein. Sie fragte sich, ob er bereits wusste, dass Nele tot war, dass sie ermordet wurde. Sie hätte ihn anrufen müssen. Aber gestern war sie nicht bereit dazu gewesen, ihren Schmerz zu teilen. Auch nicht mit Reinhold. Sie hatte ihn weggeschickt. Eine Nacht mit ihm hätte sie nicht ertragen.

Ob die auch meine Gedanken ertragen, diese Leute hinter der Scheibe?, fragte sie sich. Und dachte dann an Egmont, an Egmont Taube, den Buchhändler. Ein Name, der passte. Egmont, weil seine Eltern, beide Goethe-Verehrer und einmal Deutschlehrer gewesen waren. Und Taube, weil er sich stets wie eine Friedenstaube gebärdete. Immer auf Verständnis bedacht. Mit einer Aura, die einen einlullen konnte.

Ich war dir im Voraus treu.

Diesen Satz sagte sie ihm, nachdem es passiert war, weil sie nach Bert keine Beziehung mehr eingegangen war.

Der Satz hatte ihn berührt. Ihn, der doch immer mit klugen Sätzen die Frauen rumkriegte. Wie oft hatte sie ihn nicht ertappt dabei. Im Buchladen, seinem Refugium. Sie hatte sich Hals über Kopf in ihn verliebt. Obwohl ihr Verstand sie warnte, vor Verletzungen, die unausweichlich waren. Ihr Herz würde bluten. Von den Wunden, die ihre Eifersucht schlagen würde. Sie aber hörte nicht auf den Verstand. Sie wurde süchtig nach ihm. Wie virtuos er sie befriedigte und sie danach, als wäre dies erst ein Vorspiel gewesen, mit Schwelgetexten berieselte, mit zarter Liebeslyrik, damit sie sich fühlte wie auf Wolken gebettet. Seine Stimme dazu, die allein sie schon schwach werden ließ. Egmont war ledig. Aber sie hatte sich manchmal gefragt, damals, im Jahr ihrer Liebe, ob dies wirklich von Vorteil für sie war. So viele Frauen hingen an ihm. Und nie war sie sich im Klaren darüber, ob es dabei nur um Literatur ging, wie er immer behauptete, oder um mehr. Egmont, so sanft und so bestimmt. Auch er hatte gewiss eine dunklere Seite, die er irgendwo, wenn auch im hintersten Regal seiner Seele, versteckt hielt. Sie hatte den Buchladen, seit sie nicht mehr zusammen waren, nicht mehr betreten. Anfänglich aus Angst, sie könnte sich von Neuem in ihn verlieben. Da ging sie jedem Kontakt aus dem Weg. Wenn er anrief, nahm sie nicht ab. Und jetzt war sie ja mit Reinhold zusammen. Im Internet kennengelernt. Egmont hätte den Kopf darüber geschüttelt. Sie gerügt: *Wie kann man nur.* Er freilich hat das nicht nötig. Er spinnt die Netze zwischen seinen Büchern und hält die Frauen darin fest. Liest ihnen verlogene Märchen vor, wie ihr, wenn sie sich satt, sich in den Wolken wähnte. Sie glaubte seinen Märchen, zuletzt den ganz kleinen, die nur aus drei Zeilen bestanden: Das letzte hatte sie noch immer im Ohr.

Ja, kleine Schnecke
Besteige den Berg Fuji
Aber ganz, ganz langsam

Sie wusste gleich, dass sie gemeint war. Die kleine Schnecke mit ihrem großen, so weit entfernten Ziel.

Die Erinnerung schmerzte noch immer. Jetzt, wo sie Egmonts Namen mit in die Liste der Männer, mit denen sie einmal zusammen war, für die Kommissarin notierte. In ihrem Kopf erst mal, und später womöglich auf Papier.

Was aber sollte denn Egmont mit Neles Tod zu tun haben? Geradezu lachhaft war das. Er hatte auch Nele mit seinen Geschichten in den Schlaf gewiegt, geduldig wie ein fleißiger Sandmann. Und Nele liebte Egmont, strahlte übers ganze Gesicht, wenn er kam und sie seinen Namen aussprach, so gut, wie sie es eben konnte.

E'mont, rief sie und lief in seine offenen Arme.

Die Kommissarin aber bestand gewiss auf eine komplette Aufstellung. Da durfte sie keinen auslassen. Eine komplette Liste! Wie sich das anhörte! Eine Liste mit Freiern, mit denen abzurechnen war.

Kommissarin Mai trat in den Verhörraum. Mit grußbereiter Hand ging sie auf Frau Halder zu, die aufstand, um den Händedruck der Ermittlerin zu erwidern. Beide setzten sich, Petra Mai setzte die Mutter der ermordeten Tochter davon in Kenntnis, dass das Gespräch aufgezeichnet würde.

Hannah Halder nickte.

»Ich habe die Liste der Männer, nach denen Sie gefragt haben, im Kopf, wenn Sie die jetzt notieren wollen, oder soll ich …«

Kommissarin Mai unterbrach.

»Später«, sagte sie. »Bitte schildern Sie mir erst, was gestern Morgen passiert ist. Wie der Ablauf war, gab es etwas Besonderes, ist Ihnen im Nachhinein etwas Ungewöhnliches aufgefallen?«

Hannah Halder schien nachzudenken, sagte dann: »Nein, es war alles wie immer. Ich hab die Kinder geweckt, es wurde gefrühstückt. Karla und Elena sind mit dem Rad zur Schule gefahren. Nele hat wie immer getrödelt. Konnte sich erst nicht von ihrem Kreisel trennen, dann hat sie noch mit ihrem Holzzug gespielt. War etwas später dran vielleicht, denn der Busfahrer der Schule musste diesmal klingeln. Normalerweise sollen die Kinder schon bereitstehen, wenn er vorfährt. Damit alle rechtzeitig in der Schule sind.«

»Also alles wie immer«, konstatierte die Kommissarin.

Hannah Halder lächelte plötzlich, begleitet aber von Tränen, die sie wie ein Kind mit dem Handrücken abwischte.

Petra Mai horchte.

»In letzter Zeit hatte Nele so eine Marotte. Sie zeigte jedem ihren Busen, der zwar noch kaum vorhanden war. Aber diese kleine Wölbung machte sie stolz. Und Lars, dem Busfahrer, musste sie den freilich zeigen. Der aber hat gleich weggeschaut. Ein wenig peinlich berührt.«

»Und danach?«

»Hausarbeit, das Übliche. Spülmaschine einräumen, Wäsche waschen und so weiter, schnell zum Bäcker. Später das Mittagessen vorbereiten.«

»Wann genau kam Herr Breisacher, Ihr Lebensgefährte?«

»›Lebensgefährte‹ ist ein wenig hoch gegriffen«, wehrte Frau Halder ab. »Wir sind noch nicht lange zusammen und die große Liebe ist das, von meiner Seite aus zumindest, nicht.«

»Um wie viel Uhr genau?«, hakte Mai nach.

»Halb eins, er wollte dann noch schnell mit mir ins Bett, bevor die Kinder kommen. Auf die Schnelle, obwohl das nicht mein Ding ist.«

Petra Mai horchte weiter.

Vernehmungspsychologische Kenntnisse wie Kommunikationsfähigkeit, psychologisches Einfühlungsvermögen, Menschenkenntnis und verbale Ausdrucksfähigkeit hatte sie sich, neben aller Fachkompetenz, im Laufe der Jahre erworben. Aber was halfen die ihr jetzt, wo sie einer Mutter, die gerade ihr Kind durch ein scheußliches Verbrechen verloren hatte, gegenübersaß, um Erkenntnisse zu gewinnen, die sie ermittlungstechnisch weiterbringen würden. Gut, eine Zeugenvernehmung diente schließlich nicht dazu, bereits im Vorfeld Schlüsse zu ziehen, die man hernach wieder zu revidieren hatte. Diese operative Befragung hatte zunächst einmal eine Orientierungsfunktion. Und ob Frau Halder relevante Informationen liefern konnte, die zur Aufklärung führen könnten, war dahingestellt.

Sie überflog noch einmal die Daten: Hannah Halder, geboren am 12. September 1964 in Höchstadt, Mittlere Reife an einer Mädchenschule dort. Später Ausbildung zur Krankengymnastin, den Beruf aber kaum ausgeübt. Geschieden. Derzeit wohnhaft in Ulm-Wiblingen.

»Sie sprachen eingangs von Ihren Männern. Ich habe Sie ja gebeten …«

Diesmal fiel ihr Hannah Halder ins Wort: »Ich habe die Liste im Kopf, wenn Sie die jetzt notieren wollen.«

Die Kommissarin nickte, notierte die jeweiligen Adressen sowie den Zeitraum, in denen sie mit Hannah Halder liiert waren.

»Von John weiß ich leider nicht einmal mehr den Nachnamen, das liegt aber auch schon zu lange zurück. Und den Egmont Taube kennt eh jeder in der Stadt.«

»Wenn Ihnen noch eine, nennen wir es nähere Bekanntschaft, die Sie mit einem Mann hatten, einfällt …«

Petra Mai musste nicht weiterreden.

Frau Halder, der plötzlich alle Farbe aus dem Gesicht gewichen war, stammelte: »Da gab es eine, eine unangenehme Begegnung allerdings. Es war fast eine Vergewaltigung …«

»Wann war das?«, fiel ihr Petra ins Wort.

»Kurz nachdem ich mit Egmont Schluss gemacht habe, also vor eineinhalb Jahren etwa. Ich weiß seinen Namen nicht. Wir waren uns öfter schon mit den Rädern begegnet, am Illerweg. Anfänglich ganz nett geplaudert, geistreich auch, als ob er belesen wäre. Irgendwann wollte er jedoch mehr, Kaffeetrinken und so, da war ich noch bereit dafür, aber dann ist er einfach über mich hergefallen. Bei einem Picknick …«

»Haben Sie den Vorfall zur Anzeige gebracht?«

Hannah Halder lachte schrill auf. »Um Gottes willen, nein. Mit dem bin ich schon allein fertig geworden. Der hat sich getrollt! Wie hieß der noch mal – Heinz oder Hans? Irgendein spießiger Name.«

»Gab es eine Begegnung danach?«

Frau Halder räusperte sich, ein Ausdruck ihrer Verachtung.

»Da hat er jedes Mal gleich weggeschaut und das Weite gesucht. Aber das ist Monate her. Möglich, dass er inzwischen weggezogen ist.«

Petra Mai stand auf. Zum Zeichen, dass sie die Vernehmung für beendet hielt. Als Hannah die Hand der Kommissarin drückte, weinte sie wieder, schüttelte den Kopf dabei und schluchzte: »Wer kann so was nur tun, ein wehrloses, behindertes Mädchen. Sie ist dem Mann, der das getan hat, vermutlich voller Vertrauen in die Arme gelaufen.«

Petra Mai, um Trostworte verlegen, konnte nichts darauf sagen.

*

Damals durchschritt er die Räume der Polizeiinspektion I wie ein Feldherr ein annektiertes Land, damals, vor nunmehr sechs Jahren. Er war bereits in Diensten der

LPD, als er nach Ulm zurückkehrte, um eine Soko zu leiten, weil ein Ulmer Kollege zum Kreis der Verdächtigen zählte. Lott erinnerte sich daran, und es schien ihm, als wäre das in einem anderen Leben gewesen. Dabei wiederholte sich doch stets alles. Ein Déjà-vu reihte sich an das vorige. Eine endlose Kette von scheinbar wiederholt Erlebtem.

Als er nun mit Britta Zorn im Neuen Bau eintraf, gehörten alle Blicke zunächst der neuen Kollegin, der Profilerin, die in den USA beim FBI ausgebildet worden war, wie auch die Ulmer Kollegen inzwischen wussten. Polizeichef Christoph Lander empfing sie entsprechend überschwänglich, und auch Staatsanwalt Adrian Mollenkopf machte kein Hehl aus seiner Bewunderung. Die Vita Britta Zorns hatte ihnen allen Respekt abverlangt.

»So sieht man sich wieder«, sagte Lohner und drückte Lotts grußbereite Hand, beharrte aber darauf, dass Lott ihm die Profilerin vorstellte, was er umgehend tat.

Auch Ilona Raab und Marlies Kaupper sowie Kurfeß vom Wirtschaftsdezernat und die Erste Kriminalhauptkommissarin Petra Mai hatten sich im Konferenzraum zu dieser ersten Dienstbesprechung eingefunden. Während die anderen die beiden Tübinger geziemend begrüßten, verschwand Petra Mai in den offenen Armen Lotts und küsste ihn auf den Mund. In der Art, als müsste sie der Profilerin klarmachen, wer hier die älteren Rechte hatte. Ein wenig schnippisch gab sie sich, als sie Britta Zorn in *ihrem Präsidium* willkommen hieß.

Man kam aber schnell zur Sache.

Adrian Mollenkopf drängte. Und pochte darauf, der Soko zunächst einen Namen zu geben. Eine Marotte von ihm, aber formelle Dinge hatten für Mollenkopf eben Priorität. Er bestand auf aktuelle Ermittlungspläne, Teilermittlungspläne, Fallanalysen und Beurteilungskriterien. Und wenn eine Soko schon eingerichtet werden musste, so hatte diese gefälligst auch einen Namen zu haben. So wunderte sich, Britta Zorn ausgenommen, auch niemand in der Runde über Mollenkopfs erste Forderung.

Eine namenlose Sonderkommission war für ihn schlichtweg ein Unding.

Lott, der sich angesprochen fühlte, schien jedoch Mollenkopfs Forderung zu übergehen, zumindest holte er weit aus.

»Der Ermordung der kleinen Nele sind zwei Vergehen vorangegangen, die zweifelsfrei auf denselben Täter schließen lassen. Es handelt sich dabei um Artenschutzdelikte. Sein erstes Opfer war ein Uhu, den er mit Carbofuran vergiftete, das zweite ein weiblicher Luchs. Der Uhu im Kreis Regensburg, die Luchsdame im Naturpark Bayerischer Wald, wo im Übrigen im Jahr davor bereits zwei Luchse vergiftet wurden, die aber wohl nicht auf das Konto unseres Täters gehen. Der Luchs unseres Täters wurde bizarrerweise im Schönbuch abgelegt, also einige Hundert Kilometer vom Tatort entfernt. Ein sicheres Indiz, dass es sich um ein und denselben Täter handelt, ist die Signatur, die der Täter in auffälliger Weise hinterlassen hat. Es handelt sich dabei um 17-silbige Texte, sogenannte Haikus, eine japanische Lyrikform, die strengen Gesetzen unterworfen ist. Drei Zeilen, 17 Silben, und eine Jahreszeit sollte darin zu erkennen sein. Kurz und gut, unser Täter hat bei seinen Opfern jeweils ein solches Gedicht drapiert, gut sichtbar, um damit Aufmerksamkeit zu erregen. Während er bei dem Uhu außer dem Haiku keine weiteren Inszenierungen vornahm, hat er der Luchsdame die Vorderbeine abgeschnitten und sie gut sichtbar, dass sie gefunden werden mussten, abgelegt. Den beiden Luchsen im Naturpark Bayerischer Wald wurden im Übrigen ebenfalls die Vorderbeine abgeschnitten. Angenommen, es ist nicht derselbe Täter, und davon gehen wir aus, hat unser Mann diese scheußliche Inszenierung als eine Art Trittbrettfahrer übernommen. Der grausame Höhepunkt dieses Wahnsinnigen ist aktuell die Ermordung der kleinen Nele. Abgeschnittene Zehen und ein abgeschmacktes Rätsel-Gedicht sind seine Hinterlassenschaft.«

Als Lott zu Ende gesprochen hatte, füllte ein lähmendes wie gleichermaßen nervenzerreibendes Schweigen den Raum. Ohnmacht und Wut, zwei Gefühlsmomente, stritten da gegeneinander. Für einen Ermittlungserfolg waren beide abträglich.

Mollenkopf fasste sich als Erster. »Geben wir der Soko doch erst einmal einen Namen. Ich schlage den Namen des Opfers vor, also Soko Nele.«

Lott widersprach: »Nennen wir die Soko besser Tess, nach der Luchsdame, deren Ermittlung im Sande verlaufen ist. Dadurch gewinnen wir Abstand zu der Ermordung des Kindes. Wut bringt uns nicht weiter. Sondern nur ein klarer Kopf.«

Mollenkopf wiegte den Kopf hin und her und warf ein: »Dann müssen wir den Soko-Namen allerdings erklären.«

Lott dachte einen Moment lang darüber nach. Dann stimmte er Mollenkopfs Vorschlag zu: »Also dann eben Soko Nele.«

Petra Mai übernahm: »Die Fahndung ist bislang erfolglos geblieben. Zwei auffällige junge Männer, die man vorläufig festgenommen hatte, konnten für die Tatzeit jeweils ein stichhaltiges Alibi vorweisen.«

»Welche Personen wurden bislang vernommen?«, fragte Lott.

»Der Lehrer, der Pausenaufsicht hatte, die Klassenlehrerin, die Rektorin der Schule, zuletzt Hannah Halder, die Mutter, und ihr derzeitiger Lebensgefährte.«

Ilona Raab fügte hinzu: »Die beiden Busfahrer Lars und Lukas, beide hatten zu Nele eine besondere Beziehung, wie sie sagten. Und beide waren ziemlich durch den Wind.«

»Die Tatortbefundaufnahme liegt uns vor, aber mehr auch nicht. Spuren des Sisalstricks, mit dem das Kind stranguliert wurde, liegen beim KTI in Stuttgart.«

»Die Rechtsmedizin hat keinerlei Hinweise auf einen sexuellen Missbrauch entdecken können«, teilte Ilona Raab mit, deren hennarotes Haar jetzt, da die Mittagssonne durchs Fenster schien, grell leuchtete.

Lott übernahm wieder. Wie immer bei Ermittlungen in der Phase des ersten Angriffs griff er dabei auf die bewährte Methode, der Bildung von kriminalistischen Versionen, zurück. Dabei achtete er darauf, stets mehrere, alternativ nebeneinanderstehende Versionen aufzustellen, die überprüft und im Laufe der Ermittlung ausgeschlossen oder bestätigt wurden. Eine dieser Versionen lautete: Der Täter ist im

Umfeld der Mutter zu suchen. Aber er sprach sie nicht aus. Er schaute zu Britta Zorn. Etwas anderes hatte Vorrang. An ihr lag es nun, ein Täterprofil zu erstellen. Den anderen gab Lott Instruktionen. Kurfeß vom Wirtschaftsdezernat sollte die Logistik der Soko erstellen, wobei außerplanmäßige Gelder im Vordergrund standen. Die Konferenz wurde aufgelöst, und während die Münsterglocken das Zwölfuhrläuten anstimmten, war Lott schon auf dem Weg zur Buchhandlung Taube.

*

Es waren die Haikus, die Lott zu dem Buchhändler lotsten, denn er erinnerte sich, wie Elli damals, bedingt durch ihre Kurzatmigkeit, sich von der epischen Form verabschiedete und auf die kürzeste Literaturform überwechselte. Lott wusste also, wenn jemand sich mit dieser Literaturform auskannte, dann Taube.

»Das vielleicht berühmteste Haiku stammt von Matsuo Basho, der von 1644 bis 1694 vorwiegend in einem Zen-Kloster Japans gelebt hat:

Alter Teich in Ruh
Fröschlein hüpft vom Ufersaum
Und das Wasser tönt.

Die Übersetzungen variieren. Eine Version geht zum Beispiel so:

Alter Teich
Frosch springt hinein
Blop

Wie im Übrigen auch die Interpretationen. Der hintergründige Sinn aber ist wohl der, dass der Mensch mit all seiner Geschäftigkeit nur eine kurze Unterbrechung in die Ruhe der ewigen Zeitlosigkeit bringt.«

Egmont Taube kannte sich aus. Nicht nur, was die Lyrikform des Haikus betraf. Er war in jeglicher Erscheinungsform der Literatur bewandert, die sich in den bis zur Decke reichenden Regalen seiner geradezu altmodischen Buchhandlung befand.

Er begrüßte Lott überschwänglich. Er kannte den Herrn Kommissar noch aus dessen Ulmer Zeit und wusste, dass Lotts Frau einst eine leidenschaftliche Buchhändlerin gewesen war.

»Haikus also«, sagte der Buchhändler.

Und legte gleich ein paar Sammlungen der japanischen Verskunst auf einen der Tische, die im Laden verteilt standen.

»Für Ihre Frau?«, mutmaßte er.

Lott ließ die Frage des Buchhändlers in der Schwebe, wiegte den Kopf hin und her.

»Es gibt innerhalb der Dichtkunst nichts in dieser Kürze und doch so hintergründig Tiefes«, schwärmte der Buchhändler. »17 Silben in der Abfolge fünf-sieben-fünf. Mein Gott, dafür brauchen manche Autoren 500 Seiten, die weniger aussagen als diese paar Silben.«

Er schlug eines der Bücher auf, die er hergetragen

hatte, ein Manesse-Bändchen mit dem Titel »Japanische Jahreszeiten« und las vor.

»Wenn er mich erblickt,
gleich verzieht er sein Gesicht,
dieser Wasserfrosch!«

Egmont Taube lächelte. Ein Lächeln, so hintergründig tief wie das Haiku selbst.

»Ist von Issa, meinem Lieblings-Haiku-Dichter«, sagte er. »Er ist der Humorvollste, ein jedes Haiku treibt einem ein Schmunzeln ins Gesicht. So leicht kommen die daher, dass einem der verborgene, unsichtbare Teil zunächst verborgen bleibt. Man muss so ein Haiku mehrmals hintereinander lesen, um hinter dem Offensichtlichen das Verborgene zu entdecken.«

Er reichte Lott das Buch. Der fächelte die Seiten durch seine Finger. Im Anhang überflog er das Verzeichnis der Dichter. Issa, gelebt von 1763–1852.

»Mein Interesse an den Haikus ist von beruflicher Natur«, gab Lott preis.

Der Buchhändler staunte ihn an.

Lott holte aus seiner Aktentasche die Haikus, die der Täter am jeweiligen Tatort beziehungsweise Fundort hinterlassen hatte, hervor und zeigte sie Egmont Taube.

Der Buchhändler erschrak. Er zitterte. Wischte sich Schweiß von der Stirn. Und hatte Mühe, das zu vertuschen.

»Ist Ihnen nicht gut?«, fragte Lott.

Taube wehrte ab. »Es ist nur der Kreislauf. Mir macht der Wetterwechsel zu schaffen.«

Lott nickte mitleidsvoll, fuhr aber fort und fragte: »Wie würden Sie diese Haikus interpretieren?«

Der Buchhändler wirkte wieder gefasst, ehe er zurückfragte: »Sind alle drei vom selben Autor?«

»Wir nehmen es an«, antwortete Lott.

Egmont Taube las den ersten dieser Haikus nun laut.

»Im Schein des Vollmonds
Die Katze, der Nachtvogel
Friedlich die Grillen.

Eindeutig zu erkennen ist die Jahreszeit«, urteilte er dann. »Die Grillen stehen für den Sommer, wie im Übrigen auch die Glühwürmchen und Sommerzikaden, aber Grillen als friedlich zu bezeichnen, das erscheint mir ungewöhnlich. Gewöhnlich werden ihre Laute besungen, sie können auch den Tod eines Geliebten ankündigen wie die Vergänglichkeit im Allgemeinen, ihr Sang tönt aus den Schattenwinkeln, wie es in einem Haiku von Buson heißt. Und in einem Haiku von Basho heißt es …«

Der Buchhändler blätterte in dem Manesse-Buch, fand es auf Anhieb und las vor:

»Niemand wüsste, dass
sie so bald schon sterben muss,
der die Grille hört.

Mit dem Vollmond wird allerdings der helle, leuchtende Augustmond beschrieben, in Japan wird der August dem Herbst zugerechnet.«

»Katze und Nachtvogel?«, hakte Lott nach.

»Nun, die Katze ist ein beliebter Mitbewohner der Zen-Mönche gewesen. Ihr wird viel Weisheit zugesprochen. Der Nachtvogel ruft aus der Finsternis. Die Finsternis wird dem Totenreich zugerechnet. Was mir auffällt, ist: Insgesamt belässt es der Verfasser beim Bild, der Darstellung eines Zustandes also. Das Bauelement der Bewegung fehlt dabei gänzlich. Es sei denn, der Autor will anklingen lassen, dass die Katze dem Nachtvogel hinterherstellt im grellen Rampenlicht des Augustmondes, ihn aber nicht zu fassen kriegt.«

Lott horchte auf. »Der Mond könnte also im übertragenen Sinne auch für ein Scheinwerferlicht gelten?«

»Im übertragenen Sinne, ja.«

»Die Schwalben sind fort
Heute jagt diese Katze
Fallende Blätter

Dieses Gedicht können wir eindeutig dem Herbst zurechnen. Es kommt mir übrigens bekannt vor.«

Der Buchhändler dachte nach.

»Nein, ich komm nicht drauf. Aber ich meine mich zu erinnern, dass es etwas anders lautete. Ich denke, es ging so:

Die Schwalben sind fort
Jetzt jagen meine Katzen
Fallende Blätter

Es ist ein runderes Bild. Diese eine Katze, nein, das passt nicht wirklich. Zu dominant, die hinterlässt wenig Spielraum für das Verborgene.«

Lott horchte auf, als Taube sich das nächste Haiku vornahm. Er las es erst stumm. Ein-, zweimal vielleicht, dann rezitierte er:

»Wie willst du dort gehen
Über Dornenstraßen hin,
mit zappelnden Füßen?«

Nicht leicht ging ihm das Haiku über die Lippen. Er hatte sich angestrengt, was Lott auffiel.

»Mit einem klassischen Haiku hat das wenig zu tun«, sagte Egmont. »Nur die Silbenzahl und deren Anordnung stimmen. Wobei ich einschränken muss, dass Haikus zeitgenössischer Haiku-Dichter zum einen auf die klassische Form verzichten, zum anderen auf das Erkennen einer Jahreszeit. Auch ein Naturgegenstand außerhalb der menschlichen Natur muss nicht unbedingt erwähnt werden.«

»Die Aussage von diesem Haiku?«, fragte Lott.

Der Buchhändler errötete. Seine bislang versierte Art, die Geheimnisse der Haiku-Dichtung zu entschlüsseln, war ins Wanken geraten. Er atmete heftig, schaute weg, ehe er, sichtlich gefasst wieder, sagte: »Ein Mahnruf vielleicht, eine Warnung, etwas wie ein elterlicher Rat, mit einem drohenden Zeigefinger, doch Abstand zu nehmen von diesem geplanten Weg, dem er mit zappelnden Füßen nicht gewachsen ist.«

Lott nickte. Bedankte sich. Und kaufte das vor ihm

liegende Taschenbuch von Imma von Bodmershof: »Haiku«.

Egmont Taube steckte es in eine Taschenbuchtüte, nahm das Geld entgegen und sagte, nun wieder ganz in seiner Rolle gefangen: »Grüßen Sie Ihre Frau von mir.«

»Das mache ich bestimmt«, versprach Lott.

Schon an der Ladentür, drehte er sich noch einmal um.

»Eine Frage noch. Schreiben Sie selbst auch Haikus?«

Der Buchhändler errötete wieder. Einen Augenblick, so schien es Lott, müsste Egmont sich die Antwort gut überlegen. Umso mehr überraschte es ihn, wie brüsk er die Frage abtat.

»Gott bewahre!«, rief er. »Es gibt schon genügend Kollegen, die sich einbilden, auch schriftstellerisch in den Buchmarkt eingreifen zu müssen. Ich bin Buchhändler und mir genügt es, Bücher zu lesen und zu verkaufen.«

Lott bedankte sich noch einmal. Und ging.

*

Die Konferenz, die Lott an diesem Tag für 18 Uhr anberaumt hatte, verzögerte sich um gut eine halbe Stunde, weil Ilona Raab mit ihren Ermittlungen, wie sie selbst per Handy mitteilte, mehr Zeit brauchte, als sie ursprünglich angenommen hatte.

Britta Zorn dagegen hatte ihren Schreibtisch pünktlich verlassen. Sie hatte ihre Datenbank mit allen Informationen, die dieser Fall bereits hergab, gefüttert. Selbst anfänglich belanglos erscheinende Informationen sammelte die Profilerin und gab diese in die Datenbank ein.

Eine Datenbank, die sämtliche eingegebenen Daten mit vorigen, ähnlichen Fällen verglich und so ein Täterprofil ausgab, das zu 70 bis 80 Prozent präzise war. Britta Zorn hatte zudem eine Tatrekonstruktion so exakt wie nur möglich erstellt. Alle Indizien, die Spuren am Tatort und die Informationen zu den Umständen der Straftat würden irgendwann ein ausnehmend konkretes Täterprofil ergeben, samt sozialer wie ökonomischer Merkmale.

Anfang 2000 wurde bei der deutschen Polizei die Falldatei ViCLAS eingeführt. Eine Datenbank zur Analyse von Gewaltserien. *Violent Crime Linkage Analysis System.* Diese Datenbank wird über viele Jahre mit Informationen gefüttert. Wird ein Delikt aufgeklärt, sprechen die Profiler mit den überführten Tätern und gewinnen so nützliche Informationen, die in der Datenbank hinterlegt werden.

Britta Zorn hatte jedoch wenig Hoffnung, dass ihr die ViCLAS-Falldatei im Mordfall Nele weiterhelfen würde. Sie war der festen Überzeugung, dass Neles Mörder polizeilich noch nicht auffällig geworden war, von den Artenschutzdelikten einmal abgesehen, die aber nicht weiter verfolgt und schließlich ad acta gelegt wurden. Was ihr blieb, waren die Haikus und die bizarren Inszenierungen an der jeweiligen Leiche. Ein Uhu, ein Luchs und nun ein 13-jähriges Mädchen mit Down-Syndrom.

Marlies hatte das Ergebnis der Rechtsmedizin vorliegen. Die postmortale Amputation der beiden großen Zehen wurde nicht, wie Lohner zunächst und wohl unter Schock vermutete, mit einer Astschere durchgeführt, sondern mit einem medizinischen, sehr scharfen Besteck, einem Skalpell, wie Banzhaf, der Chef der Rechtsmedizin, zweifelsfrei feststellte. Zeichen eines sexuellen Missbrauchs waren, wie Ilona Raab bereits in Erfahrung bringen konnte, nicht zu erkennen. Jetzt hatten sie es schriftlich. Der Tod war durch eine Strangulation mit einem Sisalstrick eingetreten. Lohners Tatortbefundaufnahme, die den Zweck verfolgte, ein objektives, vollständiges und fehlerfreies Bild über den Tatortbefund durch Tatsachenfeststellungen zu erlangen und für das weitere Verfahren zu dokumentieren, lag bereits dem Oberstaatsanwalt Mollenkopf vor.

Ilona Raab hatte am Nachmittag Reinhold Breisacher, den derzeitigen Lebensgefährten der Hannah Halder, zu einer Zeugenvernehmung geladen. Er war zu der Tatzeit in einem Baumarkt, um eine Astschere zu kaufen. Marlies kicherte leise, den Blick auf Lohner gerichtet. Er legte als Beweis den Kassenbeleg vor, auf dem die Uhrzeit des Einkaufs vermerkt war.

»Den Kassenbeleg kann er von sonst wem herhaben«, warf Lohner ein.

Damit hatte er zweifelsfrei recht. Ilona aber räumte ein, dass Reinhold Breisacher nicht den Eindruck erweckte, psychisch derart labil zu sein, und zu einer Tat wie der Tötung der kleinen Nele schlichtweg nicht fähig. Mit mäßiger Bildung ausgestattet, war ihm, Ilonas Einschätzung nach, das Verfassen eines Haiku schwerlich zuzutrauen. Mit Tieren hatte er auch nichts am Hut. Von wegen Uhu und Luchs. Der Schönbuch war ihm fremd und der Naturpark Bayerischer Wald am anderen, unerreichbaren Ende der Welt. Ilonas Fazit: »Eine

Beschuldigtenvernehmung liegt weit außer Reichweite. Als Zeuge aber kann er noch wertvoll sein. Immerhin ist er der Lebensgefährte der Hannah Halder, wenn vermutlich auch nur auf eine absehbare Zeit. Wie aus einigen seiner Aussagen herauszuhören war.«

Lott wusste freilich, dass sie mit der Ermittlungsplanung, deren Ziel es ist, eine vorausschauende, rationelle und effiziente kriminalpolizeiliche Ermittlung vorzubereiten, noch ganz am Anfang standen. Handlungsziele festlegen und eine sinnvolle Organisation und Koordination der Kräfte und Mittel zu gewährleisten, hatte dabei Priorität. Und, so wie es im Lehrbuch stand: *Den Weg der Wahrheitsfindung zu bestimmen sowie die Taktik des Vorgehens bei der Ermittlung festzulegen.*

Lotts Vorschlag, Ilona Raab die Aufgabe der verantwortlichen Sachbearbeiterin der Soko anzuvertrauen, fand bei allen, wie auch bei Ilona selbst, Zustimmung. An ihr lag es nun, sämtliche Details zusammenzutragen. Sie musste über alle Detailkenntnisse der Ermittlung verfügen und diese allen am Fall Beteiligten zugänglich machen, damit alle auf dem gleichen Wissensstand waren. Zu ihrem Aufgabenbereich zählten auch die Absprachen mit Polizeisprecher Jürgens, inwieweit die Öffentlichkeit eingeweiht werden durfte, ohne die Ermittlung zu gefährden. Schließlich hoffte man ja auch durch den Schritt an die Öffentlichkeit, Hinweise zu erhalten, die der Ermittlung zum Durchbruch verhelfen konnten.

Als Lott die Aufgaben verteilt, die Kollegen instruiert und die weitere Fahndung nach dem unbekannten

Täter nachhaltig gefordert hatte, setzte er sich mit Britta Zorn an einen Tisch.

»Was haben wir«, begann er das Gespräch.

»Mit Ulm haben wir einen weiteren Ort, der in der Vita des Täters von Bedeutung sein kann«, erklärte die Fallanalytikerin. »Regensburg, Cham, Tübingen, Ulm. Einmal grob umrissen. Die bisherigen Opfer sind, vorsichtig ausgedrückt, keine gewöhnlichen Opfer. Tiere, die dem Artenschutz unterliegen, und ein behindertes Mädchen.«

Lott fiel ihr ins Wort: »Man kann doch nicht so mir nichts dir nichts einen Uhu, geschweige denn ein Wildtier wie den Luchs vergiften. Dazu gehören doch Kenntnisse. Diese Tiere laufen ja nicht einfach so in der Gegend herum.«

»Er muss also über Kenntnisse verfügen, mit denen er diese Wildtiere aufspüren konnte«, spann Britta den Faden weiter. »Eventuell auch medizinische Kenntnisse, wenn ich an das Carbofuran oder auch an das Skalpell denke.«

»Warum aber Nele?«, warf Lott ein. »Er kann doch nicht wahllos ein behindertes Kind für seine Wahnsinnstat hergenommen haben!«

»Eventuell doch«, erwiderte Britta. »Als eine gewisse Steigerung von Uhu und Luchs. Es geht nicht um das Opfer, es geht nur um ihn. Aber auch das nur eine Hypothese.«

Was, wenn er mit Nele nicht das Geringste zu tun hatte?, fragte sich Lott und gab sich im nächsten Moment die Antwort selber: Dann haben wir ein Problem, dann können wir im Trüben fischen, bis wir schwarz werden.

Britta Zorn schien seine Gedanken zu erraten.

»Wenn Nele für ihn nur ein beliebiges Kind war, das er allein wegen ihrer Behinderung ausgewählt hat, vergrößert das den Kreis der Verdächtigen, um es einmal milde auszudrücken.«

»Bleiben die Haikus als unsere vielleicht wichtigste Spur«, bemerkte Lott.

»Der Täter drängt ins Rampenlicht«, konstatierte die Profilerin. »Er will gesehen, aber nicht erkannt werden. Vielleicht will er ein Spiel mit uns treiben, sich messen mit uns.«

»Das verwerflichste Motiv, das ich mir vorstellen kann«, murrte Lott.

»Ich sehe eine nüchterne Überlegenheit, die der Täter uns weismachen will«, hob Britta an. »Nele wie auch die Tiere wurden schließlich nicht im Affekt getötet, sondern alles geschah nach einem gewissen Plan. Er folgt einer Agenda.«

Lott stimmte dem zu.

»In den USA behauptete eine meiner Lehrmeisterinnen, sie habe eiskalte Killer erlebt, die plötzlich die Nerven verloren und dadurch Fehler machten, aber noch nie hätte sie erlebt, dass ein Psychopath plötzlich rational vorgeht. Aber es gibt wohl wie immer die Ausnahme von der Regel.«

Lott nickte. Und blickte dabei ins Leere. Die Bilder der ermordeten Nele waren aber auch im Leeren für ihn präsent. Aber er durfte sich nicht allzu sehr an ihnen festhalten. Die Arbeit wartete, und die lautete, Versionen bilden.

Während die Profilerin ihre Datenbank schloss,

notierte sich Lott die wesentlichen Punkte ihrer bisherigen Ermittlung. Morgen würde er daraus seine Matrix erstellen, mit Hilfe des *Mind Map*-Verfahrens vielleicht, möglich aber auch, dass er seiner bewährten Methode mit Bleistift und Papier vertraute.

Für heute hatte er genug. Außerdem mussten sie noch nach Tübingen zurück.

Britta Zorn übernahm das Fahren.

Auf der Höhe Blaustein schaute er zurück. Obwohl in Ulm Tausende Lichter brannten, hatte er das Gefühl, die Dunkelheit läge wie ein schwarzes Tuch über der Stadt.

*

Es war spät, als sie in Tübingen ankamen. Mara schlief bereits. In Lisas Bett. Und wie Elli bemerkte, so tief wie in Abrahams Schoß. Und das schon seit Stunden.

»Lassen wir das Kind doch schlafen«, schlug Elli deshalb vor, als Britta sich anschickte, die Tochter mit nach Hause nehmen zu wollen.

»Sie können doch auch hier übernachten, in Lisas Zimmer steht ein zweites Bett, man muss es nur herausklappen«, sagte Elli.

Auch Lott redete der Kollegin zu. Schließlich mussten sie am Morgen wieder früh los. Damit würden sie Zeit sparen. Und nicht nur das. Es würde bedeutend weniger Umstand bedeuten.

Britta willigte schließlich ein.

Elli servierte noch Hagnauer Wein, »Sonnenufer«.

»Ein Schlummertrunk«, wie Elli ihn anpries.

Und stellte noch einen Teller mit belegten Broten auf den Tisch.

Lott öffnete die Flasche und füllte die Gläser. Sie stießen miteinander an.

»Ich bin die Elli«, sagte sie zu Britta. Und deutete auf ihren Mann. »Wenn ihr euch schon duzt …«

Britta nickte und sagte ihren Namen.

»Danke auch, dass du dich um Mara kümmerst«, sagte sie. »War sie denn brav?«

»Wie ein Lämmchen«, bestätigte Elli.

Britta wusste, dass ihre Frage rein obligatorischer Natur war. Sie kannte ihre Tochter und wusste, wie erwachsen sie schon trotz ihrer gerade mal zehn Jahre war. Und sich dementsprechend benahm.

»Sie hat gelesen«, berichtete Elli, »und ist mit dem Hund draußen gewesen. Eigentlich wollte sie ja, dass er bei ihr schläft. Aber unser Flaubert hat auf seinen Schlafplatz im Wohnzimmer bestanden.«

Der Golden Retriever spürte, dass von ihm die Rede war, schlich zum Tisch und schmiegte sich an Brittas Knie.

»Vielleicht ändert Flaubert ja noch seine Meinung«, sagte Elli, »und schläft morgen bei Mara.«

Ein dankbares Lächeln huschte über Brittas Gesicht.

»Ich kann sie morgen zur Schule bringen«, bot sich Elli an.

»Das wäre schön«, antwortete Britta.

»Ich glaube übrigens, dass deine Tochter sich dort sehr wohl fühlt«, bemerkte Elli.

»Ja, das tut sie. Sie hat sich schnell eingewöhnt. Ein Vorteil der Waldorfpädagogik, die neben einem behüteten Umfeld den Entwicklungsstand des Kindes berücksichtigt.«

Sie benützten nacheinander das Bad.

Elli hatte noch, so leise wie nur möglich, die Bettstatt für Britta gerichtet. Dennoch war Mara davon aufgewacht. Britta kam dazu, nahm die Tochter in die Arme, küsste sie und wünschte ihr eine gute Nacht.

Die Augen des Kindes schafften es, einen Spaltbreit offen zu bleiben. Ein Lächeln schlüpfte heraus, das kam und ging so schnell, als gäbe es um diese Uhrzeit keinen rechten Platz mehr dafür.

Lott hatte sich wieder zum Tisch gesetzt, angezogen vom tröstlichen Geruch des Alkohols. Und trank ein letztes Glas.

Dann folgte er Elli ins Bett.

Mit keinem Wort erwähnte er Nele.

*

Die Nacht war hell, und die Sterne gingen am Himmel spazieren. Lott lag mit offenen Augen da und schaute hinaus und zum Nachthimmel hoch. Elli neben ihm schlief tief. Ihr leises Schnarchen war von einem einschläfernden Rhythmus bestimmt, dessen Lauten Lott dankbar folgte. Elli war nach ihrer Atemwegserkrankung wieder ganz gesund geworden, Tochter Lisa war, wie er annahm, frohgemut wie fast immer, und er selbst hatte nur noch ein lächerliches Jahr vor sich, um dann in Rente zu gehen. Die Welt war also noch in Ordnung. Zumindest in seiner familiären Umgebung. Ein Jahr noch bis zur Rente! Das Wort »Rente« war ihm lieber als die Bezeichnung »Pension«. Es war ein Arbeiterwort. Und Lott fühlte sich wie ein solcher. Ein Arbeiter, der täglich ins »Gschäft« gehen musste, um seiner Arbeit nachzugehen.

Morgen würde dieses Geschäft in Ulm sein. Wieder einmal. Er dachte jetzt daran.

Seine Arbeit als Leiter der Soko Nele würde alles andere als stumpfsinnig sein. Es galt den Mord an einem 13-jährigen behinderten Mädchen aufzuklären. Abgestumpft hatten ihn seine Mordermittlungen in all den Jahrzehnten nicht. Jede Ermittlung begann bei null. Das war früher so und würde sich nie mehr ändern. Nicht, solange eine Mordermittlung sein »G'schäft« war, wie sein ehemaliger Kollege Brauchle das Wort so treffend aussprach.

Diesmal war er froh, dass er eine Kollegin wie Britta Zorn, eine ausgebildete Profilerin, an seiner Seite wusste. Nichts gegen die Ulmer Kollegen. Petra, Ilona, Lohner und so weiter, sie hatten ihre Arbeit stets gut gemacht. Professionell. Diese Mordermittlung aber stellte ihn vor eine Herausforderung, deren Last noch besser auf mehrere Schultern als bislang zu verteilen war.

Er hörte Ellis Schnarchgeräuschen zu, dann schlief er ein. In den Schlaf mischte sich ein Traum. Wieder einmal träumte er von Krähen, drei waren es diesmal, die stumm am Fenster saßen und den ganzen Friedhof dabeihatten und ihn auf dem Fensterbrett ablegten. Plötzlich schrien sie los. In ihren Schreien steckten die Toten der vergangenen Tage. Dann flogen sie auf und davon.

Lott wachte auf. Er war schweißgebadet. Sein Nachthemd klebte an ihm. Er schaute zum Fenster hin, die Krähen waren weg. Von Krähen zu träumen war kein gutes Omen. Er überlegte, ob er aufstehen oder versuchen sollte weiterzuschlafen. Er hatte die Wahl: entweder aufstehen oder zurück in diesen Traum, erkunden, was die Krähen jetzt vorhatten. Vielleicht flogen sie zum Friedhof zurück. Krähen waren vorbildliche Trauergäste. Stumm begleiten sie von den Friedhofsbäumen aus den letzten Weg der Verstorbenen. Und wenn sie schreien, geht das Leben weiter. Zumindest für die, die nicht neu hier einzogen. Von einer Beerdigung gehen die nicht unmittelbar Betroffenen gestärkt nach Hause, denn ihre Seelen hatten schließlich ihre Wohnstatt behalten. Lott machte die Augen zu. Noch war es Nacht. Den flüchtigen Traum einholen, ihn zur Rede stellen, was er einem schon wieder sagen wollte, war im Moment sein Anliegen. Dieses Bedeutungsschwere begreifen zu wollen. Den Krähentraum entschlüsseln wie ein Haiku, das mit seinen Hinweisen hinterm Berg hielt, wie das Eismeer, das nur ein Drittel eines Eisberges sichtbar machte und den Rest im Verborgenen hielt.

Lott schlief wieder ein. Wie lange dieser Schlaf weiter dauerte, konnte er nicht sagen.

Noch war es Nacht.

Auch wenn der neue Tag bereits erste Anzeichen, dass bald mit ihm zu rechnen wäre, schickte. Die Vögel begannen mit noch zauderndem Gesang, die Nacht zu vertreiben und erste Grauschimmer von Osten her gaben ihnen Rückendeckung dabei.

Dann schrie eine Katze. Vielleicht war es auch ein Marder.

Lott horchte, wollte das Geräusch, das den Morgen zerschnitt, jemandem zuordnen.

Und wem diese Schreie galten.

Vielleicht waren sie ja das Zeichen für ihn, ein Zeichen, sich wieder der realen Welt stellen zu müssen, Teil dieser Sorgengemeinschaft zu werden, gemäß seinem abgelegten Eid: »Menschlichkeit und Gerechtigkeit sind unser Ziel.«

*

Hans Schuler hörte nicht auf zu denken. Stereotype Gedanken waren das, die auf ihn einhämmerten. Nichts konnte er richtig machen und niemandem recht. Erst recht nicht der Mutter. Warum nur endete alles immer mit einer Blamage. Was er auch anpackte, am Ende stand die Blamage. Zumindest in den Augen seiner Mutter. Eine Blamage mindestens, wenn nicht die endgültige Vernichtung. Wie damals, als sie nicht verhinderte, dass er in die Klapse kam. Im Gegenteil. Sie hatte dieses Feuer geschürt. Und er hatte zugehört, durch die geschlossene Tür hindurch. *Wahnvorstellungen* hatte der behandelnde Arzt bei ihm diagnostiziert. *Schizophrenie.* Eine Krankheit, die das Bewusstsein spaltet, in ein normales und in ein verrücktes Dasein. *Eigene Gedanken und Gefühle werden erlebt, als würden sie von außen gesteuert.* Mein Gott, wie lange war das her, als diese Wörter sich einen Platz bei ihm erobert hatten.

Nervenkrankenhaus. Ich habe das Wort abgelegt, wie ein Kleidungsstück, aus dem ich herausgewachsen bin. Ich sitze am Fenster und schaue hinaus. Ich sehe den Park. Und ich sehe durch ihn hindurch. Ich sitze in der Zimmerecke, als hätte mich jemand dort hingekehrt. Wie ein Häuflein Dreck sehe ich aus in meiner Anstaltskleidung.

Aber ich habe es ihnen gezeigt, es allen gezeigt.

Jetzt hatte er andere Wörter.

Nichts wünschte er sich jetzt mehr als einen Augenblick des Stillstands. Diese fordernden Gedanken, die ihn fortwährend umkreisten, ihn einschnürten, sich sein Vertrauen erschlichen und bei ihm blieben wie eine zugelaufene Katze.

Einmal muss es doch gut sein!

Soll die Welt sich denn weiterdrehen wie der Kreisel des behinderten Balgs.

Eine Welt, die so einfach aus ihrer Bahn geworfen werden kann?

Von tapsigen Händen gedreht. Eine Welt auf dem Fundament zappelnder Füße. Zum Einstürzen bestimmt, am ersten Tag der Geburt schon.

Die Spielregeln müssen ihre Gültigkeit zurückgewinnen. So will es der Meister. Der Sieger bekommt die Hand der Königstochter. Mit Schloss und Park, in dem die Pfauen regieren. Der Verlierer geht leer aus. Einst war die Welt noch in Ordnung. Jetzt hat sie sich gedreht. Gedreht durch die Hand eines verkrüppelten Mädchens.

Aber ich habe die Welt wieder ins rechte Lot gerückt. Denn der Sieger darf nicht leer ausgehen. Die Spielregeln müssen ihre Gültigkeit zurückbekommen. Auf meinen Schultern das alles. Will am Ende nicht die Blamage oder die endgültige Vernichtung stehen.

17 Zeilen.

Nicht mehr und nicht weniger.

Daraus baue ich ein Kartenhaus, das jedem Sturm standhält. Ein Kartenhaus aus Beton. Kalt und unnachgiebig. Keine Luft hat darin Platz. Auch nicht der Atem der Geliebten. Ihr Atem, der an mir vorbeizieht wie ein launischer Wind. Nicht einmal für den bin ich gut genug. Von dem Mund, aus dem er kriecht, ganz zu schweigen. Unnahbar ihre Brüste, und kein Ruhebett ihr Schoß. Was blieb mir übrig, als der Geliebten das Kind zu entreißen, damit der Sieger nicht leer ausgeht und die Welt wieder ins Lot kommt.

17 Silben für den Tod.

Damit die Welt aufhorcht.

Den Sieger preist.

Dem Dichter zu Füßen liegt wie ein artiges Volk. 17 Silben. Nicht mehr und nicht weniger. Meine Kunstwerke sind es. Gewidmet dem Tod. Ein Geist wohnt in mir, der seinesgleichen sucht. Verkannt wie der jener großen Genies. Auch sie waren nicht gewappnet vor Blamagen und nicht vor Vernichtung. Obwohl Tausend Seiten ihre Werke oft füllten.

17 Silben für mich.

Der Tod erwartet die Nächsten.

Er ist ungeduldig wie ein quengelnder Geist.

Wie seine Mutter, die wieder ruhelos durchs Haus geistert.

*

In unserer medienaffinen Gesellschaft gibt es nur Gewinner und Verlierer, vielleicht auch nur Verlierer.

Ein Gedanke, der Lott plötzlich durch den Kopf schoss, als er mit Pressesprecher Jürgens den Sitzungssaal im Neuen Bau betrat, um sich den Journalisten zu stellen, die bereits im Rund dieser Örtlichkeit ihre Plätze behaupteten.

Christoph Lander und Staatsanwalt Mollenkopf würden Lott zur Seite sitzen sowie Petra Mai, die Erste Hauptkommissarin der Ulmer Polizeiinspektion 1.

Mollenkopf ging den beiden anderen voraus. Mit festem Schritt wie ein siegreicher Feldherr. Der Triumphmarsch aus der Oper Aida hätte zu diesem Auftritt gepasst. Petra Mai hinter ihm wirkte dagegen scheu, wie ein Reh auf offener Wildbahn. Das einzig Aufbegehrende an ihr war das strohfarbene, ungebändigte Haar. Chef Lander schlich als Letzter auf das lang gezogene Podest, wie ein guter Opa, der für die Enkel das Geschenk vergessen hatte, mit schlechtem Gewissen.

Da saßen sie dann, an der Kopfseite dieses Schulungsraums. Und Lott dachte, auch das hier, genau wie in Tübingen, eine kleine Theaterbühne mit engagierten Laiendarstellern. Ihre Rollen waren klar verteilt. Petra Mai und Polizeisprecher Jürgens, der auch in Ulm schlichterweise der »Ö« genannt wurde, waren übereingekommen, keine Details über den Mordfall Nele Halder preiszugeben. Weder die abgetrennten großen Zehen noch das Haiku, das der Leiche beilag. Es war vor allem Britta Zorn, die auf Geheimhaltung gepocht hatte. Mit dem Argument, dadurch den Täter, der offensichtlich Rampenlicht für sich einforderte, aus der Reserve zu locken. Von keiner Seite gab es Widerspruch.

Neben den lokalen Blättern, dem »Schwabenradio«, dem lokalen Fernsehsender Regio-TV waren auch Vertreter der Presseagenturen sowie Redakteure der »Stuttgarter Zeitung« und der »Augsburger Allgemeinen« vertreten. Unter ihnen erkannte Lott den freien Journalisten Hartmut Weber, der ihm in Tübingen bereits unangenehm aufgefallen war. Nachdem Lander seine Begrüßungsfloskeln losgeworden war, die versammelten Presseleute mit aufgesetzten kritischen Mienen den Bericht des Polizeisprechers vernahmen, begann das übliche Frage- und Antwortspiel.

Lander achtete darauf, dass das Gespräch fließend vonstattenging, ohne dass kostbare Zeit durch aggressive Bemerkungen über den Stand der Ermittlungen verloren ging. Die Journalisten hatten sich im Wesentlichen auf den Standort der Erlenhof-Schule, die an den sozialen Brennpunkt Tannenplatz grenzte, eingeschossen.

Ist dieser Mord der traurige Höhepunkt der in der Vergangenheit bereits mehrfach registrierten Übergriffe auf Behinderte?

Ist der Täter unter den Migranten zu suchen? Behinderte werden in unserer Gesellschaft im Gegensatz zu den am Rande der Gesellschaft Dahinvegetierenden ja geradezu hofiert, während Flüchtlinge nicht gerade selten wie Vieh behandelt werden – respektlos, meine ich, als wären sie Menschen zweiter Klasse.

In diesen maroden grauen, verkommenen Betonbunkern, in diesem architektonischen Sumpf, angelegt von gleichgültigen Stadtbaumeistern, können doch nur soziale Brennpunkte gedeihen. Warum geht man dagegen nicht vor?

Hier leben fast ausschließlich Menschen mit Migrationshintergrund. Menschen, vor allem Jugendliche, ohne Perspektive. Ist da ein Mord an einem wehrlosen Kind nicht eine, verzeihen Sie mir den Ausdruck, natürliche Folge aufgestauter Wut?

Lander nickte den Journalisten, die den Mörder im tristen Milieu des zwielichtigen Teils des Tannenhofs wähnten, zu. Dieses Nicken war Zeichen seiner Zustimmung. Er wusste um die Probleme. Hattler, Chef des Rauschgiftdezernats, hatte hier sein Jagdrevier. Wenn ihm auch nur die kleinen Drogendealer ins Netz gingen. Man war allemal beschäftigt. Schlägereien, sexuelle Belästigungen bis hin zu Vergewaltigungen waren hier an der Tagesordnung. Die Wohnblocks mit ihren heruntergewirtschafteten Balkonen, auf denen der angehäufte Alltagsmüll einen Gestank verbreitete, der bis in die besseren Wohngegenden zog, erinnerte an die Slums am Rande südamerikanischer Großstädte. Nein, so schlimm war es dann doch noch nicht. Aber schlimm genug.

Die Fragen zielten jetzt in eine andere Richtung.

Wurde das Mädchen sexuell missbraucht?

Stehen Lehrer unter Verdacht?

Was weiß man über das Umfeld von Neles Mutter?

Gibt es überhaupt Hinweise auf einen möglichen Täter?

»Gibt es noch andere Hinweise am Tatort, Hinweise, aus denen sich bereits ein Täterprofil erstellen ließe?«

Die Frage kam von Hartmut Weber.

Lott sah ihn staunend an. Was bezweckte der Journalist mit dieser Frage?

Lott antwortete: »Nein, und wenn, dann würden wir jegliche Indizien aus dem Tatortfundbericht aus ermittlungstaktischen Gründen zunächst einmal nicht an die Öffentlichkeit weitergeben.«

»Aber die Öffentlichkeit hat ein Recht darauf«, beharrte Weber.

»Sie hat vor allem das Recht, dass wir Polizisten das Notwendige veranlassen, um den Mörder der kleinen Nele dingfest zu machen. Und dieses Recht stellen wir über Ihre Forderung nach lückenloser Offenlegung unserer Ermittlungsakten.«

Es folgten noch andere Fragen, Fragen, die sich kreuzten, wiederholten. Fragen, zu denen es noch keine Antworten gab oder die nicht laut werden durften.

Weber saß mit hochrotem Kopf da.

Er fragte nichts mehr.

Er sagte nichts mehr.

Er schwieg.

*

Die Soko wurde aufgestockt. Aufwendige Nachbarschaftsbefragungen rund um das Wohngebiet Erlenhof machten es notwendig. Und nicht nur das. Lotts Ermittlungsplan mäanderte förmlich. Eine Vielzahl von Täterversionen, die sich gegenseitig befruchteten oder auch behinderten, beanspruchten Aufwand und Zeit und waren mit zahllosen Telefonaten verbunden. Eine jede Version musste ernst genommen werden. Lott war der Ansicht, es schade der Ermittlung nicht, wenn sie eine Spur mehr verfolgten, eine Version mehr in ihren Ermittlungsplan mit aufnahmen. Täterversionen waren schließlich nicht mehr als Stufenleitern, die man zu nehmen hatte. Eine nach der anderen. Und immer nur die nächste Stufe vor Augen. Von einem niedrigen Erkennungsstand ausgehend, zu weiteren Beweisen gelangen. Da war ihnen Britta Zorn mehr als nur eine externe Unterstützung. Das erlernte Profiling war ihr in Fleisch und Blut übergegangen.

Lott schaute zu ihrem Schreibtisch hinüber. Britta schaute hoch und lächelte. Wandte sich dann wieder konzentriert ihrer Arbeit zu, während Lotts Aufmerksamkeit dem Ermittlungsplan galt.

Den Teilermittlungsplänen zunächst, um eine unübersichtliche Ausweitung des eigentlichen Ermittlungsplans zu vermeiden. Denn noch war dieser nicht erforderlich, auch wenn Mollenkopf darauf pochen sollte. Die Durchführung wichtiger Einzelmaßnahmen hatte Vorrang. Und im Augenblick hatte der Vernehmungsplan Priorität.

*

Obwohl die Kollegin Petra Mai die Mutter der ermordeten Nele bereits verhört hatte, wollte Lott, auch wenn er damit Petras Missfallen heraufbeschwor, noch einmal nachhaken. Der Bericht der Kollegin Mai, auch wenn er diesen nur überflogen hatte, wies Lücken auf. Zumindest sein Bauchgefühl war dieser Meinung. Irgendetwas vermisste er darin. Er konnte nicht sagen, was es war. Es war eben ein Bauchgefühl. Und dem wollte, dem musste er nachgeben. Trotz Petras wahrscheinlichem Missfallen über diesen Schritt.

Hannah Halder wartete im Verhörraum. Sie saß mit dem Rücken der Tür zugewandt. Als Lott den Raum betrat, drehte sie sich um. Lott begrüßte sie per Handschlag. Ihre Hände wirkten zerbrechlich wie Glas und ihre Augen blickten ausdruckslos ins Leere. Bei der Begrüßung war sie aufgestanden und stehen geblieben.

»Nehmen Sie doch wieder Platz.«

Hannah Halder folgte der Aufforderung des Kommissars und setzte sich. Ihre Hände krampften sich an dem Glas Wasser, das man ihr gebracht hatte, fest. Eine Frau, aufgelöst in Trauer, der man allenfalls mit Trostworten begegnen durfte.

Keine Zeugin, sondern Opfer!

Die Aufgabe, die Lott bevorstand, verunsicherte ihn. Er lächelte gequält.

Wie beginnen?

Er musste zugeben, dass nicht allein die Aufgabe, sondern dass diese Frau ihn verunsicherte. Ein Gefühl, das augenblicklich seinen Platz behauptete und sich nicht mehr verscheuchen ließ.

Irgendetwas an ihr störte ihn.

Er konnte nicht sagen, was es war. Diese sichtbar gewordene Zerbrechlichkeit war eine Sache, dahinter aber glaubte er etwas Dunkles, geradezu Berechnendes zu erkennen.

Etwas, was er nicht benennen konnte.

Noch nicht.

Aber er spürte, etwas Beunruhigendes ging von ihr aus.

»Ich habe Ihrer Kollegin doch bereits alles gesagt. Über die Männer in meinem Leben und so«, erklärte sie.

»Ich weiß. Aber einige Details sind noch unklar. Umstände, die zu dieser schrecklichen Tat geführt haben könnten. Da tappen wir, ehrlich gesagt, noch völlig im Dunkeln.«

»Nele ist tot! Und nichts auf der Welt macht sie wieder lebendig! Ihre Fragen beleidigen meine Trauer. Wer immer Nele getötet hat, ich kenne ihn nicht!«

Lott widersprach: »Das wäre zwar möglich, aber wir halten es für nicht sehr wahrscheinlich.«

Frau Halder schwieg.

Und Lott kämpfte um einen Anfang. Die Kontaktphase! Er musste sie nutzen, um eine Gesprächsbereitschaft zu erzeugen, wie er sie in Hunderten von Fällen bereits erprobt hatte. Aufgeschlossen und unverkrampft. *Das Gespräch soll mit einer gewissen Lockerheit vonstattengehen. Der Zeuge soll erkennen, dass er in einem Strafverfahren vernommen werden soll. Es soll jedoch keinerlei Bezug zum Sachverhalt hergestellt werden. Und dabei die Gefühlslage ausloten.* Mein Gott!

Unsinniger ging's wohl nicht.

Sich locker geben.

Ihm gegenüber saß die Mutter des Kindes, das man ermordet und die Tat in bizarrer Weise inszeniert hatte. Und er saß hier, um sie als Zeugin zu vernehmen, die wohl in erster Linie Opfer war.

Wäre da nicht dieses andere Gefühl gewesen, das sich nicht verscheuchen ließ. Er hätte das Verhör abgebrochen und Frau Halder nach Hause geschickt.

Aber da war dieses Berechnende, Abwägende, Dunkle.

Misstraute er ihr?

Lott riss sich zusammen. Es ging allein um eine Zeugenvernehmung. Und er dachte an den Wortlaut seiner Vorlesung über die Zeugenvernehmung, die er einst an der Polizeihochschule in Villingen-Schwenningen gehalten hatte. Die hatte er noch immer parat. Im Laufe der Jahre stets aufs Neue von sich gegeben. Im Seminarraum vor den Studenten, aber auch still im Kopf, wenn ihm eine Zeugenvernehmung, vor allem in einem Mordfall, bevorstand.

Die Zeugenvernehmung ist eine strafprozessrechtlich geregelte Methode der Befragung, um durch ein planvoll durchgeführtes Gespräch Erkenntnisse über eine Straftat oder ein kriminalistisch relevantes Ereignis zu erlangen.

Sie verfolgt das Ziel, möglichst umfassende Informationen in Form von Aussagen zu gewinnen und diese so zu sichern, dass andere Beteiligte am Strafverfahren das Ergebnis in einem rechtlich geordneten Verfahren bewerten können.

Lott schaute Hannah Halder in die Augen. Sie hielt seinem Blick stand. Dann schaute sie wie geistesabwesend zum Fenster, in eine undefinierbare Ferne hinaus.

Würde sie sagen, was sie wusste, ahnte, vermutete?

Verdachtsmomente äußern? Frei heraus Beschuldigungen aussprechen?

Lott wollte in sie hineinhorchen.

Erschreckte sie die Umgebung? Dieser Trutzbau mit seinen dicken Mauern, der auch ein Stück braune Vergangenheit in sich gespeichert hatte; dazu die Bedrohlichkeit, die eine Polizeidienststelle für die meisten, auch wenn sie sich nichts hatten zuschulden kommen lassen, ausstrahlte.

Diesen Eindruck gewann Lott nicht.

Hannah Halder war es gleichgültig, in welchen Räumen sie sich augenblicklich befand. Sie war eine Gefangene ihrer Gedanken. Einfach zu ergründen, in welcher Gemütslage sie sich befand.

Was also sollten diese unsinnigen Lehrsätze, die wie ruhelose Geister in seinem Kopf herumspukten.

Die Art und Weise der Durchführung der Zeugenvernehmung und die dabei zu wählenden taktischen Varianten sind von der vorher vorzunehmenden Einschätzung abhängig, ob es sich um einen aussagewilligen, unbeeinflussten, neutralen Zeugen handelt oder einen Zeugen, der aus unterschiedlichsten Beweggründen seiner Pflicht zur Aussage nur widerwillig nachkommt, möglicherweise zum Schutz seiner eigenen Person oder anderer nur das wiedergibt, was ihm während der Vernehmung abgerungen wird.

Mein Gott, er hatte es so satt. Dieses Lehrbuchgeschwafel, das sich in ihm festgebissen hatte wie ein tollwütiger Hund.

Lott schaute zum Fenster und in den wolkenverhangenen Himmel. Er dachte an die Turmfalken, die um den Münsterturm kreisten, und glaubte ihre Schreie zu hören.

Ihm war nicht nach *professioneller* Befragung zumute.

»Ein Wetter, mit Luft nach oben«, bemerkte er.

Hannah Halder staunte ihn an. Und Lott wusste, dass er eben das getan hatte, wovor er seine Studenten immer gewarnt hatte. *Keine floskelhaften Äußerungen, nicht übers Wetter reden, keine Plattheiten und keine privaten Entblößungen.*

Es war an der Zeit, dass er in Rente ging. Seine danebengegangene Kontaktphase war der Beweis dafür.

Doch ohne Umschweife kam er jetzt zur Sache.

»Frau Halder, ist Ihnen in letzter Zeit etwas aufgefallen? Menschen in Ihrer, in Neles Nähe, die es zuvor nicht gab. Oder Leute von früher, frühere Beziehungen, die plötzlich wieder auftauchten?«

»Nein, alles wie immer.«

Lott fuhr fort: »Lars hat Nele mit dem Behindertenbus abgeholt. Er hat klingeln müssen, weil Nele nicht fertig geworden war.«

Frau Halder nickte. »Das passierte ihr in letzter Zeit öfter. Der arme Lars war schon gewöhnt daran, dass er extra aussteigen und herlaufen musste.«

»Und Nele hat ihm ihren Busen gezeigt.«

»Da ist der Lars ganz schön rot geworden. Aber wenn Sie glauben, der Lars, also für den lege ich meine Hand ins Feuer. Der hat die Nele, ach, er hat alle diese Kinder gemocht. Und hat auf jeder Fahrt immer irgendwelche Faxen gemacht.«

Hannah Halder stockte.

»Das war das letzte Mal, dass ich Nele gesehen habe. Mein Kind, das ihr T-Shirt hochhebt, um ihren winzigen, noch kaum als solchen erkennbaren Busen herzuzeigen.«

»Und danach?«

»Das Übliche, alles, was ich bereits zu Protokoll gegeben habe.«

»Sie sprachen noch von einer Begegnung mit einem unangenehm aufdringlichen Mann, wie meine Kollegin notiert hatte. Ein Name taucht im Protokoll nicht auf.«

»Den weiß ich nicht, oder nicht mehr.«

»Bitte versuchen Sie sich zu erinnern. Es könnte wichtig, ein Hinweis sein.«

»Ich weiß ihn nicht. Die Doris, meine Freundin, vielleicht, die hatte Kontakt zu ihm, losen Kontakt zwar nur, wie ich annehme.«

»Geben Sie mir doch die Adresse und die Telefonnummer, damit wir Kontakt mit ihr aufnehmen können.«

»Ja«, antwortete die Befragte knapp, notierte die Daten auf einem Notizzettel, reichte ihn Lott und sagte: »Aber Doris ist zurzeit in Australien, bis Pfingsten noch.«

Lott brummte etwas in sich hinein, stand auf und reichte Frau Halder dabei seine Visitenkarte.

»Die Nummern, unter denen ich zu erreichen bin«, kommentierte er diese und wies darauf hin, dass er auch für alle anderen Hinweise dankbar wäre.

»Was ist mit der Beerdigung?«, fragte sie.

»Der Staatsanwalt muss die Leiche freigeben. Er wird das, sobald alle forensischen Spuren gesichert, und auch die Rechtsmedizin …«

»Sie soll auf dem Söflinger Friedhof beerdigt werden. Ihr Vater will es so, und mir ist es gleich.«

»Ich rufe Sie an«, sagte Lott.

»Noch etwas?«, fragte Frau Halder, die ungeduldig wurde.

»Eine Sache noch, die wir bisher aus ermittlungstaktischen Gründen geheim halten mussten.«

Hannah Halder horchte gespannt.

Lott zog eine Kopie des besagten Haikus aus der Tasche und legte es auf den Tisch. »Das hat Neles Mörder am Tatort zurückgelassen.«

Hannah Halder zuckte zusammen.

»Ein Haiku?«

»Sie kennen diese dreizeiligen Gedichte?«

»Ja, natürlich. Egmont hat immer solche vorgelesen.«

»Egmont Taube, der Buchhändler?«

»Ja, wir waren über ein Jahr zusammen. Aber das hab ich Ihrer Kollegin doch mitgeteilt.«

»Ich muss das übersehen haben«, gestand Lott.

»Ein Haiku hat er eigens für mich erfunden.«

Sie wusste es auswendig:

»Ja, kleine Schnecke
Besteige den Berg Fuji
Aber ganz, ganz langsam«

Sie lächelte dabei und erklärte: »Mit der kleinen Schnecke war ich gemeint.«

*

Zu Egmont wollte er jetzt nicht. Das nächste Verhör mit ihm musste Petra übernehmen. Die zumindest war nicht so vertraut mit ihm, wie er es nun einmal war. Aus verschiedenen Gründen. Lott dachte, er hätte Egmont Taube reinen Wein einschenken können. Jetzt gehörte er zum Kreis der Verdächtigen. Seit er wusste, dass er mit Hannah Halder liiert gewesen war. Das allein aber konnte nicht der Grund sein. Egmont war eine solche Tat nicht zuzutrauen. Der schwebte in anderen Sphären. Und sich selbst als Verfasser von Haikus in Szene zu setzen, das war nicht sein Ding. Aber Lott wusste auch, dass er eine vorgefertigte Meinung hatte, was Egmont Taube betraf. Er wollte einfach nicht, dass der Buchhändler etwas mit Neles Tod zu schaffen hatte.

Petra kam ihm da gerade recht. Sie musste das übernehmen, obwohl sie nicht gut auf ihn zu sprechen war. Das Doppelverhör mit Hannah Halder, das er ihr nicht verschweigen konnte, hatte ihr einen Stich versetzt, es hatte Kratzer verursacht, ihr Verhältnis zu Lott deutlich verschlechtert. Misstrauen untereinander war doch das Letzte, was sie jetzt brauchen konnten. Und persönliche Differenzen durften ihre Arbeit nicht beeinträchtigen. Das wusste auch Lott.

Als Petra Mai ihm gegenübertrat, umkreisten Gedankenwirbel sein Hirn. Sein Blick hielt nur kurz dem ihren stand, dann wanderte er weiter, scheinbar ziellos durch den Raum, ehe er mit fahrigem Zeigefinger auf das Blatt vor ihm deutete und sagte: »Ich bin befangen in der Sache. Du musst das übernehmen!«

Petra lächelte. Es tat ihr gut, Schwächen an ihrem einstigen Chef auszumachen. Und sie lenkte ein. Zeigte Verständnis. Auch ihm ging der Fall an die Nerven. Genau wie ihr. Vielleicht gelang es ihnen ja gemeinsam, aus dieser Kloake zwischenmenschlicher Abgründe wieder aufzutauchen. Die Arbeit über alles zu stellen.

Und eine weitere Wahnsinnstat zu verhindern.

Das war die Arbeit, die vor ihnen lag.

»Ich hab das mit dem Egmont Taube verbockt«, gestand Lott. »Ich hätte deinen Bericht genauer lesen müssen, dass er mit Hannah Halder liiert war und so weiter …«

»Vielleicht ist das ganz gut so, wenn ich das jetzt mach«, lenkte Petra ein. »Soll ich ihn ins Präsidium laden?«

»Wäre sinnvoller als zwischen seinen Bücherregalen. Auf einen Heimvorteil muss er verzichten.«

Lott gab Petra die Gesprächsnotizen. Und verabschiedete sich.

Britta Zorn wartete.

*

»Wir müssen den Fall an den Wurzeln anpacken«, sagte Britta. Und wurde konkret: »Bei dem Uhu, der mit Carbofuran vergiftet wurde. Das nämlich ist das erste nachweisliche Opfer. Etwas muss damals vorgefallen sein. Etwas muss die Lawine losgelöst haben.«

Lott hob die Schultern.

»Etwas muss ihn traumatisiert haben«, spann Britta den Bogen weiter. »Aber gewiss nicht ein Uhu. Wir müssen sein Motiv woanders suchen.«

»Eine Frauengeschichte?« Lott griff das naheliegende Motiv auf.

»Möglich«, stimmte Britta ihm zu. »Aber es muss noch etwas anderes dahinterstecken. Die Ermordung des Uhus hat etwas in ihm in Gang gesetzt.«

»Er hat ein Spiel begonnen«, warf Lott ein. »Will auf sich aufmerksam machen.«

»Aber warum? Was war der Auslöser? Nicht der Uhu, da bin ich mir sicher!«

Britta schnaufte laut durch. »Ich fürchte, ich verrenne mich. Und das ist für eine Profilerin alles andere als gut.«

Lott lächelte und sagte: »Beschränke dich nicht allzu sehr auf dein vertieftes Fallverständnis.«

»Auf was dann?«, antwortete Britta entrüstet.

»Auf deine Intuition«, antwortete Lott.

»Wir erschnuppern keine Täter«, wehrte sich Britta. »Und schon gar nicht im Alleingang. Wir werden nicht von Visionen getrieben, sondern von Hypothesen. Wir haben Fakten und dazwischen haben wir Löcher.«

»Und in einem dieser Löcher sitzt unser Täter«, konstatierte Lott.

»Genauso ist es«, brummte die Kollegin.

Lott wusste, egal nach welcher Methode die Ermittlung auch geführt wurde, es galt, den Kreis der Verdächtigen enger zu schnallen. Ein vertrauter Gedankengang auf ausgetretenen Pfaden.

»Ich muss versuchen, eine Art Muster zu erkennen. Schließlich wird die Datenbank über viele Jahre mit Informationen gefüttert.«

»Gefüttert mit aufgeklärten Delikten?«, hakte Lott ein.

»Natürlich! Wird ein Delikt aufgeklärt, sprechen wir Profiler mit den überführten Tätern und gewinnen so nützliche Informationen, die in der Datenbank hinterlegt werden.«

»Und? Bist du fündig geworden?«

»Ich schätze den Täter als eine handlungsorientierte Persönlichkeit ein, die auch in einer ungeplanten Situation den Kopf behält.«

»Und was schließt du daraus?«

»Dass dies einem 30-Jährigen besser als einem 19-Jährigen gelingt.«

Lott lenkte ein, nickte ihr zu.

»Am Ende aller Überlegungen dürfen quasi nicht mehr als fünf bis zehn Personen übrig bleiben, bei denen das Täterprofil fast zu 100 Prozent auf einen von ihnen zutreffen darf«, erklärte Britta.

»Und bei wie viel Prozent stehen wir?«

»Bei null«, lächelte Britta entwaffnend.

*

Sie rief in Cham an. Frau Sonnenschmitt vom Nationalpark half weiter.

»Nein, wir hatten keine männlichen Mitarbeiter in Cham.«

»Gab es in Regensburg welche?«

»Soviel ich weiß, auch nicht. Aber das muss ich recherchieren.«

»Gibt es denn nachprüfbar eine Verbindung zwischen Cham und Regensburg?«

»So etwas kommt nicht gerade selten vor. Es gibt einen gewissen Austausch.«

»Ist Ihnen ein solcher aus der Zeit zwischen der Tötung des Uhus und der des Luchses bekannt?«

»Auch das kann ich Ihnen nicht aus dem Ärmel schütteln. Ich muss die Personalbögen prüfen.«

Frau Sonnenschmitt, die bislang nur zugehört und mit nur vager Hilfe geantwortet hatte, fragte mit scheuem Ton zurück, ob etwas passiert wäre.

»Ein Kind ist ermordet worden. In den Abendnachrichten wird es sicher gesendet werden und morgen wird es in allen Zeitungen stehen.«

»Mein Gott!«, entfuhr es Frau Sonnenschmitt. »Und Sie sind sich sicher, dass es derselbe Täter ist?«

»Es spricht einiges dafür«, antwortete Britta.

»Ich werde tun, was ich kann«, versprach Frau Sonnenschmitt. »Ich melde mich wieder.«

Sie legte auf. In ihrem Kopf schwirrte wieder der Text, den der Täter bei dem Uhu hinterlassen hatte:

Im Schein des Vollmonds
Die Katze, der Nachtvogel
Friedlich die Grillen

Sie griff zum Telefon und rief an.

*

Petra saß am Schreibtisch, arbeitete am Vernehmungsprotokoll. Die Protokollierung erfolgte nach traditioneller Verfahrensweise auf den entsprechenden Vordrucken. In früheren Jahren hatten sich die Protokolle im formalen Teil auf Personalangaben beschränkt. Das war längst anders geworden. Als sie hier in Ulm angefangen hatte, wurde sie mit dem sehr umfänglichen, formatierten Teil zum ersten Mal konfrontiert. Inzwischen schätzte sie die Vorteile dieser Verfahrensweise. Wichtige Angaben wurden damit nicht mehr vergessen und vermittelten den Strafverfolgungsorganen eine schnelle Übersicht über bestimmte Fakten. Den Nachteil dabei konnte sie bis zum heutigen Tag nicht wegwischen. Die Gefahr, dass die vielen auf Rechtsgrundlagen bezogenen Aussagen nicht mehr überblickt wurden, bestand nach wie vor. Petra Mai dachte eine Weile darüber nach, für welche Art und Weise der Protokollierung sie sich entschließen würde, geringfügige Abweichungen wurden, wenn sie auch nicht erwünscht waren, so doch geduldet. Bei den jetzigen Vorgaben war zwar die Auswahl nicht groß, denn sie war abhängig von der gewählten Form der Vernehmungsführung. Ihr war klar, dass taktische Aspekte und psychologische Elemente der fließenden Gesprächsführung sich auf die Protokollierung der Aussage auswirken mussten. Also galt es darauf zu achten, den Verlauf der Vernehmung nachvollziehbar widerzuspiegeln. Dazu gehörte vor allem, Egmont Taubes wohl stilistisch homogene Wortwahl nicht umzuwandeln. Seit Jahren wehrte sich die Kommissarin gegen eine strafverfahrensrechtlich vielfach geforderte wörtliche Mitschrift, hatte die sich doch, aus kriminaltaktischen Gründen des Vernehmens, als ebenso untauglich erwiesen wie die Forderung nach sofortiger Frage-Antwort-Protokollierung, die den Kommunikationsprozess empfindlich störte.

Trotz ihrer Erfahrungen, die sich im Laufe der Jahre bei ihr angehäuft hatten, kam sie mit diesem einseitig veranlassten Zwangskommunikationsprozess noch immer nicht zurecht. Die Theorie war eine Sache: Vernehmungspsychologische Kenntnisse wie Kommunikationsfähigkeit, psychologisches Einfühlungsvermögen, Menschenkenntnis und verbale Ausdrucksfähigkeit hatte sie sich im Laufe der Jahre angeeignet und mehrfach unter Beweis gestellt. Früh schon hatte sie sich diese Fachkompetenz erworben und das nicht allein in den strafrechtlichen und strafprozessrechtlichen Fragen.

Ihre Persönlichkeitseigenschaften waren vorzeigbar: Sie hatte Geduld und Ausdauer, war beweglich im Denken, war konzentrations- und anpassungsfähig. Selbstbeherrscht, mit der Absicht, Ruhe auszustrahlen, betrat sie den Verhörraum.

Dort wartete der Buchhändler Egmont Taube.

Petra Mai versuchte, locker zu sein. Die Kontaktphase, das wusste sie, hatte einen entscheidenden Einfluss auf den Verlauf der Vernehmung. Es galt, Gesprächsbereitschaft zu erzeugen. Und dazu musste sie das Vertrauen des Buchhändlers gewinnen.

*

Egmont Taube betrat den Verhörraum. Der Buchhändler sah nicht glücklich aus. Ob es am Raum lag, der kaum zum Verweilen einlud, oder am Umstand, warum man ihn hier, zwischen diesen Wänden, die in einem tristen Grau glänzten, warten ließ, das fragte er sich. Neonlicht fiel flächendeckend von der Decke, von kleinen, bedrohlichen Strahlern losgeschickt. Ein Raum ohne Fenster! Ein solcher jagte einem doch gleich einen Schrecken ein. Und Egmont Taube erschrak. Und er fühlte sich unwohl. Nur eine Tür und ein großer Spiegel an der Breitseite hatte der unwirtliche Raum zu bieten. Kein Spalt, durch den ein Gedanke sich hätte freischwimmen können. Taubes dringlichster Wunsch in diesem Augenblick war, diesen Verhörraum so schnell wie nur möglich wieder zu verlassen. Räume ohne Fenster waren Folter. Zumindest für ihn. Zudem war die Luft drückend, als wäre hier lange nicht gelüftet worden. Zwei Stühle vor dem Tisch schufen die Atmosphäre für ein Kammerspiel.

Der Buchhändler wartete. Er setzte sich für einen Moment, stand aber gleich wieder auf. Er schwitzte. Die Luft in dem fensterlosen Raum erinnerte ihn an ein Gefängnis, wie es vor langer Zeit noch existiert haben dürfte. Seine Hände waren frei, aber er spürte sie wie mit Handschellen gesichert. Er prüfte, ob er sie noch lockern konnte, blickte plötzlich auf und fühlte sich ertappt.

»Guten Morgen, Herr Taube!«

Kein Zweifel, eine angenehm klingende Frauenstimme hatte den Weg durch diese abgestandene Zellenluft zu ihm gefunden.

»Guten Morgen«, antwortete der Buchhändler höflich.

»Es gibt, wie Sie sich sicher denken können, noch einige Fragen, die mit der Ermordung der kleinen Nele zusammenhängen.«

Der Buchhändler nickte.

Die Kommissarin bat ihn, sich zu setzen. Sie setzte sich ihm gegenüber.

Petra Mai legte ihr Notizbuch auf den Tisch, fingerte aus einer Innentasche ihrer Jacke einen Füllfederhalter hervor und schaltete das Tonbandgerät ein, das zwischen den beiden wie eine Trennwand grenzte.

Langsam und ein wenig zu deutlich sprach sie die Ansage: »Zeugenvernehmung Egmont Taube.«

Dazu Datum und Uhrzeit.

Egmont Taube bemerkte dazu: »Alles, was ich jetzt sage, wird also aufgezeichnet. Und immer und immer wieder spielen Sie das dann ab. Solange, bis Sie irgendetwas herauszuhören glauben, woran Sie mich festnageln können. Und sei es nur ein unachtsames, hektisches Atemholen.«

Petras Lachen darüber war die Antwort.

*

Britta Zorn wartete. Es war spät geworden und Lott saß noch immer vor den kargen Ermittlungsakten. Die Dunkelheit beherrschte indessen die Szenerie vor dem Polizeigelände. Doch in der feuchtwarmen Luft hing noch der Duft von aufgeblühtem Flieder und von den Donauauen her war das Zirpen der aufgeweckten Grillen zu vernehmen.

Britta Zorn atmete förmlich auf, als sie Lott im Rückspiegel des Dienstwagens ausmachte. Sie ließ ihn einsteigen und startete den Motor.

Wortlos fuhren sie aus der Stadt.

Lott dachte an seine Studienzeit und sinnierte, wie viel Zukunft er seither verbraucht und wie viel Vergangenheit sich seit damals angesammelt hatte; ein Leben, das er im Nachhinein gerne anders gehabt hätte. Ihn überfiel eine Müdigkeit, die nicht allein der späten Stunde zuzuschreiben war. Er kämpfte gegen das Einschlafmanöver, das ihn bedrängte, an. *Schau zu, dass der Ermittlungsstand zum Staatsanwalt kommt. Ein engmaschiges Mordgeflecht. Eine Profilerin ist notwendig, die ein Täterprofil erstellen kann. Modus operandi.*

Und dann, während er alle Ermittlungspunkte an sich vorüberziehen sah, dachte er: *Das verbliebene Leben aufbrauchen.*

Das verbliebene Leben aufbrauchen.

Er schreckte hoch. Britta lächelte zu ihm herüber.

»Habe ich dich geweckt?«

Erst lange hinter Blaubeuren brachte die Kollegin jedoch ein Gespräch in Gang.

»Ich bezweifle, ob mich das wirklich weiterbringt.«

»Wovon redest du?«, hakte Lott nach.

»Von der Datenbank zur Analyse von Gewaltserien.«

»Und?«

»Es sind so hochtrabende Begriffe, die mir vorgaukeln, ein sehr präzises Täterprofil samt sozialen ökonomischen Merkmalen erstellen zu können. Aber was haben sie gebracht? Nichts haben sie bisher gebracht. Vielleicht ist das Ganze nur ein Irrsinn! Und ich frage mich, warum leiere ich diese fachwissenschaftlichen Begriffe wie Gebete herunter, wie Litaneien, an denen ich mich festhalten will, um nicht abzurutschen. Die mich aber vom Tathergang wegführen und vermutlich vom Täter selbst.«

»Geduld ist wohl nicht deine Stärke«, bemerkte Lott.

Britta gab Gas, als wollte sie Lotts Einwand davoneilen.

Die Strecke wurde kurvig und Lott musste sich festhalten.

An Schlaf war nicht mehr zu denken. Er schlug die Ermittlungsakte auf. Die Aussage der Mutter über Lars, den Busfahrer. Ihm wurde schlecht. Er klappte die Akte zu und dachte, morgen ist auch noch ein Tag.

Er fühlte sich schlaftrunken, wie diese in den Startlöchern verharrende Jahreszeit. Die Scheinwerfer ihres Dienstwagens ließen ein ums andere Mal rote Knospen undefinierbarer Blüten ins Rampenlicht vor, um sie dann gleich wieder, wie lästige Mücken, wegzuscheuchen.

*

»Ihr kommt spät«, sagte Elli.

Mara war hartnäckig aufgeblieben, torkelte der Mutter entgegen, die sie in den Arm nahm.

»Du sollst doch schlafen«, mahnte sie.

»Ich bin noch nicht müde.«

Alle lachten. Die Müdigkeit sprang Mara buchstäblich aus dem Gesicht. Britta brachte sie ohne Umschweife zu Bett.

Elli hatte mittlerweile Abendbrot gerichtet. Käse, Wurst und Brot. Dazu etwas Obst und Gemüse. Ein Bier für jeden.

Britta war noch munter. Zumindest munterer als Lott. Während sie aß, dozierte sie: »Jeder Mensch hat ein Grundverhalten, die sogenannte Baseline. In Gefahrsituationen oder bei Täuschungen kann das Verhalten von der Baseline abweichen.«

Sie nahm einen Bissen, kaute und schluckte hinunter.

»Genau diese Abweichungen liefern beim Profiling erste Indizien.«

Lott nickte. Er war froh, dass Britta ihre Selbstzweifel wieder beiseitegeschoben hatte.

Elli brachte Nachschub an Essbarem. Ein Gespräch aber kam nicht mehr in Gang. Sie schwiegen eine Zeit lang und schauten auf den Regenvorhang, der sie von der Welt da draußen trennte. Ein dünner Nieselregen, der auf die Flachdächer der gegenüberliegenden Garagen fiel, machte auch Britta schläfern.

*

Elli zündete eine Kerze an. Eine Duftstabskerze, die sie aus der Adventszeit in die Frühlingstage hinübergerettet hatte. Diese tauchte das Zimmer in ein warmes Gelb und trug den Geruch weihnachtlicher Stimmung mit sich.

Elli hatte alles für einen sinnlichen Abend gerichtet. Ihre weit geöffneten, strahlend blauen Augen waren zwar, angesichts ihrer Müdigkeit, zu Äuglein geschrumpft, zu zwei winzigen Schlitzen, wie Monde kurz nach Neumond. Ihre eingeschränkte Munterkeit aber genügte, um Lotts Berührungsbedürfnis zu wecken. Sie spürte gleich Lotts Erregung. Und Lott ließ den Blick auf ihr ruhen. Kaum jünger als er, war sie, rein optisch gesehen, besser als er durch die Jahre gekommen. Ihr Körper hätte gut und gerne als 30-jährig durchgehen können. Dazu verfügte sie über eine Menge Erfahrung im Umgang mit seinem männlichen Schwellkörper.

Elli zog sich aus. Und Lott folgte ihr. Sie schliefen wieder miteinander, und wie es Lott vorkam, im Rhythmus einer stürmisch verlaufenden Ermittlung. Danach lagen sie erschöpft in den Kissen und Elli sang leise vor sich hin: »Save your kisses for me …« Ein Lied aus der ersten Zeit ihrer Liebe.

Lott hatte das Gefühl, es begänne wieder zu schneien, aber es hatte lediglich zu regnen aufgehört und das Glitzern der Tannen draußen gaukelte Winterliches vor.

Sie zogen ihr Nachtzeug an, Elli löschte das Weihnachtslicht und sie küssten sich, wie man einander küsst, wenn man den andern in den Schlaf entlässt.

Lott widmete sich in der Folgezeit seinem Einschlafmanöver, bis diese Hüfte zufrieden war. *Ein Quantum Schmerz*, dachte er. Und er dachte, es sind die *Bleigewichte der Mühsal.* Er drehte sich auf Ellis Seite, als erwarte er, wenn nicht Dankbarkeit, so doch eine gewisse Anerkennung für seine tapfer verschwiegenen Hüftschmerzen.

*

Britta blieb noch lange am Fenster sitzen. Sie schaute nach draußen, bis die Farben sich erschöpften und die Nacht wie ein Vorhang nach einem Theaterstück fiel. Ab und zu hatte sie zu Mara hinübergeschaut. Ihren Schlaf verfolgt. Maras Bewegungen dabei. Sie hatte überlegt, ins Wohnzimmer zurückzugehen, um die Spätnachrichten anzuschauen. Ob bereits Neues über den Kindermord berichtet wurde.

Aber Britta hielt sich zurück.

Neue Erkenntnisse gab es nicht. Da war sie sich sicher.

Sie ging noch einmal ins Bad. Mara war davon nicht aufgewacht. Fast geräuschlos legte sie sich ins von Elli provisorisch, aber liebevoll hergerichtete Bett.

Sie lag da und starrte an die Decke, dachte an den Fall. Bestandteile des Profilings waren Stimme, Sprache und Körpersprache, also Mimik, Gestik, Körperhaltung, Bewegungsabläufe, Schritte und Gangart. Sie dachte an Optik und Styling. Dachte an Raumverhalten, welches sie Proxemik nannte. Sie dachte an den Mörder und in welchem System er sich bewegte. Hatte er Familie, Freunde, war er Mitglied in einem Verein oder einer politischen Organisation? Welches Auto fuhr er? Wie war es um seine Wohnsituation bestellt? Wie war sein Umgang mit anderen? Seinen Schreibstil kannte sie. 17 Silben, mit denen er haushielt. 17 Silben für den Tod. Sie wurde müde, die Bilder verschwammen vor ihr.

Plötzlich aber schreckte sie hoch.

Eine Angst wie lange nicht hatte sie erfasst:

Was, wenn er sich Mara als sein nächstes Opfer ausgesucht hat?

KAPITEL DREI

Der Tod ist unvermeidlich. Alle steuern wir dem gleichen Ziele zu; für jeden wird sein Los in der Urne geschüttelt, bis es früher oder später herausspringt und wir mit dem Kahn in die ewige Verbannung fahren müssen. Infolgedessen ist der Tod, wenn wir ihn fürchten, eine dauernde Beunruhigung für uns; diese Last kann uns nicht abgenommen werden. Von allen Seiten kann er uns überfallen; es nützt nichts, wenn wir in verdächtigem Gelände den Kopf unaufhörlich hierhin und dorthin drehen. Er hängt immer über uns wie der Felsblock über dem Haupte des Tantalus.

Michel de Montaigne

*

Hans Schuler klappte das Buch zu. Der letzte Satzteil: »… über dem Haupte des Tantalus« spukte weiter in ihm, ehe er auf den ersten Satz: »Der Tod ist unvermeidlich« zurückfiel.

Er hörte die Mutter im Nebenzimmer. Sie sang wieder. Dieses demütigende Lied, von dem sie nicht genug kriegen konnte. Mutters dementer Gesang nervte ihn. Er stopfte sich Watte in die Ohren. Watte lag immer bereit. Er hoffte, dass die Mutter ihn jetzt nicht aufsuchte. Sein Zimmer war für sie tabu. Manchmal hielt sie sich an seine Vorgaben, meistens nicht. Unter irgendeinem wirren Vorwand kam sie doch immer zu ihm, klopfte nicht einmal vorher an.

So auch jetzt.

Singend stand sie vor der Tür und trat gleich ein.

Er drückte ihr sein blutbeflecktes Hemd in die Hand und befahl ihr, es zu waschen. Sie nickte, sang weiter und verließ gleichtönig singend den Raum. Ihre Tonlage, ihr tiefes Brummen erinnerte an den Gesang tibetischer Mönche. Der Text dagegen war ein albernes Kinderlied.

Als die Mutter aus dem Zimmer war, klebte ihre Ausdünstung noch immer im Raum. Es roch unangenehm. Ein Geruch, der ihm entgegenschlug wie eine düstere Erinnerung. Er ging zum Fenster und öffnete es. Es war erheblich wärmer geworden und es regnete. *Maienregen. Davon wächst man.* Das hatte die Mutter früher immer behauptet. In einem früheren Leben, wie ihm heute schien. Das Wetter hatte bei ihr immer eine wichtige Rolle gespielt. Wie auch die Jahreszeiten: *Wer im Herbst stirbt, den nimmt das Laub mit. Wer den Winter überlebt, ist unerwünscht wie Märzenschnee.*

Darüber musste er jetzt lachen. Er lachte wie ein Kind. Draußen fiel ein dünner Nieselregen herab. Auf eine Welt, in der die Mutter nichts mehr zu suchen hatte. Ein grau verhangener Maientag. Das war seine Kulisse. Ein blauer Himmel hätte ihn jetzt auch stutzig gemacht. Zu dem, was vor ihm lag, vollkommen unpassend. Er griff nach seiner Jacke, zog sie, während er die Eingangstür hinter sich ins Schloss fallen ließ, an und ging auf das Gartentor zu.

*

Elli hatte die Tageszeitung zum Frühstückstisch gebracht. In aller Ausführlichkeit wurde darin über den Mord an Nele berichtet. Der frühe Morgen aber hatte Brittas Ängste weggewischt. Die Sorge um Mara war einer diffusen Angst, war allein der mütterlichen Hysterie entsprungen, die als einziger Grund für ihre Panik herhalten musste. Das zumindest redete sie sich ein.

Nach dem Frühstück verabschiedete sie sich von Mara deshalb entsprechend gelöst, besprach mit Elli Maras Schulzeiten und saß bald schon neben Lott im Dienstwagen.

Sie hatte sich für die Autobahn entschieden. Staus waren nicht gemeldet; pünktlich acht Uhr trafen sie im Neuen Bau ein.

Chef Lander erwartete sie. Mit hochrotem Kopf. In der Hand das Boulevardblatt des Tages. Er sagte nichts. Hielt den beiden jedoch demonstrativ die Schlagzeile wie eine Anklageschrift entgegen.

NELES MÖRDER SCHREIBT GEDICHTE:

Darunter das Haiku:

Wie willst du dort gehen
Über Dornenstraßen hin,
mit zappelnden Füßen?

Dazu ein paar dürftige Erklärungen über Form und Ausdruck der Lyrikform des Haikus und der Verweis auf die folgende Seite.

Britta blätterte um. In fetten Lettern gedruckt stand dort:

WAS DIE POLIZEI VERSCHWEIGT

Darunter noch einmal das Haiku, die Botschaft des Täters.

Ein paar schwulstige Erklärungen, dazu Behauptungen wie: der Täter hätte aus Mitleid gehandelt. Der ganze Bericht war geschmacklos, im üblichen Duktus des Blattes geschrieben. Da durften auch Beispiele aus dem Dritten Reich über unwertes Leben nicht fehlen.

Lander war außer sich.

»Wir haben einen Maulwurf!«, brüllte er, noch immer mit knallrotem Kopf.

Dann griff er zum Telefon, ohne Lotts oder Brittas Meinung dazu abzuwarten, und ließ sich mit dem Lokalchef des Blattes verbinden.

»Sie behindern unsere Ermittlung!«

Mehr brauchte Lott von Landers Tirade nicht zu hören. Auch Britta wendete sich ab, ging an ihren Computer und rief das Programm, mit dem sie derzeit arbeitete, auf. Die Datenbank zur Analyse von Gewaltserien.

»Der Journalist, wie war noch gleich sein Name?«, fragte Lott über zwei Schreibtische hinweg.

»Paul Wittner«, antwortete Britta.

»Warum hat er nicht mit den abgeschnittenen Zehen aufgetrumpft? Das wäre doch ein journalistisches Fressen gewesen?«, meinte Lott, der dabei an den Schreibtisch der Kollegin getreten war.

»Sein Informant hat ihm die verschwiegen. Also war

es keiner von uns. Der hätte mit dieser Information nicht hinterm Berg gehalten«, spann Britta den Faden weiter.

»Du meinst, Informant und Täter sind ein und dieselbe Person?«, hakte Lott nach.

»Alles andere macht keinen Sinn«, stimmte Britta ihm zu. »Es gibt keine undichte Stelle bei uns, wie Lander behauptet.«

»Kein Wort über die abgetrennten Zehen. Für diese Art von Journalismus wäre das doch der Aufhänger gewesen.«

»Die hätten das Haiku verdrängt. Und das scheint bei ihm Vorrang zu haben. Weiß doch eh kaum einer, was sich dahinter verbirgt.«

»Allerdings verschweigt er seine früheren literarischen Ergüsse«, warf Britta ein.

»Für den Täter gibt es keine Vergangenheit«, sinnierte Lott. »Er schaut nach vorne, nicht zurück. Uhu und Luchs sind Jugendsünden. Er will nicht daran erinnert werden. Und er verschweigt die diesbezüglichen Haikus.«

»Mit Nele hat er einen Punkt erreicht, von dem aus es kein Zurück gibt«, stimmte Britta ihm zu.

»Lass uns in die Redaktion fahren«, schlug Lott vor.

Britta nickte, gab Lander Bescheid, der seinen Segen zu der Aktion gab.

*

Der Redakteur, der Wittners Artikel freigegeben hatte, saß an seinem Arbeitsplatz. Wittner selbst nicht. Unterwegs für Recherchen, lautete die Erklärung des Redakteurs. Aber er selbst, der Redakteur Pascher nämlich, saß auf einem so hohen Ross, dass er gönnerhaft Wittners Aufzeichnungen herholte.

»Er hat einen Anruf bekommen«, sagte Pascher, während er das Band von Wittners Schreibtisch, auf dem es offen lag, entfernte und es Lott in die Hand drückte.

»Mehr kann ich aber wirklich nicht für Sie tun«, sagte er. »Und sagen Sie Ihrem Chef, dass wir uns grundsätzlich nicht gegen seine Polizeiarbeit stellen. Aber Kritik darf doch wohl angebracht sein.«

Lott und Britta bedankten sich.

»Ich hab jetzt was gut bei Ihnen«, sagte Pascher.

*

Im Neuen Bau hörten sie das Band ab.

Wie willst du dort gehen
Über Dornenstraßen hin,
mit zappelnden Füßen?

Das Haiku war in skurriler Tonlage gleich zu Beginn zu hören. Die Stimme klang seltsam verzerrt. Dazu mit einer obskuren Melodie, einem theatralischen Singsang ausgestattet, wie sie die Lyriker des 19. Jahrhunderts verwendet hatten. Unangenehm dramatisch. Wichtigtuerisch.

Wer will schon auf Beinen gehen, die einen nicht tragen können. Aus einem Munde sprechen, der nicht spre-

chen kann. Unwertes Leben ist das, das man zurückgeben muss wie eine Pfandflasche, das Pfand aber bleibt ihr uns schuldig.

Eine Pause trat ein. Geräusche, als ob der Sprecher einen Mundschutz korrigieren müsse. Warum erklärte er überhaupt das Haiku? Hielt er die Zeitungsleser für so blöd, dass sie ohne seine Hilfe die 17 Silben nicht verstünden? Dass das Haiku, poetisch ausgedrückt, im Schlund der unwissenden Masse verlorengehe?

Denke, dass jeder Tag der letzte sein kann, der dir leuchtet; die Stunden, mit denen du nicht fest gerechnet hast, werden dir dann besonders lieb sein.

Das Band brach ab.

Lott brachte es in die Technik.

»Die sollen es zunächst entzerren, vielleicht hilft die Stimme uns weiter. Möglich, dass wir sie im Laufe unserer Ermittlung zuordnen können.«

»Der Mörder empfindet kein Unrecht«, sagte Britta. »Das macht die Sache einfach und kompliziert.«

Lott schaute sie fragend an.

»Kompliziert, weil der Täter nicht von Stimmungen aufgewühlt wird. Er folgt einer Agenda. Er unterliegt dem Wahn, einer gerechten Sache zu dienen, das kompliziert die Sache, andererseits wagt er sich weit aus dem Fenster. Sein übersteigertes Selbstwertgefühl macht ihn leichtsinnig. Seine Selbstdarstellung …«

»Du meinst die Haikus?«, unterbrach sie Lott.

»Die sind doch Irrsinn«, wütete Britta. »Früher oder später werden wir ihn daran festmachen können.«

»Womöglich beabsichtigt er das«, mutmaßte Lott. »Wenn ich mir seine letzte Äußerung …«

Britta unterbrach: »›Denke, dass jeder Tag der letzte sein kann.‹ Er sieht also das Ende vor sich, in der Konsequenz den eigenen Tod?«

»›… ›die Stunden, mit denen du nicht fest gerechnet hast, werden dir dann besonders lieb sein.‹ Seine letzten Stunden sieht er als Triumph.«

Lott wusste nun, wie er vorgehen musste.

Und Britta wusste es auch.

Dagegen sprach allein die ihnen verbleibende Zeit, bis der Mörder wieder zuschlagen würde.

Die Zeit, die ihnen noch blieb.

*

Eine Dienstbesprechung wurde kurzerhand anberaumt.

Petra Mais Protokoll über die Zeugenvernehmung des Buchhändlers Egmont Taube, der für die Tatzeit ein wasserdichtes Alibi, das von mehreren Frauen bestätigt wurde, vorweisen konnte, geriet zur Nebensache. Allein Taubes Kenntnisse über die japanische Versdichtung waren von Belang. Lott beabsichtigte, ihn ins Boot zu holen. Britta stimmte dem zu. Ilona Raab, die verantwortliche Sachbearbeiterin der Soko, bei der alle Detailkenntnisse der Ermittlung zusammenliefen und die allen am Fall Beteiligten den Zugang dazu ermöglichte, damit alle auf dem gleichen Wissensstand ermitteln konnten, führte das Wort. Zu ihrem Aufgabenbereich zählten auch die Absprachen mit Polizeisprecher Jürgens, inwieweit die Öffentlichkeit eingeweiht werden durfte, ohne die Ermittlung dadurch zu gefährden. Schließlich hoffte man ja auch, durch den Schritt an die

Öffentlichkeit Hinweise zu erhalten, die der Ermittlung zum Durchbruch verhelfen konnten.

Die aus über 60 Ermittlern bestehende Soko hatte mittlerweile sämtliche Lehrer, Busfahrer, Nachbarn und Personen im Umfeld von Neles Mutter in der Zeugenvernehmung befragt. Dazu die Schulfreundinnen von Hannah Halders anderen beiden Töchtern. Selbst das Küchenpersonal der Erlenhof-Schule sowie die Rektorin Tanja Füllgraf und die Klassenlehrerin Sybille Wetzel wurden von den Ermittlern der Soko in die Mangel genommen. Keine der Befragungen hatte sie auch nur einen Schritt weitergebracht.

Bert Stadel, Neles Vater, war nicht zu vernehmen gewesen. Er hatte sich in die Klinik einweisen lassen und stand noch immer unter Schock.

Brittas telefonische Nachfragen bei den Naturschützern in Regensburg und Cham waren bislang ohne Ergebnisse geblieben. Sie hoffte aber, dass Frau Sonnenschmitt mit ihren Recherchen Erfolg haben und sie umgehend davon in Kenntnis setzen würde.

Polizeisprecher Jürgens musste Rundfunk und Fernsehen sowie die Printmedien und deren Menagerie in Gang setzen. Sie brauchten Hinweise aus der Öffentlichkeit.

Sowie auch Neles Mörder die Öffentlichkeit brauchte, um seinen Wahnsinn fortzuführen.

*

Britta saß vor dem Schirm. Das Profil des Mörders erstellen. Wenn sie einer Aufgabe nachgehen konnte, die Sinn machte, dann dieser.

Bei Neles Mörder handelte es sich um eine gespaltene Persönlichkeit: Doktor Jekyll und Mister Hyde. Eine poetische Ader, wenn auch auf eine etwas holprige Art und Weise, war ihm nicht abzusprechen. Davon kündeten die Haikus. Selbst wenn sie von bereits bestehenden Wortschöpfungen abgeleitet waren. Die Anlehnung oder zumindest eine Sehnsucht nach Poesie war dem Täter nicht abzusprechen.

So krank sie auch war.

Den Kreis der Verdächtigen enger schnallen.

Profiler erklären den Mordermittlern die Handschrift des Täters.

Mein Gott, was halfen ihr die erlernten Grundsätze des Profilings. *Beobachtung. Verdächtige Anzeichen. Verhalten. Kleidung. Positionsänderung. Kontakte und so weiter.*

Jetzt, wo es darauf ankam, den Mörder Neles zu finden, und das so zeitig, ehe er ein weiteres Opfer, das er vielleicht schon im Visier hatte, zur Strecke brachte.

Sie verschanzte sich hinter diesen erlernten Begriffen. Als suchte sie Schutz dahinter und nicht Aufklärung. Ihre Gedanken schweiften ab. Sie dachte an ihren Exmann. Er ist auf der Suche nach sich selbst. Ob er sich in Indien findet? Sie zweifelte daran. Dann dachte sie an ihre Mutter. *Mit der sollte ich das Vaterunser beten. Sie wusste aber den Text nicht mehr und musste scharf überlegen, wer ich überhaupt war. Mich, ihre Tochter, erkannte sie nur in den wenigen wachen Momenten, die ihr noch geschenkt wurden.*

Plötzlich schreckte Britta aus ihren Gedanken hoch.

Man kann einen Uhu nicht einfach vergiften, von

einem Luchs ganz zu schweigen. Man muss Ortskenntnisse haben, sich mit den Tieren auskennen.

Sie spann den Faden weiter. Und musste gestehen, dass der Mord an Nele sie von den Tiermorden weggebracht hatte.

Doch die Verbindung sind die Frauen!

Britta fiel es wie Schuppen von den Augen. Der Täter hatte mit Tieren nichts am Hut. Das Gegenteil war der Fall. Die Tiere waren seine Konkurrenten. Es musste um eine Frau gegangen sein.

*

Zwei Tage später wurde Neles Leiche von der Staatsanwaltschaft zur Bestattung freigegeben. Alle Spuren, die für die Ermittlung von Belang waren, waren registriert und in den Ermittlungsakten festgehalten worden. Man musste an die Hinterbliebenen denken; an die Mutter vor allem, die wohl am meisten unter dem Verlust zu leiden hatte, aber auch an den Vater, der noch immer in der Klinik lag, und die Ärzteschaft untereinander stritt, ob eine traumatische Erfahrung wie die der Beisetzung der Tochter aus ärztlicher Sicht zumutbar war.

Eine Beerdigung aber war der erste Schritt ins Vergessen.

Hannah Halder hatte in diesen Tagen und Nächten, seit ihr bewusst geworden war, dass Nele unwiederbringlich gegangen war, ein schwarzes Tuch über ihre Angst gelegt und schaufelte drum herum heimtückisch einen Graben, über den sie nicht springen konnte.

Als der Verkehrslärm am Morgen einsetzte, wusste sie, dass sie nicht länger hier wohnen bleiben konnte. Ohne Nele war ihr Leben in diesem Haus nicht mehr tragbar. Überhaupt war ihr Leben sinnlos geworden. An ihren Gefährten Reinhold Breisacher, sie dachte *Gefährte* und nicht *Liebhaber*, verschwendete sie keinen Zukunftsgedanken mehr. Die Sache war gelaufen. Für den war kein Platz mehr in ihrem trauerbestimmten, von Angst besetzten Leben.

Sie dachte an Egmont.

Dachte an ihn wie an eine noch funktionierende Vergangenheit.

Da passte doch alles. Und doch passte nichts. Der kam und ging doch, wie es ihm gerade einfiel.

Es geht um Literatur. Eine blödere Ausrede hatte er nicht parat. Aber weil er sie jedes Mal gebrauchte, glaubte sie ihm schließlich. Bis auch diese Beziehung ihr Ende fand. Sie hatte die Reißleine gezogen.

Im Leben geht es nicht um Literatur! Das hatte sie ihm gesagt, ihm zugebrüllt.

Aber Egmont war stur geblieben. Seine Abende waren ihm wichtiger als sie. Und weil sie Nele nicht allein lassen konnte, war sie von diesen Abenden ausgeschlossen.

Sie dachte jetzt an ihn, obwohl Neles Beerdigung bevorstand. Auch musste sie sich um ihre beiden anderen Kinder kümmern. Dass sie das Richtige anzogen. Und um die Blumen musste sie sich kümmern. Die Schule hatte einen Kranz gespendet. Die Klassenlehrerin das Musikstück ausgewählt. »Von guten Mächten liebevoll umgeben.« Die Rektorin hatte eine kleine

Rede angekündigt. Die Klassenlehrerin ein zweites Lied ausgewählt. Von Beileidsbezeugungen am Grab war Abstand zu nehmen. So wollte sie das. Aber eigentlich war es ihr gleichgültig.

Bald wurde sie von Neles Patentante abgeholt. Auch sie hatte einen Kranz dabei.

Mein Gott, wie viele Kränze, dachte Hannah Halder.

Ihre beiden Töchter stürmten auf die Rückbank. Sie stritten, als stünde nur ein Fensterplatz zur Verfügung.

Die Patin beruhigte sie.

Auf dem Friedhof die vielen Leute. Waren es Hunderte, gar Tausend?

Zu viele waren es. Mehr konnte Hannah Halder nicht denken. Sie wusste auch nicht, waren ihre Beine nun schwer oder leicht. Obwohl sie gestützt wurde, stürzte sie. Sie tat sich nicht weh dabei. Das Grab war noch Schritte entfernt. Hineingestürzt wäre sie nicht. Aber alles, so würde sie später sagen, war wie ein Traum. Ein Traum, aus dem man erwachen will, aber den man ewig weiterträumen muss.

Die Kirchenglocken schlugen. Es regnete leicht. Ein Wind kam auf, der die Glockenklänge vor sich hertrug wie Blattwerk im Herbst.

Hannah Halder dachte an diese Jahreszeit. An den vergangenen Oktober und November, als die Welt noch in Ordnung war. Sie schaute zu Egmont hinüber. Der warf jetzt eine Rose ins offene Grab, lächelte dabei herüber. Oder wünschte sie sich nur dieses Lächeln, wo vielleicht keines war?

Egmont kam auf sie zu und umarmte sie, sagte etwas.

Jeder sagte jetzt irgendetwas.

Oder schaute so, als müsse und wolle er oder sie etwas sagen.

Sie steckten ihr Briefumschläge zu. Die räumte sie gleich weg, in irgendeine Tasche. Briefumschläge mit Kondolenzkarten. Vielleicht auch mit Geld drinnen.

*

Mara wartete nicht. An der Schulpforte, so hatten sie es doch ausgemacht. Aber dort wartete Mara nicht. Auch sonst wartete dort niemand. Obwohl Elli nicht an eine Entführung dachte, wurde sie unruhig. Mara war doch ein zuverlässiges Kind. Zehn Jahre erst alt, aber zuverlässig. Und gestern hatte es doch auch funktioniert.

Elli wartete, bis auch das letzte Kind, wie sie glaubte, an ihr vorbei aus dem Schulgebäude gehuscht war. Dann stieg sie die Treppe zum Rektorat hoch. Als sie auch dort keine befriedigende Antwort bekam, schickte sie der Hausmeister ins Lehrerzimmer zu Frau Herkenrath, Maras Klassenlehrerin.

»Wir haben eine Stunde früher Schluss gemacht«, teilte ihr Frau Herkenrath mit und mutmaßte: »Vielleicht ist sie mit einer Schulkameradin mitgegangen.«

Elli wartete eine halbe Stunde lang vor dem Schulgebäude, überlegte, ob sie Britta anrufen und sie davon in Kenntnis setzen sollte, verwarf es aber wieder. Vielleicht würde die Mutter sich Sorgen machen. Im günstigsten Falle unnötige Sorgen.

Elli ging ins Lehrerzimmer zurück. Fragte noch einmal nach Mara.

»Sie ist ja neu an der Schule, Melli ist ihre Banknachbarin. Die haben sich, glaub ich, gleich angefreundet.«

Der letzte Satz sollte Elli, die sich die Adresse dieser Melli geben ließ, beruhigen.

Melli wohnte ganz in der Nähe der Schule. Waldhäuser-Ost, hieß das Wohngebiet, zu dem auch die Schule gehörte. Elli ließ deshalb den Wagen stehen, machte sich zu Fuß auf die Suche und fand das besagte Wohnhaus auf Anhieb.

Wie Elli erleichtert feststellen konnte, war Mara tatsächlich mit Melli mitgegangen. Mellis Mutter kommentierte das erst gar nicht. Selbstverständlich fand sie das. Und hatte für Ellis Sorgen nur ein Kopfschütteln übrig.

Mara und Melli, wie *Hanni und Nanni*.

Elli dachte wieder einmal in Buchtiteln. Sie stellte Mara zur Rede. Aber in versöhnlicher Art und Weise. Dass sie sich Sorgen gemacht habe, verschwieg sie dem Kind nicht.

Mara aber zuckte nur mit den Achseln.

Daheim machte Elli Pfannkuchen.

Vor dem Haus fiel ihr ein dunkelroter VW Passat auf.

Er hatte ein Ulmer Kennzeichen, stand den ganzen Nachmittag vor der Einfahrt zu Nachbar Küireles Grundstück.

Ein Mann saß auf der Fahrerseite.

*

Geldgeschenke in Briefumschlägen. Das war wohl Brauch so. Hannah Halder öffnete einen nach dem andern. Mechanisch, als handele es sich um fremde Post. Post, die sie nichts anging.

Sie war noch einmal zurückgegangen. Das Grab war jetzt ein Erdhügel. Die Kränze darauf verdeckten den Namen zur Hälfte: »Nele Stadel, geboren, gestorben.«

Der Name Stadel war ihr fremd geworden. Aber vielleicht war das gut so. Sie konnte nicht einmal sagen, ob Neles Vater überhaupt zum Begräbnis gekommen war. Vermutlich versank er weitab des Geschehens irgendwo im Selbstmitleid, wie damals, als sie ihn Hals über Kopf verlassen hatte. Damals, mein Gott, vor einer Ewigkeit schon, gab es keinen anderen Mann an ihrer Seite, sie hatte diesen Bert Stadel einfach satt. Konnte seine Nähe nicht mehr ertragen, verbannte ihn erst aus dem Ehebett, dann aus dem Haus und zuletzt aus ihrem Leben. Dass er jeden Mittwochnachmittag und jedes zweite Wochenende die Kinder zu sich nahm, war ihr recht gewesen. Er betrat das Haus dabei nicht, wartete im VW-Bus auf die Kinder, bis diese allmählich bei ihm eintrudelten.

Kaum waren die Mädchen aus dem Haus, hatte sie sich auf die Couch gelegt und bis zum Abend oder auch die Wochenenden durchgeschlafen. Sie konnte schlafen, bis kein Schlaf mehr möglich war. Das Schlafen hatte sie schon beherrscht, als ihre Ehe nur noch schlafend zu ertragen war. Sie konnte schlafen, ohne müde zu sein.

Sonntagabend kamen die Kinder zurück. Meist direkt aus der Lego-Welt oder was sie sonst geboten bekamen, Bert hatte immer ein Unterhaltungsprogramm für die Kinder im Ärmel. Die Lego-Welt war sein Favorit.

Obwohl sie diese freien Tage fast nur verschlafen hatte, fühlte sie sich gänzlich ausgefüllt. Erst mit Egmont war alles anders geworden.

Ich bin dir im Voraus treu gewesen.

Das hatte ihn beeindruckt. Seit Bert waren vier Jahre vergangen, in denen sie mit niemandem geschlafen hatte. Vielleicht hatte sie zu viel verlangt. Die Männer mussten sich von ihren Frauen trennen. Sonst ging da nichts.

Nur bei Egmont hatte sie eine Ausnahme gemacht. Dem hatte sie sich gleich hingegeben. Der hatte sie mit schönen Worten umgarnt. Ihr weisgemacht, dass sie die Einzige wäre. Selbst jetzt, auf dem Friedhof noch. So getan, als wären sie noch immer das eingeschworene Paar, das den Verlust eines gemeinsamen Kindes zu beklagen hatte.

Hannah Halder stand vor dem Grab und spürte, wie fremd es ihr bereits war. Selbst der Name *Nele* war ihr schon fremd. Und diese kleine Lebenszeit, geboren – gestorben. So fremd, als läge ein ihr unbekanntes Kind unter all den Kränzen und unter der Erde, zu der sie selbst eine Schaufel davon beigesteuert hatte.

Sie kehrte um, mit tränennassem Gesicht, wie sie spürte. Aber das war doch ein Indiz ihrer Trauer! Sich baden in Tränen! Wenn sie jetzt, wenige Schritte weg vom Grab, an Nele dachte, war das eine Mischung aus Wut, Trauer und Enttäuschung.

Es war ein Gefühl, das seinen Platz behauptete und sich nicht mehr vertreiben ließ.

Die Kinder waren beim Vater. Besser gesagt, bei der Freundin des Vaters. Denn Bert Stadel war noch immer in stationärer Behandlung. Also nicht zur Beerdigung gekommen, wie Neles Patentante sie wissen ließ.

Bert war und blieb ein Weichei. Einer, der sich in seinen Eingeweiden verkroch.

Jetzt war sie allein. Aber dieses Alleinsein war nicht mehr mit dem Alleinsein früherer Zeiten zu vergleichen. Sie fand keinen Schlaf. Dieses Haus engte sie ein. Es war an der Zeit, sich eine Wohnung zu suchen. Jetzt konnte Bert das Haus haben, um das sie einmal gekämpft hatten. Das Haus war ihr Feind geworden, es steckten Geister in ihm. Auch Reinhold war so ein Geist, der brave Reinhold Breisacher, mit dem sie bis zu Neles Tod das Bett geteilt hatte. Vielleicht war er ihr deshalb zuwider. Aber sein Geist spukte hier noch.

Sie zählte das Geld, das zwischen den Kondolenzkarten steckte. Viele Fünfziger darunter. Man ließ sich nicht lumpen.

In einer der Karten steckte kein Geldschein.

Dafür ein kleines Gedicht. Ein Haiku, wie Egmont es nannte.

Was du gesät hast
Gleichgültige Bäuerin
Wirst du nun ernten

Flüchtig las sie es. Und steckte es weg. Es sagte ihr nichts. Es berührte sie auch nicht. Sie dachte an ein anderes Haiku, eines, das Egmont nur für sie erfunden hatte. Noch immer wusste sie es auswendig:

Ja, kleine Schnecke
Besteige den Berg Fuji
Aber ganz, ganz langsam

Und wieder musste sie lächeln und sich sagen, dass mit der kleinen Schnecke sie gemeint war.

Aber dieses neue Haiku, das zwischen der Kondolenzkarte steckte, war nicht von Egmont. Sie erkannte die in Schönschrift hingemalten Buchstaben. Neles Mörder hatte die gemalt. Hannah las das Haiku noch einmal. Dann klappte sie die Karte zu und steckte sie gleichgültig zu dem Stapel der übrigen Kondolenzkarten zurück.

Die Angst blieb ihr dabei erspart. Sie fühlte nichts. Für Gefühle jedweder Art war kein Platz mehr übrig.

*

Trotz der aufwühlenden Arbeit, den zeitraubenden Vernehmungen und Brittas aufwendigem Profiling waren sie gegen 21 Uhr aus dem Polizeirevier gekommen. Nachdem die Verkehrspolizei Staufreiheit zugesichert hatte, nahm Britta diesmal die Stuttgarter Route.

Gegen 23 Uhr waren sie in Tübingen.

Elli empfing sie gleich an der Haustür, noch ehe Lott nach dem Schlüssel suchen musste. Zitternd kam ihm Elli entgegen.

»Was ist los?«, fragte er.

»Ich habe Angst«, druckste Elli.

»Was ist los?«

»Erst war Mara nicht an der Schulpforte, wie wir es

vereinbart hatten, und dann stand ein Golf mit Ulmer Nummer die ganze Zeit schon vor dem Haus. Vor einer Stunde etwa ist er weggefahren.«

»Hast du dir die Nummer notiert?«

»Natürlich«, antwortete Elli und reichte ihm den entsprechenden Zettel mit dem Kennzeichen.

Lott las es laut, sodass es auch Britta mitbekam, obwohl sie bereits die Tochter mit Tausend Fragen bestürmt hatte. Maras Antworten blieben vage. Ihre Stimme aber klang, als wolle sie die Mutter erschrecken. Das Undeutliche sagte sie patzig, mit einem Vorwurf in der Stimme. So viel an Kraft war trotz der späten Stunde noch vorhanden.

Lott zögerte nicht lange, rief im Neuen Bau an, gab das Ulmer Kennzeichen durch und bat um Rückruf. Der kam bereits wenige Minuten später.

»Herr Lott, ein Fahrzeug mit diesem Kennzeichen wurde nicht registriert.«

Lott gab es noch einmal durch.

»Es ist eine Zahl zu viel«, meinte die Kollegin.

Lott schaute Elli fragend an.

Die hob die Schultern und wehrte ab: »Ich hab mich nicht geirrt, das Kennzeichen stimmt so!«

Lotts zweiter Anruf galt Hilbinger.

Er forderte Personenschutz.

Für Mara.

*

Wie ein von nun an Geborgener legte Egmont Taube das Buch zur Seite. Das war nicht immer so gewesen.

Es gab eine Zeit, da konnte er ohne die Nähe einer Frau nicht einschlafen. Jetzt hatte er nur noch den Wunsch, in Büchern geborgen zu sein. Die Geborgenheit einer Frau war nichts dagegen. Hannah war das beste Beispiel dafür. Hannah wollte zu viel. Zuletzt auch seinen Schlaf. Sie lag neben ihm und redete und wollte, dass er ihr immerfort seine Liebe mit Worten unter Beweis stellte.

Er war Buchhändler aus Leidenschaft. Die Buchhandlung hatte einen Namen in der Stadt.

Man geht zu Egmont, hieß es. Nicht zu Taube. Oder in die Buchhandlung Taube. Als wäre alle Welt mit ihm per Du, sagte man: Ich geh zum Egmont.

Und Egmont duzte seine Kunden. Die meisten zumindest.

Wie ein von nun an Geborgener.

Nein, das traf heute nicht zu.

Als er das Buch zur Seite gelegt hatte, die Nachttischlampe ausgeknipst und versucht hatte, gedanklich in die letzten gelesenen Zeilen zurückzufinden, spürte er, dass er schwitzte. Er knipste das Licht wieder an, wischte sich die Stirn trocken und behielt das Schweißtuch in der Hand und ließ die Lampe brennen.

Er griff das Buch erneut vom Nachttisch, als klammere er sich an dem Strohhalm einer falschen Hoffnung fest, aber er fand nicht mehr in den Zauber des Buches zurück. Was er jetzt las, war plötzlich seelenlos geworden. Es waren nur Wörter. Geduldige Zeilen. Gedrechselte Formulierungen. Alles, was ihn eben noch gefangen genommen hatte, verblasste mit einem Male.

Er stand auf, holte ein Glas Wasser aus der Küche und trank es in einem Zug leer.

In Büchern geborgen zu sein. Ein frommer Wunsch war das gewesen. Aber er war inzwischen meilenweit davon entfernt, einen solchen erfüllt zu bekommen.

Die tote Nele.

Die spukte in seinem Kopf. Jeden Tag und jede Stunde spukte sie mehr in ihm. Er durfte die Augen nicht mehr schließen, überhaupt keine Dunkelheit zulassen. Kaum war es Nacht, stand Nele bei ihm und lachte.

Mein Gott, warum lachte sie.

Und nannte ihn »E'mont«!

Er ließ die Lampe an. Und schlief irgendwann ein.

*

Der Anruf ging um 11.30 Uhr bei der Zentrale ein. Von dort aus wurde er an Lott weitergeleitet.

»Mein Name ist Sabine Buck. Ich rufe Sie wegen des Artikels heute in der Zeitung an. Ich meine, wegen des Haikus und des ermordeten Mädchens.«

Einen Moment lang schien die Leitung tot zu sein. Lott wartete, hörte aber nicht einmal mehr das Geräusch ihres Atems. Aber dann plötzlich hörte er sie wieder atmen.

»Reden Sie weiter«, bat er die Frau.

»Ich glaube, ich weiß, wer das ist …«, hauchte sie. Und machte wieder eine Pause.

»Sagen Sie mir den Namen«, forderte Lott.

»Nicht am Telefon. Ich bin aber morgen in Ulm.«

Einen Moment lag wieder ihr Schweigen in der Leitung.

»Er wird sich bei Ihnen melden«, sagte Sabine Buck und legte auf.

Dann wählte sie eine zweite Nummer.

*

Egmont Taube war pünktlich. Um 11.30 Uhr fand er sich im Polizeirevier Neuer Bau ein. Sie brauchten ihn jetzt. Seine Aussage war wichtiger denn je. Aber er musste warten, bis Lott seine Bemühungen, den Anruf von Sabine Buck nachzuverfolgen, wieder aufgab. Sie hatte von einer Regensburger Telefonzelle aus angerufen, wie ein Kollege von der Datensicherung ihm kurze Zeit später mitteilte.

Warum hielt sie den Namen des Mörders zurück?

Was glaubte sie denn?

Die Fragen spukten in ihm noch immer.

Warum verschwieg Sabine Buck ihm den Namen des angeblichen Mörders?

In welcher Beziehung stand sie zu dem mutmaßlichen Täter?

Warum war es ihr ganz offensichtlich peinlich, ihm den Namen zu nennen?

Der Name hätte doch genügt, um die Maschinerie in Gang zu setzen.

Lott machte sich Vorwürfe. *Das wäre mir früher nicht passiert.*

Er stand vor dem Fenster, aus dem er auf den Münsterplatz blicken konnte, und dachte wieder: Wenn du morgens aufstehst und es dir schwerfällt, ins »G'schäft« zu gehen, dann ist es an der Zeit aufzuhören. Aber noch war es nicht so weit. Er musste sich zusammenreißen. Und sein »G'schäft« derzeit war der Mord an einem behinderten 13-jährigen Mädchen, den er aufzuklären hatte.

Morgen würde Sabine Buck nach Ulm kommen.

So lange galt es, sich in Geduld zu üben. Zumindest, was diesen Hinweis betraf.

Lott ging vor die Tür, im Gang saß der Buchhändler Egmont Taube und wartete.

Lott entschuldigte sich, dass er ihn habe warten lassen, bat ihn ins Büro und bot ihm den Platz am Besuchertisch an. Er setzte sich ihm gegenüber. Ohne Aufnahmegerät würde das Gespräch vonstattengehen. Taube wunderte sich darüber.

Lott begann: »Ich konnte Ihnen bei unserer letzten Begegnung nicht den wahren Grund meines Besuches nennen. Aber wie Sie mittlerweile erfahren konnten, spielen bei diesem Mordfall diese dreizeiligen Gedichte, diese Haikus, eine nicht zu unterschätzende Rolle …«

»Die Haikus sind der Schlüssel«, unterbrach Taube.

Lott staunte ihn an.

Wusste Taube von den Morden an dem Uhu und dem Luchs?

Taube reagierte nervös: »Wenn ich den Bericht in der Zeitung recht verstanden habe, hat er jedem seiner Opfer ein Haiku beigefügt.«

Lott überlegte, woher Taube von den Tieropfern wusste, von der Kollegin vielleicht, ging jetzt aber nicht darauf ein.

»Das ist richtig«, antwortete Lott stattdessen.

»Er spielt also mit Ihnen. Welchen Grund hätten die Haikus sonst?«, sagte er gewichtig.

»Wenn Sie so wollen«, stimmte Lott dem Buchhändler zu.

»Er veranstaltet eine Art Schnitzeljagd. Die Haikus sind seine Fährte. Er bringt Sie auf die Spur, aber er ist sich sicher, nicht erwischt zu werden.«

Lott staunte den Buchhändler an.

Dann gestand er: »Ich kann diese Haikus nicht deuten.«

»Ich meine, der Mörder konnte das auch nicht«, behauptete Egmont und lächelte ein wenig von oben herab. »Er hat sich da etwas weitab der Haiku-Tradition zusammengebastelt. Nur die Silbenzahl ist korrekt. Aber das ist bei der Haiku-Dichtung mittlerweile auch nicht mehr maßgebend.«

Lott horchte auf.

»Die Haiku-Welt kennt keine Spaltung in Ding und Bedeutung, Anschaulichkeit und Sinn, überhaupt keine totalen Dualismen. Auch die Gegensätzlichkeit von Gut und Böse entfällt: Haiku ist amoralisch, Ethik kommt nicht auf.«

»Das würde doch den Sinn der Haikus, die der Mörder hinterlassen hat, erklären«, meinte Lott.

Der Buchhändler schaute nervös auf seine Armbanduhr und sagte: »Das ist ein langes, ein nicht endendes Thema. Wenn Sie um 18 Uhr Zeit hätten, da gebe ich einen kleinen Vortrag über Haikus.«

»Wo?«, fragte Lott.

»In meinem Laden, besser gesagt in unserem Veranstaltungsraum hinter den Verkaufsräumen.«

Lott sagte zu.

»Eine Sache noch. Der Mörder hat sich an die Presse gewandt, dabei hat er folgenden Satz verlauten lassen«, sagte Lott, griff nach dem Zettel in seiner Tasche und las ihn vor: »*Denke, dass jeder Tag der letzte sein kann, der dir leuchtet; die Stunden, mit denen du nicht fest gerechnet hast, werden dir dann besonders lieb sein.*«

Egmont Taube hörte aufmerksam zu. Sein Gesicht nahm dabei einen Ausdruck an, der Lott erschreckte. Vielleicht lag es auch an der Gesichtsfarbe des Buchhändlers, die plötzlich aussah, als hätte man den Kopf des Buchhändlers in einen Eimer mit Deckweiß getaucht.

Lott horchte, was seinem Gesprächspartner auf der Zunge lag.

»Der Satz ist einem der Essays von Michel de Montaigne entnommen«, sagte Taube.

»Und?«, fragte Lott nach.

»Ich habe im letzten Jahr einen Vortrag über Montaigne und seine Essays in der Volkshochschule gehalten«, erklärte Taube. Und schwärmte: »Ich habe damals Michel de Montaigne wiederentdeckt. Seine Essays. Bei dieser Vorlesung habe ich dieses Zitat verwendet, neben anderen, die Montaigne der Rubrik ›Philosophieren heißt sterben lernen‹ zugeordnet hat. Ich fürchte, Neles Mörder saß unter den Hörern.«

»Wie viele Hörer gab es denn?«

»20, 25 vielleicht.«

»Wurden die irgendwo erfasst?«

Egmont Taube schüttelte verneinend den Kopf.

*

Hannah Halder war am Apparat. Ihre Stimme klang, als stünde sie unter Psychopharmaka. Sie lallte. Lott musste wiederholt nach dem Grund ihres Anrufs fragen. Vielleicht wusste sie ihn schon nicht mehr. Im Hintergrund lief Chopin. Ein Klavierstück. Lott erkannte es. Das kam selten vor bei klassischer Musik. Diese Sonate verband er mit Sehnsucht. Nach wem auch immer.

Frau Halder schien wieder eingefallen zu sein, warum sie anrief.

»Bei den Beileidsbezeugungen war so ein kurzes Gedicht dabei«, berichtete sie.

Lott wollte es hören, grollte ihr aber im Stillen, weil sie erst jetzt damit rausrückte.

Hannah Halder las es vor, umständlich wie ein Leseanfänger.

»*Was du gesät hast*
Gleichgültige Bäuerin
Wirst du nun ernten

Es ist dieselbe Handschrift wie bei dem, das bei meiner Nele lag.«

Lott hakte aufgewühlt nach: »Erinnern Sie sich, wer Ihnen den Umschlag zugesteckt hat?«

»Ich hab mir schon den Kopf darüber zerbrochen, aber ich weiß es nicht. Es waren einfach zu viele Leute, ich hab da kaum jemanden angeschaut und wahrgenommen schon gar nicht.«

»Können Sie mir das ›Gedicht‹ ins Präsidium bringen oder ist es Ihnen lieber, wenn ich bei Ihnen vorbeischaue?«, fragte Lott.

Hannah Halder antwortete nicht. Lott wiederholte seine Frage. Da redete sie über ihre Töchter, als müsste sie sich rechtfertigen. Schwieg wieder. Und fing wieder an, diesmal berichtete sie von ihrer ältesten Tochter.

»Kathrin hat angerufen«, sagte sie. »Sie will übers Wochenende kommen. Meine Große, von Amerika.«

Frau Halder lachte. Ihr Lachen trug den ganzen Stolz über ihre älteste Tochter mit. »Aber nicht, dass Sie denken, sie wäre meine Vorzeigetochter, obwohl sie eine Einserschülerin war. Abschluss mit Bravour. Summa cum laude. Oder wie das heißt. Und jetzt studiert sie in den USA Wirtschaftswissenschaften. Da können meine anderen Töchter nicht mithalten. Am wenigsten konnte das Nele.«

Wieder lachte sie. »Auch die andere nicht. Kathrin war in diesem Alter da schon sehr viel weiter. Wenn sie hier ist, geht sie immer ins Schwimmbad. Morgens um sieben bereits, wenn noch niemand da ist, da absolviert sie ihre tausend Meter Lagen wie nichts. Und klettert danach eine künstliche Felswand hoch.«

Hannah stockte. Und schloss dann mit einem Resümee: »Sie macht sich nützlich, wo sie nur kann!«

Wieder schwieg sie eine Weile. Lott unterbrach ihr Schweigen nicht. Vielleicht fiel ihr ja noch ein, wer ihr das Haiku zugesteckt hatte. Aber Frau Halder schien in sich gefangen zu sein. Sie fuhr fort: »Der Arzt hatte mir gesagt, das mit dem Down-Syndrom gibt sich mit der Zeit. So ein Idiot. Mir solch eine falsche Hoffnung zu machen. Ein Down-Kind bleibt ein Leben lang eins.«

Wieder stockte sie.

»Natürlich muss ich akzeptieren, dass Nele niemals so klug werden wird wie Kathrin. Nicht einmal annähernd.«

Dann hörte Lott sie weinen.

Lott sagte: »Ich komm jetzt zu Ihnen, wenn es recht ist.«

Hannah Halder schien das zu überhören. Antwortete stattdessen: »Den Namen Nele habe ich schon vorher ausgewählt. Den habe ich nicht mehr geändert, auch als klar war, dass ich ein Down-Kind zur Welt gebracht hatte. Vielleicht war es ja Vorsehung. Ein so kurzer Name. Mehr als vier Buchstaben würde ein Down-Kind ja überfordern.«

Dann legte sie auf.

Lott stand auf, ging zum Parkplatz und stieg in den bereitgestellten Dienstwagen.

Zehn Minuten später stand er vor Frau Hallers Haustür.

Erst nach mehrmaligem Klingeln öffnete sie und sagte, Verwunderung mimend: »Das ging aber schnell.«

*

Lott war pünktlich. Bereits 20 Minuten vor 18 Uhr hatte er im Galerieraum des Buchhändlers Plätze für sich und Britta Zorn reserviert, eine Tasche und seine Jacke dort abgelegt und war in den Verkaufsraum zurückgegangen.

Aufgrund der Berichterstattung in den Medien kamen mehr Besucher als erwartet. Es waren mehr als jemals zuvor, wie Egmont alle Welt wissen ließ. Zusätzliche Stühle mussten herbeigeschafft werden. Egmont Taube staunte, ließ sich aber nicht beirren und sorgte für weitere Sitzgelegenheiten, ehe er die Gäste in den Lesungsraum bugsierte. Unter ihnen auch Britta, die vorgab, für die Lokalpresse zu berichten und zu diesem Anlass auch fotografieren zu wollen.

Die ohnehin übliche akademische Viertelstunde, mit der man Verspätungen im Allgemeinen entschuldigte, hatte heute einen triftigen Grund.

Egmont Taube beließ es jedoch bei einer kurzen Begrüßung und ging dann, wie er kundtat, gleich in medias res. Er trug mehrere Bücher unterm Arm, aus denen er abwechselnd zitieren würde, wie er seine Hörer wissen ließ. Und freilich hatte er sämtliche Bücher auf Lager und die waren im Anschluss an den Vortrag käuflich zu erwerben.

Egmont Taube begann:

»Haikus haben neben ihren strengen Regeln auch eine Art Symbolsprache, wie Imma von Bodmershof uns in ihrem Buch wissen lässt.«

Er hob das Taschenbuch in die Höhe, dass jeder sehen konnte, aus welchem der Buchhändler jetzt zitierte.

»Eine gründliche Interpretation des Haikus verlangt eine Kenntnis der tragenden Symbole. Viele Haikus könnten ohne diese kaum auskommen. Besonders die Andeutung der Wendung ins Transzendente bedarf seiner immer wieder. Einige Beispiele mögen das verdeutlichen. Das Innere des Menschen wird im Haiku als Garten chiffriert. Und das Haus als der irdische Leib. Der Mond, das im nachtdunklen Himmel beherrschende Licht, dessen Quelle die unsichtbare Sonne ist. Symbol auch für das geistige Prinzip des Menschen.«

Britta hatte, nachdem sie einige Fotos von Egmont gemacht hatte, auch die rund 20 Leute, die Hörerschar also, aus verschiedenen Perspektiven fotografiert.

»Die Wildgans: der Zugvogel, der über das große Gebirge in die Ferne zieht, gilt als Symbol für den Pilger, der das jenseitige Land erreicht hat. Der Schmetterling, die sich in Herrlichkeit verwandelnde Raupe, gilt als Symbol für den geistigen, den ewigen Menschen. Und der aus dem verborgenen dumpf rufende Kuckuck teilt uns eine Todesmahnung mit. Während die Amsel mit dem Frühling zugleich die Auferstehung ankündigt.«

Britta fotografierte.

Einer der Hörer, über 30 waren es mittlerweile, beschwerte sich darüber.

Egmont beruhigte ihn, wies auf den Werbeeffekt eines Zeitungsfotos hin. Und brachte seinen Vortrag in die Spur zurück: »Die Regeln lauten: Ein Haiku soll, und sei es nur in der Andeutung, einen Naturgegenstand außerhalb der menschlichen Natur erwähnen. Jedes Haiku soll sich auf ein einmaliges Ereignis beziehen, und dieses Ereignis soll als gegenwärtig und nicht als ein vergangenes dargestellt werden. Die Regel eins erfährt eine Spezifizierung durch die Auflage, dass mit dem Naturgegenstand zugleich eine bestimmte Jahreszeit gegeben oder wenigstens angedeutet sein soll. Alle diese Regeln zielen auf das Gleiche: Das Haiku soll konkret sein. Wie konkret das Haiku ist, ergibt sich zum Beispiel daraus, dass die Person, von der es ausgeht, die es spricht, oft gar nicht erwähnt wird, aber trotzdem als in der Haiku-Situation anwesend mitgesehen werden muss, wenn das Haiku verständlich sein soll: Hier ein Beispiel des großen Haiku-Dichters Basho.«

Egmont schlug ein dtv-taschenbuch auf, zeigte den Umschlag: »Haiku – Japanische Gedichte« und war ganz Buchhändler, als er hinzufügte, dass auch dieses käuflich zu erwerben wäre.

»Das Haiku von Basho also:

Diesen Weg
Geht niemand
An diesem Herbstabend.«

Egmont wartete. Ließ das Haiku, wie er später erläuterte, wirken. Dann fuhr er fort: »Es ist auf den ersten Blick ein nichtssagendes Haiku. Ein Weg ist zu sehen, von dem gesagt wird, dass niemand ihn geht. Nun gut, also niemand, möchte man sagen und es damit bewenden lassen. Aber hier hat der Aufwand erst zu beginnen, das Haiku nachvollziehend zu konkretisieren. Derjenige nämlich, der den Weg vor sich sieht und sagt: ›Diesen Weg geht niemand …‹, der ist es zugleich, der ihn geht, das Ich, das den Weg als Niemandsweg erkennt, weiß zugleich: Eben das ist mein Weg, es gibt nur den einen für mich, und es ist ein Weg, der in den Abend führt im Herbst; das Wissen um Beschaffenheit und Ziel des Wegs und die Erkenntnis der Notwendigkeit, ihn zu gehen, bilden die Schicksalserfahrung, von der dieses Haiku spricht.«

Egmont legte das Buch zur Seite. Genoss für einen Moment die Wirkung, die er mit seiner Interpretation erzielt hatte.

Und fuhr fort: »Die Haiku-Welt kennt keine Spaltung in Ding und Bedeutung, Anschaulichkeit und Sinn, überhaupt keine totalen Dualismen. Auch die Gegensätzlichkeit von Gut und Böse entfällt: Haiku ist amoralisch, Ethik kommt nicht auf.«

Lott stutzte.

Es war dieser letzte Satz, der ihn aufrüttelte: »Die Gegensätzlichkeit von Gut und Böse entfällt.«

Hatte damit Neles Mörder einen Freibrief für seine Tat bekommen?

Der Satz hatte sich in Lott erneut festgekrallt, auch noch als Egmont seine Hörer in die Pause entließ.

Im Gang hatte er einen Büchertisch aufbauen lassen. In Stapeln waren da Haiku-Sammlungen bereitgestellt worden. Egmont und eine Angestellte verkauften. Die Hörer nutzten das Angebot. Außerdem musste Egmont Fragen beantworten, die über die Haiku-Tradition hinausgingen.

Lott horchte auf, als Egmont auf den Satz: »Die Gegensätzlichkeit von Gut und Böse entfällt« angesprochen wurde.

»Ist das nicht ein Freibrief für den Mörder, den die Zeitung heute als Haiku-Mörder bezeichnet?«

»Nein«, wies ihn Egmont zurück. »In der Welt des Haikus verschwimmt jegliche Gegensätzlichkeit zu einem Ganzen. Man könnte auch sagen, beides existiert nicht mehr, und somit entfallen das Gute wie auch das Böse.«

Egmont bat seine Gäste, wieder ihre Plätze einzunehmen, und fuhr, nachdem dies geschehen war, fort: »Es ist überdeutlich, dass Haiku sich nicht als bloße Poesie versteht, nicht als reine Kunst, sondern als besondere Form der Welt und Existenzerfahrung. Ihr wisst, was ein Eisberg ist, der im Eismeer herumtreibt? Auch wer noch keinen Eisberg gesehen hat, weiß vom Hörensagen, dass nur ein kleiner Teil von ihm sichtbar ist, in Wirklichkeit aber ist der unter dem Wasser verborgene, unsichtbare Teil um ein Vielfaches größer. Das Haiku nun kann man dem sichtbaren Teil des Eisbergs gleichsetzen, der aus dem Meer auftauchende Teil des Eisberges zeigt sich in den fünf-sieben-fünf-Silben, in seinem unsichtbaren Teil aber liegt das Empfinden, das dem Haiku innewohnt, das den Leser anspricht, verborgen.«

Lott drückte Brittas Hand, flüsterte ihr zu, dass der Mann, der Egmont auf den Satz: »Die Gegensätzlichkeit von Gut und Böse entfällt« angesprochen hatte, wohl in der Pause gegangen war.

Britta nahm es als Zeichen für den eigenen Aufbruch.

»Mit dem Fortschreiten der Haiku-Tradition ergab sich, dass bestimmte jahreszeitlich bedingte Lebenssituationen ihren Ausdruck fanden. Wintereinsamkeit. Frühlingsmelancholie. Durchglühtsein von Sommerglut. Todesahnung im Herbst, und damit verbunden die atmosphärischen Erscheinungen wie Schneetreiben, Frühlingsregen und Herbststurm.«

Sie hörten Egmont noch referieren. Winkten ihm, bereits an der Tür stehend, zu.

Und verließen den Raum.

Auf dem Parkplatz des Neuen Baus stand ihr zugeteiltes Fahrzeug.

Britta stieg ein, wie selbstverständlich nahm sie auf dem Fahrersitz Platz.

Sie wählte die Route über Land.

Lott betrachtete den fast vollen Mond, das im nachtdunklen Himmel beherrschende Licht, dessen Quelle die unsichtbare Sonne ist. Und dachte, er ist das Symbol für das geistige Prinzip des Menschen.

*

Egmont lag da. Er hatte das Licht gelöscht. Seit er mit dem Kommissar geredet hatte, traute er sich das wieder zu. Obwohl ihn Nele nicht losließ, noch immer nicht. Noch immer geisterte sie bei ihm herum.

Du hättest diesen Mord verhindern können, klagte Nele ihn an. Lautlos. Wortlos. Nur mit den Augen. Und indem sie seinen Namen aussprach.

E'mont, hörte er sie sagen.

Ihre ganze Anklage steckte in diesem Namen.

E'mont!

Das war er.

Er dachte jetzt an Doris' Geburtstag. *Ihr 50.*, wie die Jubilarin stolz in ihren Einladungskarten verkündet hatte. Mein Gott, wie lange der schon wieder her war. Wochen, Monate, Jahre.

Oder erst gestern.

Aber damit hatte alles angefangen. Seine Trennung von Hannah Halder.

Hannah hatte ihm eine Girlande mit Papierblumen umgehängt. Und dabei: »Jetzt bist du ein Hippie« gesagt. Die 70er-Jahre, das Motto für Doris' Geburtstag. Die anderen Gäste hatten da mehr Aufwand betrieben. Die Kostüme, wie zu einem Genrefilm, aus modischen Attributen aus jenem Jahrzehnt zusammengesetzt, wie es das Motto der Party verlangte.

Young man there's no need to feel down –
I said young man
pick yourself off the ground
I said young man
It's fun to stay at the Y.M.C.A.
It's fun to stay at the Y.M.C.A.

Und dann dieser allein zu diesem Anlass gegründete Chor, der in wackligen Strophen die Jubilarin lobpreiste: *Warst nur mal schnell die Welt retten.*

Und trällerte eine Dankeshymne nach der anderen für Doris' Verdienste in der Kirchengemeinde und im Lehrervolleyballteam, ehe die Lobhudelei wieder in den Refrain mündete:

Warst nur mal schnell die Welt retten.

Dafür hatte sich Hannah also monatelang, zweimal die Woche, zur Singprobe abgemeldet und mir die Kinder überlassen. Hannah war nicht unmusikalisch, sie fand sich in der Welt der klassischen Weisen zurecht, fühlte sich bei Konzertveranstaltungen durchaus zu Hause und spielte sogar selbst ein wenig Klavier. Nur mit dem Gesang, da haperte es. So schwappte auch damals ihre Stimme als tonloser Hauch von ihren Lippen in die versammelte Zuhörerschar und vermischte sich dort mit den anderen dilettierenden, wenn auch wesentlich kräftigeren Stimmen.

Es ist nicht schlimm, wenn du nicht singen kannst, Hauptsache, wir sind ein Chor und du bewegst deine Lippen. Das hatte Heribert, Doris' bessere Hälfte, zu

Hannah gesagt. Ihr Mut damit gemacht und sie immer wieder, wenn Hannah an ihrer Stimme zweifelte, ermuntert: Es ist ja nur für Doris' Geburtstag. Aber einigermaßen perfekt sollte es schon sein. Das ist mein Anspruch. Und deshalb die Proben.

Zugegeben, nach den ersten zwölf Singstunden hatte ich Hannah im Verdacht gedacht, sie wolle einfach die beiden Abende in der Woche raus. Weg von den Kindern, weg von der Verantwortung für Nele. Und vielleicht auch weg von mir.

Egmont knipste die Lampe an. Die Erinnerungen an Doris' Geburtstag schmerzten ihn. Und die Erinnerung an Nele noch mehr. Vielleicht wäre alles anders gekommen, wenn dieser unsägliche Geburtstag anders verlaufen wäre.

Egmont stand auf, ging aufs Klo.

Die Erinnerung nahm er mit.

Sie ließ ihn nicht los.

Mit vernichtenden Worten hatte er den Gesang des Chores abgetan. Hannah hatte geweint deswegen. In dieser Atmosphäre lärmender Fröhlichkeit hatte er sich gefühlt wie in eine Enge getrieben, aus der es kein Entkommen gab. Da konnte er nur fremdeln. Und lief Gefahr, im Labyrinth dieses gesellschaftlichen Treibens verloren zu gehen.

Doris' schwuler Bruder präsentierte wie aus dem Nichts eine Diaschau ihrer beeindruckenden Kindheit mit launischen Kommentaren: Doris mit Schultüte, Doris auf der Schaukel, Doris im Konfirmationskostüm, bis hin zu ihrer ersten Liebe: Heribert, der dann auch ihr Mann und der Vater ihrer Kinder wurde und der diesen Chor ins Leben gerufen und Hannah dazu angestiftet hatte, mitzumachen.

Egmont löschte die Nachttischlampe. Die Straßenlaterne warf ein mattes Licht ins Zimmer, das gegen die Dunkelheit nicht ankam.

Doris' Geburtstag krallte noch immer an ihm, der ließ sich nicht abschütteln.

Schweinefilets wurden serviert, auf Blattspinat, begleitet von winzigen Kartoffeln.

Die Tischgespräche beschränkten sich in der Hauptsache auf Urlaubspläne. Jeder trug etwas dazu bei. Der Urlaub als endlose Geschichte.

Warst nur mal schnell die Welt retten.

Heribert hatte darauf bestanden, das Lied für Doris für all jene, die beim ersten Mal vielleicht zu unaufmerksam dem Text gefolgt oder vielleicht auf dem Klo waren, noch einmal darzubieten, und seinen Chor wieder in Stellung gebracht. Da stand sie nun, diese kleine, musische Armee, zu allem wieder bereit. Hannah hatte mich unsicher angestrahlt, aber in ihrem Lächeln war deutlich zu lesen, dass sie sich auch für diese zweite Schlacht gewappnet fühlte. Ohne Stimme zwar, aber mit deutlichem Willen. Heribert erhob seinen Dirigentenfinger, der Mann am Klavier und der übrige Chor erwarteten ihren Einsatzbefehl. Als die ersten Liedfetzen den Saal füllten, hatte sich aber ein Teil der Gäste schon um das Dessertbüfett versammelt. Eine kleine Gruppe Abtrünniger, die Heribert mit strafendem Blick empfing, als sie, teils mit vollem Mund, nur noch die letzten sieben Strophen inklusive der dazugehörenden Refrains mitbekamen. Danach aber war der Startschuss aufs Dessertbüfett für alle gegeben. Auch für Heribert und Heriberts Chor.

Birne Helene. Mousse au chocolat. Obstsalat.

Während die meisten Gäste im Nebenraum den aufgetischten Desserts ihre Aufmerksamkeit schenkten, stimmten die Lehrerkollegen, die eigens für diesen Anlass eine Band gegründet hatten, ihre Instrumente: Sologitarre, Bass, Schlagzeug. Für den Rest des Abends war Discomusik aus den Siebzigern angesagt.

Sie nannten sich die »Nothelfer«.

Egmont dachte daran. Und lächelte. Dachte an die kleinen Verlogenheiten, mit denen er den Bandmitgliedern Talent bescheinigte. Hatte aber im Stillen formuliert: Wer da wem aus der Not helfen soll, bleibt unklar.

Die Tanzfläche war bald gefüllt.

Hannah zögerte noch.

Dann fasste sie sich ein Herz. Der Platzmangel machte sie mutig, unter all den Leuten fiel sie nicht auf. Sie nahm mich bei der Hand und bugsierte mich zur Tanzfläche hin.

Y.M.C.A. – sangen, spielten sie.

Young man there's no need to feel down – I said young man pick yourself off the ground I said young man …

Hannahs Tanzkünste ähnelten der ihrer Stimme. Sie waren unauffällig, wenn überhaupt vorhanden. Ich schloss mich ihr an, wobei ich mir den einen oder anderen Tanzschritt aus der Erinnerung borgte und mit meinem Rhythmus ein wenig hochstapelte.

It's fun to stay at the Y.M.C.A.

It's fun to stay at the Y.M.C.A.

In der Folgezeit war Hannah kaum noch von der Tanzfläche wegzubringen, ihre Schritte wurden immer mutiger, auch das, was sie mit ihren Armen und dem übrigen Körper anstellte. Hannah demonstrierte Rhythmus im Blut. Wenn die Nothelfer sich einen Blues zutrauten, konnten Hannah und ich eine Weile stehen, belastet nur mit minimalen Bewegungen. Dann schmiegten wir uns aneinander, als wären wir verliebt wie am ersten Tag, und verheimlichten so, dass unsere Zeit eigentlich schon vorüber war. Das wäre, angesichts dieser großartigen Party, die die Siebziger zum Thema hatte, in Hannahs Augen auch nicht gut angekommen.

Kurz nach Mitternacht entschloss ich mich trotz Doris' Protest, den Heimweg anzutreten. Hannah musste noch bleiben. Als krönenden Abschluss hatte Heribert angekündigt, noch einmal Doris und ihrem 50. Geburtstag zu Ehren ihr Lied anzustimmen.

Und da wurde Hannahs Stimme gebraucht.

Egmont schlief ein und schreckte hoch. Nele kam in viel zu großen Schuhen daher.

E'mont, rief sie.

Du willst dir dein eigenes Denkmal setzen, mischte Hannah sich ein.

Ihr Vorwurf kam als Geräusch daher, das den Morgen zerschnitt und ihn in eine Unruhe versetzte, die von Minute zu Minute unerträglicher wurde. Am schlimmsten aber wucherte die Angst. Ein Gutenachtwunsch, der den Tag abschloss, baumelte noch als Leporello über ihm. Danach erinnerte er sich an ein längst verräumtes Ereignis. Ungehemmt griff er danach. Aber dieses Ereignis schwamm ihm davon.

Aber diese Nacht war doch vorüber?

Was also sollte der Gutenachtwunsch noch?

Mit ihm zog er seine kleinen Verlogenheiten aus dem Ärmel wie ein Falschspieler gezinkte Karten.

Sie will jetzt Trost.

Nichts sonst.

War es das, was ihn beflügelte?

Aber Hannah bewarf ihn mit Fragen, und er antwortete zerstreut.

Man gaukelte sich etwas vor, sagte Hannah.

Egmont schreckte hoch. Ein Traum kann schrecklicher als die Wirklichkeit sein, dachte er. Aber gleich dachte er wieder das Gegenteil.

Doris' 70er-Jahre-Party. Damals war die Welt noch in Ordnung

Er sah Nele vor sich, wie sie ängstlich den schmalen Mond am Himmel betrachtete.

In ihren Augen las er Issas Haiku:

Der Wintersturm, er
wird den Sichelmond doch nicht
herunter blasen

Jetzt war Nele tot.

Er hätte es verhindern können.

KAPITEL VIER

Ich sehe, Gott sei Dank, meiner Todesstunde so gefasst entgegen, dass ich gehen kann, wenn es mir gefällt, ohne dass mir der Abschied von irgendetwas schwer würde. Ich löse allmählich alle Bindungen. Von allen kann ich leicht Abschied nehmen, außer von mir.

Michel de Montaigne

*

Auf dem Söflinger Friedhof war Sally Buck lange nicht gewesen. An irgendeinem Allerheiligenvormittag vor etlichen Jahren, wie sie sich erinnerte. Das Grab der Eltern besuchen. Es war das Jahr, in dem ihre Mutter gestorben war. Vier Jahre nach dem Tod ihres Mannes war sie ihm hinterhergegangen. Sie hatte immer gesagt, der Vater wird sich da oben nicht zurechtfinden. Nun hatte sie das Problem gelöst. Die Mutter fand sich überall zurecht. Warum nicht auch im Jenseits. Im Himmel vielleicht, im Fegefeuer, schlimmstenfalls in der Hölle. Aber rechtschaffen wie sie war, hatte man ihr wohl einen Platz dort oben frei gehalten, wo ihr Mann, zerstreut wie er zeitlebens war, geduldig auf sie wartete.

Sally!

Ihre Freunde nannten sie so. Und sie nannte sich selbst inzwischen auch Sally. Die Eltern hatten ihr den Namen Sabine gegeben. Wenigstens »Sabina« hätte sie doch getauft werden können, nach der Heiligen Sabina, enthauptet im Jahre 126 nach Christus, der die Kirche Santa Sabina auf dem Aventin in Rom geweiht wurde. Eine jugendliche Märtyrin, dargestellt dort mit Krone, Palme und Buch.

Den Namen Sabine dagegen, diesen Baby-Puppen-Namen, mochte sie nicht. Auch nicht Bienchen, wie die Eltern sie einst riefen. Harmloser ging es wohl nicht. Oder »Biene«, wie die Schulfreundinnen sie nannten.

»Biene«! Mein Gott, wie süß!

Davon war sie weiter entfernt als die Erde vom Mond.

Da war ihr die Kirchenpatronin Sabina, die der Legende nach durch eine ihrer vielen Sklavinnen in den Nächten der Christenverfolgung zum wahren Glauben bekehrt worden war, Zeit ihrer Jugend näher gewesen.

In manchen Nächten hatte sie von der beinahe Namensvetterin, die nach schwerer Marter enthauptet worden war, geträumt.

Warum dachte sie jetzt daran?

Weil sie vor dem Grab der Eltern stand?

Die Glockenklänge der Friedhofskapelle wehten zu ihr her. Vertraute Klänge waren es, und das, obwohl sie eine Ewigkeit nicht hier gewesen war. Die Großeltern lagen ein Stück weiter oben, nahe der Leichenhalle. Sie war noch ein Kind gewesen, als sie kurz nacheinander starben. In einem Winter vor vielen Jahren.

Jetzt war eine andere Jahreszeit angebrochen. Überhaupt war alles anders. Alles schien ihr fremd und gleichzeitig vertraut.

Nicht nur der Grabstein der Eltern aus dunklem Marmor. Eine Grabplatte davor mit einem Gesteck aus

Moos und unechten Blüten. Ewig haltbar. Unverwüstlich. Aber immerhin kümmerten sich die Geschwister, zu denen sie, mit Ausnahme der älteren Schwester Susanne, keinen Kontakt mehr hatte, um das pflegeleichte Grab der Eltern.

Sie stand jetzt davor und betete. Ein Vaterunser. Der neue Wortlaut war ihr fremd geblieben. Noch immer endete ihr Gebet mit: »Und führe uns nicht in Versuchung, sondern erlöse uns von dem Übel. Amen.« Was später dazukam oder korrigiert wurde, das war nicht mehr das Gebet ihrer Kindheit. Es war ihr fremd.

Die Glocken der Friedhofskapelle klangen erneut. Eine Beerdigung. Das Ende einer Trauerfeier, die eine Beisetzung ankündigte. Orgelmusik war zu hören.

Sie horchte. Und ging dann zu den Toiletten, wo er sie treffen wollte.

Da kam er plötzlich auf sie zu. Sie musste lachen. Mein Gott, dieser Zwerg.

Nichts Bedrohliches ging von ihm aus. Ein kleiner Kasper war er.

Ein Zitterkasper.

Auch jetzt.

Wie hatte sie sich nur auf ihn einlassen können, seiner kindischen Werbung nachgeben. Damals! Vor einer Zeit, die sie aus ihrem Gedächtnis gestrichen hatte.

Wie tief hatte sie nur im Dreck gesteckt.

Und jetzt?

Warum hatte sie ihm nachgegeben? Seinem Drängen, dass sie sich hier auf dem Söflinger Friedhof treffen sollten, zugestimmt? Bevor er, wie er sich ausdrückte, die Sache in Ordnung bringen würde. Das klang doch, als wolle auch er so unverbindlich wie nur möglich dieses Wiedersehen gestalten. Eine Aussprache, die, wenn sie richtiglag, darin münden sollte, dass er sich der Polizei stellte. Geradestand für den Mord an einem behinderten Kind, den er, wie sie glaubte, wohl begangen hatte.

Im Schein des Vollmonds
Die Katze, der Nachtvogel
Friedlich die Grillen

Das Haiku fiel ihr wieder ein, das er bei dem Uhu, den er mit Carbofuran vergiftet hatte, zurückließ.

Dazu seine Erklärung, später, als sie ihn zur Rede stellte:

»Bin ich nicht wichtiger als ein Vogel?«

Was für ein unsinniges Argument war das gewesen. Und was sollte dieses Gedicht, das sie nicht wirklich verstand, und er sich vor einer Erklärung drückte. Wahrscheinlich kapierte er das selber nicht, das Wort »Nachtvogel« darin genügte doch nicht als Rechtfertigung. Zumindest ihr nicht.

Sie schaute ihn an, jetzt, wie er auf sie zukam. Doch dann floh ihr Blick auf die nahe gelegenen Gräber. Sie betete hastig ein Vaterunser und fühlte, wie ein Schauder ihr über den Rücken lief. Sie versuchte dagegen anzukämpfen, doch die Furcht hielt sie gepackt. Nur noch fliehen wollte sie, wohin auch immer, nur weg von ihm, weg von diesem eben noch kleinen Zitterkaspar, der ihr jetzt wie ein Monster entgegenkam. In Richtung Leichenhalle wollte sie fliehen, Todesangst überfiel sie. Das Lachen über ihn war der Angst vor ihm gewichen.

Die Beerdigung war vorüber. Die Trauergäste gingen bereits dem unteren Tor zu. Dahin wollte sie jetzt.

Er aber stellte sich ihr in den Weg.

»Grüß dich, Sabine«, sagte er.

Wie das klang, wie ein Furz klang das. Hervorgepresst mit Mühe.

»Was willst du hier wirklich?«, fragte sie ängstlich.

»Erledigungen«, presste er hervor.

»Bist du nicht mehr …?«

Weiter kam sie nicht.

Sie spürte einen heftigen Schmerz. Verwundert schaute sie auf das Messer, das aussah wie ein chirurgisches Instrument, das bei Operationen angewendet wurde.

Dann wurde ihr schwarz vor Augen. Und sie sah den Innenraum der Kirche Santa Sabina in der Ewigen Stadt Rom.

*

Blaulichter zuckten hektisch, ein Krankenwagen stand mit geöffneten Türen vor der Leichenhalle des Söflinger Friedhofs. Rund ein Dutzend Polizisten säumten den Weg dorthin, andere liefen geschäftig umher. Neben den uniformierten Beamten war auch die Spurensicherung bereits vor Ort. Lohner und Marlies Kaupper in ihrem zivil anmutenden Dienstfahrzeug.

Die Streifenbesatzung, die den Leichenfundort gesichert hatte, kam ihnen entgegen.

Wenige Minuten später trafen auch Lott, Petra Mai und die Profilerin Zorn am Tatort ein.

»Das Opfer heißt Sabine Buck, ist hier geboren, wohnt und arbeitet aber, wie wir den Papieren entnehmen konnten, in Regensburg. Sie wurde mit einem Skalpell getötet, die Halsschlagader durchtrennt, die Pulsadern, der Mörder wollte auf Nummer sicher gehen.«

Marlies hielt der Profilerin eine in Folie eingeschweißte Nachricht hin.

»Lag bei der Leiche«, erklärte sie lapidar. »Wieder so ein Gedicht, wie bei dem behinderten Mädchen.«

Britta las es laut vor:

»Bis heute
Hast du deine Pflicht getan.
Alte Vogelscheuche«

Und reichte das Haiku an Lott weiter, der es noch einmal still für sich las. Ihm fiel auf, dass die Silbenzahl nicht stimmte. Aber das war nebensächlich. Etwas anderes steckte dahinter. Er kam nicht drauf, was es war, und veranlasste, dass es dem Buchhändler Taube vorgelegt wurde. Der hatte vielleicht eine Interpretation parat. Einen Hinweis auf den Täter.

Lott schaute auf die Leiche. Er hatte plötzlich das Gefühl, sich übergeben zu müssen. Mein Gott, wie viele Leichen hatte er denn in seiner Laufbahn nicht schon zu Gesicht bekommen. Warum jetzt dieses Mimosenhafte?

Sein Blick floh zu Lohner und zu Marlies Kaupper. Er bewunderte immer wieder, wie systematisch und mit größter Sorgfalt die bei jeder Tatortbefundaufnahme vorgingen. Wie akribisch jede Spur beschrieben und vermessen wurde. *Mit der Tatortbefundaufnahme wird der*

Zweck verfolgt, ein objektives, vollständiges und fehlerfreies Bild über den Tatortbefund durch Tatsachenfeststellungen zu erlangen und für das weitere Verfahren zu dokumentieren. So stand es im Lehrbuch. Eine Satzfolge, die Lott in all seinen Vorlesungen zum Thema wiedergekäut hatte, um sie den Studenten an der Hochschule in Villingen-Schwenningen einzubläuen. Warum krallte er sich jetzt daran?

Dies hier war keine Lehrstunde. Das war die Praxis, war Alltag, da war Routine gefragt. Man befand sich in der Beweissicherungs- und Dokumentationsphase, in der ersten Ermittlungsphase also, in der es galt, die beweissichernden Feststellungen und Ermittlungsmaßnahmen festzuhalten. In ihren Ganzkörperkondomen, wie die Schutzanzüge, ohne die ihre Arbeit keinen Sinn machte, scherzhaft genannt wurden, erledigten sie akribisch jeden Handgriff. Sie nahmen jetzt Fingerabdrücke von der Toilettentür, vom Waschbecken, dem Wasserhahn und von dem Papierhandtuchspender an der Wand.

Lohner hoffte auf brauchbare DNA-Spuren, also auf Material für einen genetischen Fingerabdruck, der ein Hinweis auf den Täter sein konnte. Vorausgesetzt, die Abgleichung traf in den Computerdatenbanken auf registriertes Vergleichsmaterial oder konnte mit dem Profil eines Verdächtigen abgeglichen werden. Unnötig, wie Lott fand, denn es war doch klar, dass sich die hier erfassten Spuren mit denen an Neles Leiche als identisch erweisen würden. Alles andere machte keinen Sinn.

Marlies veranlasste währenddessen, dass das Opfer

der Rechtsmedizin überstellt wurde, während sie gleichzeitig signalisierte, dass ihre Arbeit getan war.

Lohner blies ins gleiche Horn, ließ verlauten, wie er das immer tat, dass der Tatort jetzt chemisch rein wäre. Und fügte hinzu: »Bei dieser Sauerei muss der Täter seine Signatur hinterlassen haben.«

*

»Ein Sektionssaal ist ein Arbeitsplatz wie jeder andere. Der Unterschied zu einem OP-Saal ist nur, dass meine Fehler keine Menschenleben kosten, weil meine Patienten bereits tot sind.«

Auch das ein Déjà-vu, dachte Lott.

Wie oft hatte er nicht Banzhaf das sagen hören.

Und jetzt wieder.

War auch er alt geworden?

Wie er?

Und überdrüssig der Arbeit?

Wie er?

Sie begrüßten sich herzlich und fragten gegenseitig nach Privatem.

»Bei mir alles im grünen Bereich«, sagte Banzhaf. »Und ab November bin ich in Rente. Gott sei's gepfiffen und gedankt.«

»Ich hab noch ein paar Monate mehr, nächstes Frühjahr«, sagte Lott mit gespieltem Bedauern.

Es waren Jahrzehnte, in denen sie miteinander zu tun hatten. Seit Lott den Diensten des Tübinger Dezernats für Sonderfälle angehörte, allerdings seltener. Lott mochte diesen Kauz von der Rechtsmedizin. Er war seit jeher gründlich in seiner Arbeit gewesen, gab auch bei der schwierigsten Suche nie auf. Und sie hatten eines gemeinsam: das Dozieren. Wenn Banzhaf ein Thema hatte, dann ließ er nicht locker, bevor er alles haarklein erläutert hatte.

Lott dachte an ihre letzte gemeinsame Ermittlung, als es damals um einen Mord mit atomaren Substanzen ging, da zeigte sich Banzhaf ganz als der Fachmann, als die Koryphäe auf seinem Gebiet. So auch jetzt, wie er den aktuellen Fall kommentierte.

»Die Tatwaffe ist von der Art, dass sie mit wenig Kraft sowohl in das Herz als auch in die Hauptschlagader am Hals des Opfers dringen konnte. Ein derart spitzes, scharfes Messer, ein Skalpell also, könnte selbst einer eher zarteren Frau den erfolgreichen Mord ermöglichen.«

Lott grinste. Das war wieder typisch Banzhaf. Banzhaf, wie er leibt und lebt.

Doktor Erich Banzhaf, Leiter der Rechtsmedizin.

Er drückte Lott seinen Bericht in die Hand, der saß eine Weile davor und las ihn. Der Bericht machte Lott stutzig. Irgendetwas stimmte nicht. Aber er konnte nicht sagen, was es war. Er saß eine Weile vor dem Bericht und erst, als Banzhaf ihm den Arm auf die Schulter legte, eine Geste, die er als Tröstung verstand, schaute er zu ihm hoch, um zu fragen: »Kann es sein, dass Wahnvorstellungen des Täters zu diesem Abschlachten der Frau geführt haben? Waren vielleicht Drogen im Spiel?«

Banzhaf ließ den letzten Satz in der Schwebe, ehe er antwortete: »Gut möglich.«

Mehr sagte er nicht.

Aber er schmunzelte plötzlich. Und fuhr fort: »Euphorische Zustände bis hin zum seligen Glücksrausch, erinnerst du dich?«

Lott zuckte mit den Achseln.

»Amanita muscaria, auch Fliegenpilz genannt«, grinste Banzhaf. »Den haben wir seinerzeit im Magen der Toten, den Namen hab ich vergessen, gefunden, neben einer anderen Substanz.«

»Stechapfel«, erinnerte sich Lott.

Banzhaf lächelte: »Stechapfel, genau. Und derjenige, der ihn trank, glaubte, Stechapfel wäre süß.« Nun erinnerte sich Lott auch daran, wie Banzhaf seinerzeit dozierte, dass in der Gerichtsbarkeit afrikanischer Stämme der Stechapfel dazu verwendet wird, ihn Wiederholungstätern in der Menge zu verabreichen, dass diese wie Zombies weiterleben müssen. Es heißt dort: Der Stechapfel reißt einem die Seele aus dem Körper. Sie haben auch keinen eigenen Willen mehr und tun, was ihnen gesagt wird.

»Wir werden alt«, sagte Banzhaf bedauernd. »Wir leben mehr in der Vergangenheit als im Jetzt.«

Lotts Bauchgefühl aber regte sich. Er spürte, dass er etwas spürte. Banzhaf aber kam ihm zuvor, sagte, um irrelevante Spekulationen von vornherein aus dem Weg zu räumen: »Unser Mörder stand nicht unter Drogen.«

Seufzend fügte er hinzu: »Ab November geht mich das allerdings nichts mehr an, deinen Mörder aber kannst du schon heute alleine suchen. Meine Arbeit ist getan. Gott sei's gepfiffen und gedankt.«

Lott umarmte den Kollegen. Vielleicht nur ihrer Gemeinsamkeiten wegen.

Beide hatten sie das Ende ihrer beruflichen Laufbahn fest im Visier.

*

Im Neuen Bau gaben Lohner und Marlies darüber Auskunft, welche Erkenntnisse die operative Spurenauswertung bisher gebracht hatte und inwieweit Vergleichsmaterial gesichert werden konnte.

Sie waren sich einig. Alles stimmte überein.

Der Mörder von Nele war auch der Mörder von Sabine Buck.

Die Fahndung konnte aufs Neue, durch neue Erkenntnisse angereichert, erfolgen.

Die Maschinerie weiter und verstärkt in Gang gesetzt werden.

Brittas Fallanalyse musste erweitert werden.

*

Das Mittagsläuten wehte vom Münster herüber. Lott stand auf der malerischen Brücke im Fischerviertel. Unter ihm floss die Hochwasser tragende Blau rascher als sonst zur Donau hin. So sehr ihn dieses Postkartenmotiv zuweilen zum Nachdenken stimulierte, heute bekam er den Kopf nicht frei. Etwas in ihm funktionierte nicht mehr wie früher oder es funktionierte anders. Aktuell plagten ihn Kopfschmerzen. Auch das war neu. Kopfschmerzen oder Migräne, das waren Frauensachen. Elli und Lisa wurden davon heimgesucht, zuweilen auch Britta, wie sie ihm erst kürzlich klagte. Lotts letzte Kopfschmerzattacke war ein Nebenprodukt einer grippalen Erkrankung mit relativ hohem Fieber gewesen. Die lag nun aber auch schon Jahrzehnte zurück. Und bis in seine Jugendzeit reichten diese Beschwerden, deren Ursache in Alkoholexzessen zu finden war. Aber Lott hinterfragte den Grund dieser Schmerzen nicht. Angefangen hatte alles mit diesem Drehschwindel. Exakt an jenem Tag, an dem die tote Nele zu seinem Fall wurde. Er hatte sich aber bis heute geweigert, einen Zusammenhang darin zu sehen. Mordfälle aufzuklären war noch immer sein Geschäft. Auch wenn er dies nicht mehr wollte.

Er ging zurück in die Stadt. Kaufte sich in einer der Metzgereien am Münsterplatz eine Leberkäsesemmel und aß diese auf einer der Bänke, die den Münsterplatz umsäumten. Danach ging er ins Münster. Er versäumte es nur selten, diesem mächtigen Sakralbau seine Referenz zu erweisen. Auch heute nicht. Er ging über den weiten, leeren Platz. Turmfalken kreisten um den Münsterturm. Lott schaute hoch, in den weiten Himmel hinein und hörte ihren Schreien zu. Die Schreie schienen ihm so vertraut zu sein wie der Turm selbst. 768 Treppen trennten ihn von der Kranzgalerie, höher ging es nicht. 161 Meter ragte der Westturm in den Himmel, der höchste Kirchturm der Welt. Als Kind war er stolz gewesen auf diesen einmaligen Rekord. Heute nicht mehr. 161 Meter waren ein Klacks. Selbst für einen Kirchturm. Lott betrat das Münster, ging entlang der Säulen, die das Gewölbe trugen, und visierte das Chorgestühl an. Er hörte dem Klang der Münsterorgel zu und schaute zu den bunten Kirchenfenstern hoch. Beides faszinierte ihn gleichermaßen, mehr aber noch das wohl am meisten bewunderte Kunstwerk im Münster, das Chorgestühl, wo einst die Pfaffen und die Prominenz der Stadt ihre Sitze hatten. Jetzt stand er davor und sein Blick erreichte die Sibyllen. Delphica, die ihm vertrauteste, mit ihrer Weissagung: *Er wird seinen heiligen Rücken den Peitschenhieben darbieten und schweigen zu den Schlägen*. Aber auch Persica, Libyca und Tiburtina schienen ihm vertraut, und er war sonderbar erregt, ihnen heute zu begegnen. Dumpf schlugen erneut die Münsterglocken, was immer der Anlass dazu war. Lott verließ den sakralen Raum, der jeglichen Humor vermissen ließ, und dachte an Martin Luther, der einst gesagt haben soll: »Wenn Gott keinen Spaß verstünde, so möchte ich nicht im Himmel sein.«

*

Die Kopfschmerzen plagten ihn noch immer. Er schaute auf seine Armbanduhr, Lisas Geschenk zu irgendeinem Weihnachten, vor langer Zeit, wie ihm schien. Es war Punkt 13 Uhr. Zeit, um sich wieder im Revier zu melden.

Das Glockenspiel an der Fassade des Kaufhauses Abt spielte den Ulmer Fischermarsch. Lott empfand ihn als eine vertraute Melodie. Die Häuser, die den Platz umsäumten, wirkten dagegen plötzlich, als hätte die jemand hergeschoben, um ihn zu erdrücken. Eine Enge wie in seiner Kindheit. Und bedrohlich wie die Nachbarn, die ihm die Luft zum Atmen stahlen. Er fasste sich an beide Schläfen, bohrte sie an und lief weiter. Kopflos in Richtung Theater, das, bewacht von alten Bäumen, in der Mittagssonne stand.

Allgemeine Fahndungsgrundsätze. Fahndungsarten nach PDV 384, Ziff. 4.1 Tatortbereichsfahndung. Zielfahndung. Schwerpunktfahndung. INPOL-Bund und INPOL-Land. Rasterfahndung. Schleppnetzfahndung. Fahndung durch automatisierten Datenabgleich. Vorrangfahndung. Öffentlichkeitsfahndung. Bundesalarmfahndung. Landesalarmfahndung. Fahndung. Fahndung. Fahndung.

Warum spukten diese Begriffe wieder in ihm. Alles ging doch seinen Gang. Für die Fahndung war er nicht zuständig. Er musste sie nur veranlassen. Und das hatte er getan. Welche der Fahndungsmöglichkeiten am erfolgversprechendsten war, hatten andere zu entscheiden.

Lott ging zurück ins Polizeirevier. Die Kopfschmerzen blieben. Britta versuchte ihn zu trösten. Lott wehrte ab, als wäre dieses Unbehagen nicht der Rede wert.

»Gibt's Neuigkeiten?«, fragte er.

Jetzt war Britta an der Reihe, sich einsilbig zu äußern. Ihr bloßes Nein aber ließ Lott nicht gelten.

»Ich bekomme die Disziplinen, die bei der Fallanalyse ineinandergreifen müssen, nicht unter einen Hut«, gestand Britta. »Die Spurensicherung, schön und gut. Aber die bringt uns nur insofern weiter, als wir es mit einem Einzeltäter zu tun haben. Wir kennen das Bedürfnis des Täters. Selbst Schlüsselentscheidungen liegen mir vor. Dennoch läuft dieser Irre noch immer frei herum. Forensische Psychiatrie, Statistik, was nützen sie mir, wenn dieser Irre bereits sein nächstes Opfer im Visier hat und wir trotz aller Hinweise wie blinde Hühner im Dunkeln tappen.«

Jetzt war es Britta, die keine Tröstungen zuließ.

Auch nicht von Lott.

Plötzlich stand sie auf. Spielte den »Monk«, der mit spastischen Bewegungen um einen imaginären Tatort herumtanzt.

»Lass gut sein«, versuchte Lott sie zu beruhigen.

Aber Britta wehrte ihn ab, wich seinen Händen aus.

»Lass mich!«, schrie sie Lott an. Und spielte weiter den Monk.

Lott aber ließ nicht locker, packte ihre Arme, die irgendwo über ihrem Kopf herumtanzten, hielt den Blick fest auf sie gerichtet und redete beruhigend auf sie ein.

»Alles gut«, beschwor Lott die Kollegin, die nun beinahe heulend in seine Arme sank.

»Alles gut«, wiederholte Lott sich und suchte dabei ihren Blick.

Britta wischte sich die Augen sauber, lachte jetzt dabei, sagte: »Blödsinn!«

Wandte sich von Lott ab, aber im nächsten Augenblick wandte sie sich ihm wieder zu. Und küsste ihn auf den Mund. Aber so keusch, wie man Kinder küsste.

*

Der Schmerz zog sich ins Dunkle zurück wie ein scheues Tier. Warum dachte er jetzt an diesen Satz, den Elli ihm in der vergangenen Nacht kurz vor dem Einschlafen noch zugeflüstert hatte. *John Williams,* hatte sie hinzugefügt, damit er nicht auf die Idee kommen sollte, der Satz wäre von ihr.

Elli zitierte doch immer. In ihrem Kopf musste es vor Zitaten nur so wimmeln, und er fragte sich, wie seine Frau sich noch in diesem Irrgarten geliehener Formulierungen zurechtfinden konnte.

Lott schaute aus dem Fenster. Die Dunkelheit hatte sich inzwischen wie ein unliebsamer Gast in den Büros der Polizeiinspektion 1 eingerichtet.

Sie waren keinen Schritt vorangekommen.

Auch die Fahndung wartete nicht mit einer Erfolgsmeldung auf.

Britta hatte Kontakt mit der Polizeidienststelle in Regensburg aufgenommen.

In Regensburg hatte Sally Buck zuletzt gewohnt. Man versprach Amtshilfe. Der mit Carbofuran getötete Uhu war dort noch aktenkundig. Wenn er auch im Keller der Polizeidienststelle längst abgelegt vor sich hin moderte. Ein Versuch war es allemal wert. Auch wenn die Hoffnung, dass Sally Buck seinerzeit eine Aussage darüber gemacht hätte, eher unwahrscheinlich war. Am Ende des Tages aber wollte niemand von sich sagen, er hätte nicht alles versucht, um in den beiden Mordfällen weiterzukommen. Das traf auf Petra Mai zu, die noch immer verkrampft die Ermittlungsbruchstücke in Einklang zu bringen versuchte, die sie von Ilona Raab, der verantwortlichen Sachbearbeiterin der Soko, bekommen hatte. Bei Ilona lagen schließlich sämtliche Details. Sie verfügte über alle Detailkenntnisse der Ermittlung.

Als Lott seinen Computer herunterfuhr, meldete die Zentrale einen Anruf für ihn. »Eine Frau Halder für Sie.«

Lott nahm das Gespräch entgegen.

»Mir ist noch etwas eingefallen«, sagte Hannah Halder mit brüchiger Stimme. Und ohne einen Gruß voranzuschicken.

Lott horchte.

»Der Name des Mannes, der mir damals, Monate ist das her, ein paarmal aufgelauert hat. Auf meiner Joggingstrecke entlang der Iller. Ich hab's doch Ihrer Kollegin schon gesagt, dass der mich auf einen Kaffee eingeladen hat. Ich hab damals abgelehnt, weil ich mich um meine behinderte Tochter kümmern muss, wie ich ihm sagte.«

Lott horchte.

»Hans hieß der mit Vornamen, mehr weiß ich aber nicht.«

Frau Halders Stimme klang gehetzt. Lott versuchte, beruhigend auf sie einzuwirken.

»Kann ich zu Ihnen kommen?«, fragte er.

»Ist nicht notwendig«, wehrte sie ab. Und fügte ein »Nein« hinzu, das keinen Widerspruch zuließ.

»Könnten Sie den Mann beschreiben?«, fragte Lott. »So, damit wir ein Porträt von ihm zeichnen könnten.«

»Ich glaub schon. Obwohl er eigentlich ganz gewöhnlich aussah. Schwarze Haare hatte er. Die sahen aus wie gefärbt. Nicht wirklich lange Haare, aber sie haben die Ohren zugedeckt.«

»Das ist doch schon etwas«, ermunterte Lott sie. »Ich würde Sie abholen.«

»Nein!« Sie sagte das lauter als nötig ins Telefon. »Ich hab noch was vor.«

»Dann morgen früh?«

»Ich komm zu Ihnen«, sagte Hannah Halder und legte grußlos auf.

»Eine neue Spur?«, fragte Britta über ihren Bildschirm hinweg den Kollegen.

Lott hob die Schultern. »Möglich. Sie kommt morgen her. Vielleicht hilft es uns weiter.«

Die Münsterglocken schlugen.

Es war 20 Uhr.

*

Egmont Taube saß vor dem Sterbe-Haiku, das ihm dieser Kommissar hatte zukommen lassen.

Bis heute
Hast du deine Pflicht getan.
Alte Vogelscheuche

Es stammte von Raishi, einem Haiku-Dichter, gestorben am 27. Tag im 9. Monat 1795. Die Vogelscheuche erscheint in der Haiku-Dichtung als jahreszeitliches Wort für den Herbst, wenn der Reis geerntet wird. Aber in diesem Falle war wohl Raishi die Vogelscheuche, die seine Pflicht getan und sich nun auf die letzte Reise begeben will. Dass die Silbenzahl nicht korrekt war, lag an der Übersetzung.

Er saß noch vor dem Sterbe-Haiku, als es an der Tür klingelte.

Hannah Halder stand draußen. Egmont bat sie herein. Sie wirkte schüchtern, wie ein Mädchen, das sich zum ersten Mal heimlich mit einem Jungen trifft. Sie trat über die Türschwelle, als betrete sie Neuland. Als Egmont sie zur Couch führte, fremdelte sie wie ein Kind.

»Gibt es Neuigkeiten?«, fragte Egmont.

»Ich weiß jetzt, wer meine Nele getötet hat«, antwortete Hannah.

Egmont horchte auf.

»Er hat mir aufgelauert. Ein paarmal an der Iller. Er war auch bei Neles Beerdigung.«

»Bist du dir ganz sicher?«, hakte Egmont nach.

Hannah nickte und sagte: »Nach und nach hab ich mir das zusammengereimt«, und erklärte: »Wie ein Puzzle hat sich das so ergeben.«

»Hast du seinen Namen?«

»Nur seinen Vornamen, Hans, ich wollte ja nichts von ihm«, wehrte Hannah ab.

»Kannst du ihn beschreiben?«

Hannah nickte und sagte: »Schwarzes, dichtes Haar hatte er, als ob sie gefärbt wären. Und die Ohren haben sie zugedeckt.«

Egmont stutzte, wurde unruhig. Er kannte diesen Mann. Die Beschreibung passte. Ein Mann mit gefärbtem schwarzem Haar. Er wünschte sich, diesem Mann nie mehr zu begegnen, seinen Namen nie mehr hören zu müssen. Ein frommer Wunsch, der ihm wohl nicht erfüllt wurde.

Er griff nach Hannahs Hand und drückte sie. Ihr Trost und Zuversicht zu spenden, war seine Absicht.

Sie schaute ihn an, fragte: »Wann schläfst du wieder mit mir?«

*

Britta saß bereits im Wagen und wartete, bis Lott den Beifahrersitz einnahm. Umständlich und behäbig, wie ihr schien, kam er dieser Anstrengung nach. Kaum saß er, startete sie den Wagen, als ginge es zu einem Einsatz.

Sie fuhr, ohne sich mit Lott darüber abzustimmen, in Richtung Autobahnauffahrt. Lott kommentierte das nicht. Er traute den Fahrkünsten der Kollegin. Bei jeder Geschwindigkeit. Britta schwieg, bis sie die Auffahrt genommen hatte. Der Verkehr in Richtung Stuttgart war spärlich. Und stur blickte sie auf die Straße. Lott ertappte sich dabei, wie er mit den Augen an ihr auf und ab kletterte, ohne irgendwo, und sei es für einen Moment, zu verweilen. Als könnte ihm dadurch etwas entgehen. Bis Britta sich ruckartig zu ihm drehte.

»Ist was?«, hakte sie nach.

»Du bist mir zu schweigsam«, erklärte er.

»Es sind die Disziplinen, die ich nicht unter einen Hut bekomme«, antwortete Britta. »Bei meiner Fallanalyse müssen die einfach ineinandergreifen. Was bringen mir meine Schlüsselentscheidungen, wenn dieser Irre sich einen Jux aus unserer Verfolgung macht.«

Lott erwiderte ruhig: »Mag ja sein, dass du recht hast. Aber was schadet es, wenn wir eine Spur mehr verfolgen, eine Version mehr in unseren Ermittlungsplan mit aufnehmen.«

»Welche Spur denn?«, sprudelte es wütend aus ihr heraus. »Welcher großartige Ermittlungsplan?«

Lott hatte keine Antwort parat. Zu umständlich schien es ihm, ihr zu erklären, auf was er setzte. Auf Hannah Halders Täterprofil, das sie morgen beim Kollegen Edwin Stark, der sich im Laufe der Jahre als Porträtspezialist hervorgetan hatte, erstellen würde. Die Herstellung subjektiver Porträts war Starks Spezialgebiet.

»Du tappst nicht weniger im Dunkeln als ich«, fauchte sie.

Es waren nassforsche Worte, die an ihm abprallten.

»Du sagst nichts darauf?«, murrte Britta. »Gib doch zu, dass auch dir der Fall über den Kopf wächst!«

»Wir folgen doch einer vielversprechenden Spur«, verteidigte sich Lott lächelnd.

Britta lachte schrill auf. »Das meinst du nicht im Ernst. Wir haben mehr Spuren, als andere in 20 Mordfällen haben. Und was tun wir? Wir tappen im Dunkeln wie zwei blinde Hühner!«

»Komm runter«, sagte Lott, legte eine Hand auf ihren Schenkel, um sie zu beruhigen.

»Mindestens zwei blinde Hühner«, spottete Britta. »Da können wir die Petra Mai, die Raab und den Lohner und dieses ganze Geschmeiß unserer Ermittlungsgruppe gleich mit dazunehmen.«

Lott nahm seine Hand von ihrem Schenkel.

Britta schaute ihn herausfordernd an. Und fauchte: »Ich habe nichts dagegen, von dir getröstet zu werden.«

Dabei wendete sie ruckartig den Wagen auf den Parkplatz, dessen Einfahrt unmittelbar vor ihnen lag.

*

Elli hatte das Essen warmgehalten. Ihr Gaisburger Marsch siedete leise vor sich hin.

»Ihr kommt spät«, bemerkte sie.

»Es grenzt an ein Wunder, dass wir überhaupt hier sind«, antwortete Lott gereizt.

Seine vage Antwort interpretierte Britta so, dass sie trotz zahlreicher Hinweise noch keinen Schritt weiter waren.

»Es ist nicht auszuschließen, dass wir, wenn es der Fall erfordert, auch mal in Ulm übernachten müssen«, kündigte Lott an.

Elli kannte das. Es wäre nicht das erste Mal, wenn dem so wäre.

Mara schlief bereits. Britta wollte sie jetzt nicht wecken. Wenn sie selbst zu Bett ging, würde ihre Tochter ohnehin wach werden.

Lisa kam im nächsten Moment die Treppe herunter und sah aus, als hätte sie soeben Konkurs anmelden müssen.

Lott wunderte sich, dass sie überhaupt hier war, umarmte sie heftig und fragte, auf ihre Leichenbittermiene anspielend, was mit ihr los wäre.

»Meine Reihe ›Für den kleinen Lesehunger‹ hat nicht den erhofften Absatz gebracht«, jammerte sie. »Die Buchhändler waren zurückhaltend, um es schonend auszudrücken. Jetzt wird sie eingestellt, obwohl mir noch etliche gute Manuskripte dafür vorliegen.«

Sie begrüßte Britta, die ihr noch nicht begegnet war. Und setzte sich mit an den Tisch, den Elli inzwischen gedeckt hatte.

»Ich hab bereits gegessen«, sagte Lisa, schenkte sich aber ein Glas Wein ein.

Die Unterhaltung wirkte gezwungen, beschränkte sich auf das Essen, das gelobt wurde. Britta nahm ihre Müdigkeit zum Anlass, sich zurückzuziehen.

Auch Lisa, die ihr Feldbett im Wäscheraum aufgestellt hatte, weil ihr Zimmer besetzt war, verabschiedete sich.

»Ich habe um neun Uhr morgen ein erstes Verhör, zuvor die tägliche Dienstbesprechung«, sagte Lott und blies damit zum allgemeinen Aufbruch.

Er ging ins Bad und wartete im Bett auf Elli.

Die Nacht war hell, und wieder gingen die Sterne am Himmel spazieren, als hätten sie keine anderen Aufgaben. Lott kannte das Bild, es war ihm vertraut. Er lag mit offenen Augen da und schaute hinaus und zum Nachthimmel hoch.

Elli kam und legte sich neben ihn.

KAPITEL FÜNF

Wenn ihr das Leben genutzt habt, könnt ihr gesättigt und befriedigt scheiden. Und wenn ihr nichts damit habt anfangen können, wenn ihr es nutzlos vertan habt, da kann es euch doch erst recht gleichgültig sein, wenn es weg ist; was wollt ihr denn noch damit?

Michel de Montaigne

*

Lott lag da. Der Traum war vergangen. Nur Bruchstücke davon waren geblieben, die er jetzt festhalten wollte, wie die Wanderung durch den Schönbuch mit gesunder Hüfte. Er war einem Luchs begegnet, aber der hatte sich aus dem Staub gemacht. Mit Nordic-Walking-Stöcken war er anstelle der Krücken unterwegs gewesen. Die zumindest gaukelten eine gewisse Sportlichkeit vor. Kollegen waren bei ihm, Lohner, Marlies und Chef Lander. Und Hundert andere, die sie im Schlepptau mit sich führten. Im Mund hatte er noch Brittas Geschmack. Das glaubte er zumindest. Seine Tollpatschigkeit brachte auch der Traum zum Ausdruck, sein sinnloses Bemühen nach seiner längst vergangenen Jugend zu greifen, um diese aufzufrischen.

Jetzt aber war er wach. Elli war bereits aufgestanden, um Frühstück zu richten.

Er schaute den Vögeln zu, die unterhalb der Dachrinne das Nest aus dem Vorjahr besetzten, es mit neuem Material renovierten, so fleißig wie fleißige Handwerker. Und doch schon wussten, dass sie ein paar Monate später, zum Ende des Sommers, wieder zurückfliegen würden. Zusammen mit den Jungen vielleicht, sofern diese so weit gediehen waren, um den Reisestrapazen gewachsen zu sein.

Lott dachte daran fortzuziehen wie die Zugvögel im Herbst. Sobald er diese beiden Mordfälle gelöst hätte.

Den unmittelbaren Tatort nach Möglichkeit nicht betreten. Nichts verändern. Nichts unnötig anfassen. Nicht rauchen. Nichts fortwerfen. Veränderungen notieren. Eigene Spuren markieren. Unbefugte, auch Angehörige, Betroffene und nicht zuständige Vorgesetzte vom Tatort fernhalten.

Mit einem Male trieben die Lehrsätze wieder ihren Spuk, zogen aber nicht mehr, oder sie verweigerten ihm den Zugriff.

Lott begriff: Nele war mehr als nur ein Fall. Die Ermordung des Kindes hatte eine Kerbe gerissen, die tief in seine ermittlungstechnische Profession schnitt.

Eine Zeugenvernehmung dient schließlich nicht dazu, bereits im Vorfeld Schlüsse zu ziehen, die man hernach wieder zu revidieren hat. Eine operative Befragung, die ihm gewiss bevorstand, hat zunächst eine Orientierungsfunktion.

Nein!

Keine Lehrsätze mehr!

Lott hielt sich die Ohren zu, als wäre da jemand, der sie ihm einflüstern wollte.

Er beruhigte sich und versuchte noch einmal, alle Fakten gedanklich zu erfassen.

Kein früherer Fall hatte ihn derart in dieser Hilflosigkeit lahmgelegt. Ihm schien, als würde er in ein Bassin voller Fische greifen, die, sobald sie seine Hand spürten, sich in nichts auflösten.

Neles Mörder hatte Spuren wie bei einer Schnitzeljagd gelegt. Dennoch tappten sie wie Kinder mit einem Down-Syndrom unbeholfen darin herum. Dazu kam der Mord an Sabine Buck, eine junge Frau, die kurz vor ihrer Ermordung ihm den Namen des Mörders verschwieg. Glaubte er zumindest. Sie war aus Regensburg angereist. Regensburg: Die Ermordung des Uhus dort mit Carbofuran. Danach die abgelegte Luchsdame im Schönbuch. Und zuletzt ein behindertes Kind. Ein jedes Opfer Station einer krankhaften Schnitzeljagd, wobei diese dreizeiligen Gedichte, diese Haikus, als Papierschnitzel herhalten mussten. Lott fragte sich, ob der Mord an Sabine Buck von vornherein geplant oder mit der Entlarvung des Kindsmörders zu begründen war.

Dagegen sprach, dass der Täter keine Angst vor Entdeckung hatte. Die gehörte dazu. Am Ende des Tages. So wollte es das Spiel. Aber dieser Tag war noch lang. Und er hatte noch Platz für weitere Spuren.

Plötzlich hörte er, wie Mara laut aufschrie.

Es war ein Geräusch, das den Morgen zerschnitt.

*

Hannah Halder war pünktlich. Punkt neun Uhr stand sie an der Pforte des Neuen Baus. Dort holte Lott sie ab. Nach den üblichen Begrüßungsfloskeln führte er sie zu Hauptkommissar Edwin Stark, der sich im Laufe der Jahre als Porträtspezialist hervorgetan hatte. Die Herstellung subjektiver Porträts war sein Spezialgebiet.

Er begrüßte Hannah Halder, führte sie zum Bildschirmgerät, bat sie, dort Platz zu nehmen, und begann umständlich zu erklären, was sie im Folgenden zu erwarten hatte.

»Heute steht uns eine computergestützte Bildmischung zur Verfügung, mit der wir ein subjektives Porträt erstellen können«, referierte Kommissar Stark und fuhr fort: »In der Praxis vollzieht sich das so, dass Sie sich an das Bildschirmgerät setzen, was Sie ja bereits getan haben. Und dort werde ich Ihnen zunächst die verschiedenartigen Kopfformen auf dem Bildschirm vorführen. Mit der Kopfform beginnen wir also die Bildherstellung.«

Hannah Halder starrte auf den Bildschirm, während Kommissar Stark weiter referierte: »Es gibt eine Vielzahl von technischen Verfahren, deren Kern im Folgenden besteht: Es werden bestimmte Gesichtsmerkmale, hauptsächlich Stirn, Frisur, Augen, Augenbrauen, Mund, Kinn, Kinnpartie und Ohren in einer größeren Anzahl und jeweils typischen Formen beziehungsweise ihrer vorkommenden Artenvielfalt als Bildfragmente im Computer gespeichert. Je nach verwendetem System können aus 15 und mehr Grundkombinationen verschiedene neue Bildkomponenten zusammengestellt werden. Sie wählen, nachdem die infrage kommenden Formen vorgeführt werden, die Gesichtselemente aus, die Sie als diejenigen der gesuchten Person wiedererkannt haben.«

Hannah Halder nickte, während die ersten Kopfpartien sich auf dem Bildschirm zeigten.

Kommissar Starks Programm nannte sich FACETTE, dessen System dem Wiedererkennungszeugen die Wahl aus etwa zwölf bis 15 Kopfpartien, 40 bis 50 Kinnpartien, 160 Mundpartien 200 Nasen, 320 Augenpaaren, 360 Frisuren sowie eine Anzahl von Augenbrauen, Ohren und weiteren Gesichtselementen bot. Damit Veränderliches wie Frisuren, Bärte oder Brillen dem aktuellen Modetrend entsprachen, wurden die verwendeten Elemente ständig ergänzt.

Hannah Halder wählte aus. Aus den Kopfformen, die auf dem Bildschirm vorgeführt wurden, deren horizontale wie vertikale Ausmaße sich so unterschiedlich zeigten, wie auch die Nasen und Augenbrauen. Wie sehr ähnelten sich nicht Höhe und Breite der Nase sowie die Form der Nasenflügel. Es folgte die Bestimmung des Mundes und die der Mund- und Kinnpartie. Bei den Haaren und den Frisuren tat sie sich leichter. Das Bild hatte sich ihr eingeprägt. Das dichte Schwarzhaar, das ihm an die Ohren stieß und diese Ohren teils bedeckte. Die Augen zuletzt und deren Abstand zur Nasenwurzel. Ein immer wieder zu korrigierendes Bild entstand. Schrittweise und basierend auf dem Basisbild wählte Hannah aus den Gesichtselementen aus, was dem Gesuchten am nächsten kam. Die Arbeit zog sich. Was sich als abweichend erwies, wurde so lange nachgebessert, bis endlich das Bild entstand, welches Hannah in ihr Gedächtnis aufgenommen hatte.

»Ich glaube, das trifft den Mann«, wisperte Hanna nach gut einer Stunde, war aber immer noch unsicher.

Lott kam dazu. Er registrierte diesen Vorgang als eine erste Phase auf dem Weg, den Mörder von Nele und von Sabine Buck dingfest zu machen. Wenn die Zeugin das fertige Porträt beurteilt und den Täter darin erkennt, ist das mehr als ein erster Schritt, sagte er sich.

Kommissar Edwin Stark druckte es mehrfach aus.

Lott nahm einige Exemplare an sich. Sie bedeuteten eine visuelle Fahndungshilfe, auch wenn ein subjektives Porträt keine wirklichkeitsgetreue Abbildung war. Wie weit sie es bei einer Öffentlichkeitsfahndung verwenden würden, musste zuvor mit den Kollegen abgesprochen werden.

Hannah Halder verabschiedete sich. Lott brachte sie an die Tür.

»Sie haben uns weitergeholfen«, sagte Lott.

Darauf sagte Frau Halder nichts.

Lott ging zurück.

Er musste nicht erst fragen. Kollege Stark hatte bereits eine Antwort parat.

»Das Interaktive System zur Identifizierung von Straftätern, welches ich verwende und das sich abgekürzt I.S.I.S. nennt, auf das kannst du dich verlassen.«

Lott zweifelte, ob eine Öffentlichkeitsfahndung der Ermittlung zum Durchbruch verhelfen würde. Es gab Vor- und Nachteile, die man gegeneinander abwägen musste.

Dass sie mit dieser Fahndungsart einen differenziert ausgewählten Personenkreis ansprechen würden, war gewiss von Vorteil, wie auch die Schnelligkeit der Informationsübermittlung. Wenn der Täter zudem erkannte, dass das Fahndungsbild ihm ähnlich sah und geeignet war, eine Identifizierung herbeizuführen, würde er verunsichert werden. Was dagegen sprach, war die hohe Reizüberflutung in der Bevölkerung, die durch eine zu häufige Veröffentlichung von subjektiven Porträts erzeugt wurde. Sie schränkte den Wert taktischer Maßnahmen der Öffentlichkeitsfahndung ein. Dazu kam, dass der Täter damit gewarnt würde und sein Verhalten wie auch die Merkmale des Äußeren verändern konnte. Zudem mussten Beweisinformationen, die später zur Überführung des Täters dienlich sein könnten, vorzeitig offengelegt werden. Bei allem Für und Wider, sie hatten sich entschlossen. Die Öffentlichkeitsfahndung konnte in Gang gesetzt werden.

*

Petra Mai saß an ihrem Schreibtisch und schaute noch einmal die aktuellen Ermittlungsakten durch, die Ilona Raab ihr vorgelegt hatte. Sie hatten jetzt ein Fahndungsbild, erstellt von Hannah Halder, der Mutter der toten Nele.

Sie bezweifelte allerdings, dass diese Art der Öffentlichkeitsfahndung sie weiterbringen würde, denn sie zweifelte die Aussage von Hannah Halder an. Es war möglich, dass dieses Fahndungsbild so wenig taugte wie die Aussagen, die ihnen bislang vorlagen.

Sie hatte Lott gegenüber ihre Bedenken geäußert, eine mögliche Blamage in die Waagschale geworfen, aber Lott war stur geblieben.

»Das Fahndungsbild ist ab sofort Teil der Ermittlung«, hatte er festgelegt. Und das, obwohl die Veröffentlichung von Abbildungen anonymer verdächtiger Personen keine Maßnahme darstellte, die durch die Strafprozessordnung gefestigt wurde.

Zudem überwogen die Nachteile einer Öffentlichkeitsfahndung, selbst wenn Hannah Halders Aussage zutraf. Der Täter war dann gewarnt und würde sein Äußeres verändern. Sie verstand auch nicht, warum Lott sich dagegen stemmte, zunächst eine polizeiliche Prüfungsmaßnahme durchzuführen, um zu ermitteln, ob die festgestellte Person, wenn sie denn greifbar war, nach den tatsächlichen und sachverhaltsbezogenen Umständen überhaupt Täter sein konnte.

Lott blieb stur. Und Petra Mai schmollte.

Unsere Ermittlungen laufen derzeit in verschiedene Richtungen. Etwas Konkretes können wir aber derzeit nicht sagen. Landers Standarderklärung an die Presse war ihr ebenfalls ein Dorn im Auge. Und ein Dorn im Auge war ihr Britta Zorn, diese Profilerin, die blindlings in ihren Falldateien ohne ein vorzeigbares Ergebnis herumstöberte. *Violent Crime Linkage Analysis System.* Allein diese hochtrabende Bezeichnung. Mein Gott, warum ging sie hausieren damit. Gaukelte dem Team ein vertieftes Fallverständnis vor. Spielte die Fallanalytikerin und dozierte, dass bei der Fallanalyse ganz verschiedene Disziplinen ineinandergreifen müssten. Und bei jedem nur erdenklichen Anlass zählte sie die auf. Psychologie, Spurensicherung, forensische Psychiatrie, Statistik. Und wenn ihr das nicht reichte, laberte sie über »das eigene Bedürfnis des Täters«. Und tönte: »Wir sprechen dann von Schlüsselentscheidungen.«

Aber keinen Schritt war sie mit ihrem Profiling weitergekommen, für das Lott sie dermaßen schätzte, dass alle anderen sich ungeeignet vorkommen mussten. Lohner und Marlies, Ilona Raab und die mittlerweile rund 70 Ermittler, die für die Drecksarbeit zuständig waren. Klingeln putzten, um Zeugen zu ermitteln.

Petra Mai war geladen. Jetzt aber stand sie auf, ging ruhig zu dem Tisch, an dem Lott und Britta Zorn die Abzüge des subjektiven Porträts begutachteten, und sagte: »Was, wenn Hannah Halder einem harmlosen Spanner aufgelaufen ist, der jetzt auf dem Fahndungsbild wegen zweifachen Mordes gesucht wird?«

*

Lott wusste, an wen er sich zuerst wenden musste. Noch bevor die Plakate die öffentlichen Aushängeplätze belegen würden. Er ging in die Buchhandlung Taube.

Egmont Taube saß mit einem Verlagsvertreter zusammen an einem Tisch, der den Verkaufsraum vom Büro trennte.

Kaum hatte der Buchhändler Lott wahrgenommen, stand er auf und eilte Lott entgegen, ohne sich bei dem Vertreter für diese abrupte Unterbrechung des Verkaufsgesprächs zu entschuldigen.

»Gibt es Neuigkeiten?«, fragte er den Kommissar, während er ihm die grußbereite Hand entgegenstreckte.

Lott zog das Phantombild aus der Tasche.

Egmont betrachtete es.

»Kennen Sie diesen Mann?«, fragte Lott.

Egmont nickte und schluckte dabei.

»Doktor Hans Schuler«, antwortete der Buchhändler.

»Sie sind sich sicher?«, hakte Lott nach.

»Todsicher«, bestätigte Egmont. »Er war zwei-, dreimal bei meinen Haiku-Abenden. Auch zuletzt ...« Der Buchhändler sprach nicht weiter.

»Was ist?«, hakte Lott nach.

»Bei meinem Vortag über Montaigne und seine Essays im letzten Jahr. Da saß er in der ersten Reihe«, antwortete Egmont und fuhr fort: »Sie hatten mir doch dieses Zitat gezeigt, welches war es noch mal?« Der Buchhändler überlegte kurz, dann fiel es ihm ein: *»Denke, dass jeder Tag der letzte sein kann, der dir leuchtet; die Stunden, mit denen du nicht fest gerechnet hast, werden dir dann besonders lieb sein.«*

Lott nickte zustimmend.

»›Philosophieren heißt sterben lernen‹, unter diesem Motto stand ja mein Vortrag. Und Neles Mörder saß unter den Hörern?«

Lott wies noch einmal auf das Phantombild, das der Kollege Edwin Stark erstellt hatte.

Der Buchhändler studierte es noch einmal.

»Doktor Hans Schuler«, bestätigte er erneut. »Ohne jeden Zweifel! Ich habe ihn in meiner Kundenkartei. Dass er promoviert hat, bezweifle ich allerdings sehr.«

Egmont notierte die Anschrift. »Hans Schuler, Geisenberg 11.«

Dann packte er das Fahndungsplakat ein und ging zurück zum Neuen Bau.

*

Petra saß noch an ihrem Schreibtisch. Exakt in der Stellung, in der sie sich befand, als er das gemeinsame Büro verlassen hatte. Mit unveränderter Miene. Stur in ihrer Bitterkeit gefangen, hob sie nicht einmal den Kopf, als Lott eintrat.

»Wir können das Fahndungsbild einstampfen lassen«, überfiel Lott gut gelaunt die Kollegin, die daraufhin missmutig aufschaute.

»Wir haben den Namen des Täters«, triumphierte er. »Taube hat den Mann auf dem Fahndungsbild erkannt.«

Petra horchte.

»Hans Schuler«, ließ Lott die Katze aus dem Sack.

»Er war bei Taubes Vorlesungen, sowohl über die Essays von Montaigne als auch bei mehreren Haiku-Abenden.«

Britta, die außerhalb des Büros recherchiert hatte, kam dazu.

Lott musste sich wiederholen.

»Haben wir seine Adresse?«, fragte sie.

Lott nickte.

Ilona Raab wurde mit den neuen Fakten konfrontiert. Umgehend veranlasste sie eine Dienstbesprechung, zu der auch Chef Lander, Staatsanwalt Mollenkopf, Pressesprecher Jürgens und die Kollegen von der Fahndung gerufen wurden.

In wenigen Minuten wurde die weitere Vorgehensweise festgelegt.

Das MEK wurde gerufen, die Beamten sollten in ihren Zivilfahrzeugen zum Galgenberg fahren, um dort in Stellung zu gehen.

*

Das Haus wirkte wie ausgestorben, allenfalls Geister spukten noch drinnen, von Langeweile geplagt, schon seit mehreren Hundert Jahren. Gewiss hatten auch Fledermäuse sich hier eingemietet. Ein Haus, von zwei Kriegen verschont, verziert mit Erkern, die an die Jugendstilepoche erinnerten, aber aller Putz, der einst das Gebäude verziert haben mochte, war augenscheinlich dem Verfall ausgeliefert, dem niemand Einhalt gebot.

Die Männer des MEK hatten das Haus inzwischen umstellt und signalisierten das durch entsprechende Handzeichen.

Lott und Petra Mai schellten an der Haustür. Lott wunderte sich über die elektrische Klingel und mehr noch darüber, dass sie funktionierte.

Dennoch rührte sich drinnen nichts. Lott wiederholte den Vorgang und klingelte erneut. Jetzt vernahm er Schritte, hörte eine Frauenstimme, die leise vor sich hin sang. Er verstand, was sie sang, und Petra verstand es auch und schaute Lott groß an.

»Hänschen klein, geht allein in die weite Welt hinein.
Stock und Hut steht ihm gut, ist gar wohlgemut.
Aber Mutter weinet sehr,
hat ja nun kein Hänschen mehr.
Hänschen klein, geht allein in die Welt hinein.«

Lott klingelte ein drittes Mal. Die Tür blieb verschlossen. Er gab den Männern des MEK das Zeichen, die Tür aufzubrechen. Ein kurzes Nicken des Kommandanten war die Antwort. Zwei der Beamten kamen umgehend herangestürmt und traten die Tür ein. Eine alte Frau kam ihnen singend entgegen, die Katze in ihrem Arm floh panisch in eines der hinteren Zimmer.

»Hänschen klein, geht allein in die weite Welt hinein.
Stock und Hut steht ihm gut, ist gar wohlgemut.
Aber Mutter weinet sehr,
hat ja nun kein Hänschen mehr.
Hänschen klein, geht allein in die Welt hinein.«

Die Männer des MEK drangen in das Haus ein, aus dem ihnen ein unangenehmer Geruch entgegenschlug. Die Frau aber sang weiter. Sie sang das »Hänschen-klein-Lied« nur so vor sich hin, scheinbar für niemanden bestimmt. Auch nicht für die Kriminalbeamten, an denen sie vorbei ins Leere blickte. Und wenn ein Blick ungewollt einen der MEK-Männer traf, so schaute sie durch ihn hindurch.

Und sang:

»Hänschen klein, geht allein in die weite Welt hinein.
Stock und Hut steht ihm gut, ist gar wohlgemut.
Aber Mutter weinet sehr,
hat ja nun kein Hänschen mehr.
Hänschen klein, geht allein in die Welt hinein.«

Sie sang das ohne Erregung. Und sie sang es unentwegt weiter. Ohne eine Pause einzulegen.

Während die Männer des MEK in sämtlichen Räumen des Hauses nach dem vermeintlichen Täter fahndeten, wandte sich Lott an die verwirrte Frau.

»Frau Schuler, wo ist Ihr Sohn?«

Die Welt scharfzustellen, fiel ihr schwer. Sie schaute Lott an, als verstünde sie nicht.

»Frau Schuler, wo ist Ihr Sohn?«

Sie schaute Lott groß an. Ihr Gesang verstummte. Sie senkte ihre Stimme, damit die anderen sie nicht hören konnten, und flüsterte: »Mein Hänschen ist fort.«

»Wohin?«, übernahm Petra Mai.

»In die weite Welt hinein«, antwortete die Frau.

»Was soll der Blödsinn!«, herrschte Petra sie an.

Aber das brachte sie nicht weiter. Sie glitten an Frau Schuler ab wie zerschlissene Kleider, die nirgendwo mehr einen Halt fanden.

Schlank, wie Frau Schuler war, zwängte sie sich erhobenen Hauptes an der Kollegin vorbei und sang weiter ihr Hänschen-klein-Lied.

»Lass sie«, hielt Lott die Kollegin zurück, die drauf und dran war, die verwirrte Frau aufzuhalten, um sie zu befragen.

»Das Hänschen ist fort«, antwortete Frau Schuler zerstreut und warf den Kopf dabei zurück, »aber die Katzen haben Hunger!«

Sie ging in einen der hinteren Räume, »Miez, Miez, Miez« jetzt rufend.

Die Männer des MEK, die auf der Suche nach Hans Schuler sämtliche Räume durchforstet hatten, trafen am Hauseingang zusammen. Der Gestik des Kommandanten war zu entnehmen, dass ihre Suche erfolglos verlaufen war. Die alte Frau ließ man zunächst ungeschoren nach ihren Katzen schauen. Petra Mai kündigte jedoch an, das Sozialamt zu informieren. Frau Schuler bedurfte dringend therapeutischer Hilfe, vermutlich in einer geschlossenen Anstalt.

*

Egmont Taube hatte das *kleine Licht*, wie er es nannte, brennen lassen. Es machte nicht wirklich hell, aber mögliche Einbrecher würde es davon abhalten, hier einzudringen. Eine weitere Lichtquelle boten die kleinen Scheinwerfer über der Fensterdekoration. Ein wenig machten sie auch den Laden heller. Zumindest für die nächsten Stunden. Dann trat die Zeitschaltuhr in Kraft. Sie war so eingestellt, dass die Schaufensterbeleuchtung Punkt 23 Uhr abgeschaltet wurde.

Wie immer war Egmont Taube der Letzte, der den Laden verließ. Er hatte die Kasse gemacht, vom Ersatzlager die verkauften und nun fehlenden Titel geholt und sie in die Regale gefüllt. Die Auslagen an der Kasse geprüft, die kleiner gewordenen Bücherstapel dort wieder in die Höhe wachsen lassen. Ein letzter prüfender Blick von ihm streifte die Verkaufsräume, dann griff er nach dem Ladenschlüssel, der neben anderen Schlüsseln am Schlüsselbord im Büro hing, steckte ihn in die Tür des Hintereingangs und wollte den Laden verlassen.

Da stand Hans Schuler. Er stand mit einem Bein schon im Flur, als hätte er nur darauf gewartet, dass der Buchhändler die Tür öffnen würde. Egmont Taube erschrak nicht. Er lächelte. Und fragte in verbindlichem Ton, was es gäbe.

Hans Schuler nickte kurz. Und antwortete: »*Der Tod ist unvermeidlich. Alle steuern wir dem gleichen*

Ziele zu; für jeden wird sein Los in der Urne geschüttelt, bis es früher oder später herausspringt und wir mit dem Kahn in die ewige Verbannung fahren müssen.«

Egmont Taube fiel ihm ins Wort. *»Infolgedessen ist der Tod, wenn wir ihn fürchten, eine dauernde Beunruhigung für uns; diese Last kann uns nicht abgenommen werden. Von allen Seiten kann er uns überfallen; es nützt nichts, wenn wir in verdächtigem Gelände, den Kopf unaufhörlich hierhin und dorthin drehen. Er hängt immer über uns, wie der Felsblock über dem Haupte des Tantalus.«* Und er fügte hinzu: »Michel de Montaigne.«

Hans Schuler stand mit offenem Mund da und staunte ihn an. Der Buchhändler hatte ihn überrascht mit dieser Abgeklärtheit. Gerade jetzt. Er hatte doch noch eine Aufgabe vor sich. Die letzte. Aber mit einem Male gefroren ihm alle Gliedmaßen und er war unfähig, das Messer, das er im Hosenbund unter seiner Cordjacke stecken hatte, zu ziehen.

Dem Buchhändler aber purzelten die Wörter aus einem steifen Lächeln heraus und er zitierte mit fester Stimme: *»Ich sehe, Gott sei Dank, meiner Todesstunde so gefasst entgegen, dass ich gehen kann, wenn es mir gefällt, ohne dass mir der Abschied von irgendetwas schwer würde. Ich löse allmählich alle Bindungen. Von allen kann ich leicht Abschied nehmen, außer von mir.«*

»Michel de Montaigne«, flüsterte weinerlich stotternd Hans Schuler.

»Genau«, sagte der Buchhändler. »Sie haben die Stelle erkannt.«

Und herausfordernd fügte er hinzu: »Also!«

Schulers Augen flatterten. Mit zitternder Hand griff er in seine Jacke.

»Also?«, wiederholte Taube, diesmal mit drohendem Timbre.

Dann war es still. Totenstill.

Plötzlich drehte Hans Schuler sich um, warf einen drohenden Blick auf den Buchhändler und schrie ihn an. Aber was er da schrie, waren keine Worte. Nur Laute waren es. Klagelaute, Jammerlaute. Entsetzensschreie. Einem Grabgesang näher als einer Drohung. Egmont Taube wollte das »Hänschen« jetzt festhalten und ihn überwältigen. Die Situation war günstig. Aber Hans Schuler entglitt ihm wie ein schlüpfriger, eben aus dem Wasser gezogener Fisch. Er rannte auf die Straße, die Herrenkellergasse aufwärts Richtung Bahnhof. Und immer noch schreiend, sodass die Leute, die er fast über den Haufen gerannt hätte, ihm kopfschüttelnd hinterherschimpften.

Egmont Taube ging in seinen Laden zurück, machte das Licht im Büro an, nahm das Telefon zur Hand und rief bei der Polizeidirektion Neuer Bau an.

*

»Hänschen klein, geht allein in die weite Welt hinein.
Stock und Hut steht ihm gut, ist gar wohlgemut.
Aber Mutter weinet sehr,
hat ja nun kein Hänschen mehr.
Hänschen klein, geht allein in die Welt hinein.«

Leise sang Hans Schuler das mit flatternder Baritonstimme vor sich hin. Er hatte sich im Gartengrundstück, das sein Großvater einst erworben hatte, versteckt. Nach Großvaters Tod hatte die Mutter es bewirtschaftet. Er hatte ihr geholfen dabei, bis auch das keinen Sinn mehr machte. Es grenzte an andere Gärten, die gepflegter waren, aber da weder Bäume noch Strauchwerk über die angrenzenden Siedlungsgärten ragten, gab es kaum Beanstandungen.

Hans Schuler schloss die Gartenhütte auf. Der Schlüssel dazu hatte wie immer schon unter einer hervorstehenden Dachlatte gelegen. Er schloss auf und legte sich auf das alte Sofa, auf dem der Großvater seinen »letzten Schnaufer« getan hatte, wie es hieß.

Er starrte durch das kleine Fenster in den nachtblauen Sternenhimmel.

Sein Herz schlug heftig, es schlug ihm hoch bis zum Hals. Sein Atem rasselte wie der eines Asthmakranken. Dann machte er die Augen zu und versuchte den Atem unter Kontrolle zu bringen.

»Was überhaupt ist ein Leben wert?«, brummte er leise. Und gab sich selbst die Antwort: Gerade so viel, wie es das Spiel verlangt! Denn das Leben ist ein Spiel mit Gewinnern und Verlierern. Nicht mehr. Nicht weniger. Der Sieger bekommt die Hand der Königstochter. Und obendrein ein Schloss. Mit einem Park dabei, in dem die Pfauen regieren. Der Verlierer geht leer aus. So war die Welt einst in Ordnung. Jetzt hat sie sich gedreht. Jemand muss sie wieder ins Lot rücken. Denn der Sieger darf nicht leer ausgehen. Die Spielregeln müssen ihre Gültigkeit zurückgewinnen.

Diese Regeln machten ihn ruhig. Er bekam seinen Atem wieder unter Kontrolle. Die Angst, die ihn für

Augenblicke erfasst hatte, war verschwunden. Sie hatte sich davongemacht oder aufgelöst, wie ein Nebel, der bei sternklarer Nacht seine Gedanken verhüllte, wie ein Schatten, der langsam durch eine beginnende Finsternis glitt. Ein tiefes Luftholen, das half, um nicht aus der Welt zu fallen. Zuletzt ein Gutenachtwunsch, der den Tag abschloss.

Hänschen klein, geht allein in die weite Welt hinein.

Er sang die erste Zeile und summte den Rest des Liedes leise vor sich hin; fuchtelte dabei mit den Händen über dem Kopf, wie ein aus dem Takt geratener Dirigent. Das Orchester aber war er selbst, das plötzlich verstummte.

Alle lachen mich aus.

Nein, niemand lacht.

Diese Frau hat ein Auge auf dich!

Nein, nicht auf mich.

Nur auf dich!

Das sagte er sich jetzt und blickte stolz zu den Sternen hoch, die sich vom Nebel befreien konnten. Er dachte an diese Frau, deren Tochter er von ihrem unansehnlichen Leiden befreit hatte. Doch über ihr Gesicht legten sich die Gesichter anderer Frauen.

So viele Frauen!, lachte er.

Die aufgeheizte Luft schien voll von Genüssen. Ein verlangender Mund tauchte vor ihm auf. Lippen, die ein sorgsam gehütetes Geheimnis preisgaben. Dann lachte diese Frau. Lauthals lachte sie auf. Aber nicht ihn lachte sie aus. Sie lachte die Jahre, die sie älter war und die sie ihm gerne verschwiegen hätte, einfach weg, als wäre dieses Alter nicht der Rede wert. So als wäre sie unsterblich, unsterblich wie seine Mutter.

Hänschen klein, geht allein in die weite Welt hinein.

Er sang und summte das Lied weiter, schaute wieder zu den Sternen hoch und wusste nicht mehr, wie er hierhergeraten war, in diese Hütte, die der Großvater einst gezimmert hatte.

Er wusste nicht mehr, wie er hierhergekommen war.

Aber er wusste, dass er im Begriff war, sich von diesem Leben zu verabschieden, sich zu verabschieden wie von einem flüchtigen Bekannten, mit dem man nur ein Stück gleichen Wegs gegangen war. Ohne jedes Bedauern und ohne Abschiedsfloskeln. Er glaubte nun zu wissen, wie Sterben ging.

Was war dieses Leben auch wert?

Nicht mehr als eine Schutzschicht war es, die behutsam zu entfernen war.

Nicht mehr, wirklich nicht mehr!

Und dieser Tod?

Nicht ich, soll der doch vor mir Rechenschaft ablegen über dieses ungehörige Treiben, das sich *Sterben* schimpft.

Er reißt alles an sich. Auch jede Erinnerung.

Die Liebe, irgendwann zerspringt sie im Herzen. Sie lässt sich nicht länger gefangen halten.

Die Straßenlaterne warf ein mattes Licht in den Garten, kaum geeignet, um sich gegen die Dunkelheit zu wehren. Vor Hans Schuler verschwammen die Bilder. Dafür klingelten Montaignes Worte in ihm wie Münzen, die in einem Opferstock begraben wurden.

Schon vorher möglichst tot zu sein.

Eine Aufgabe, die er glaubte, bereits gelöst zu haben.

Ich bin bereits tot.

Er redete es sich ein. Er hatte den Buchhändler nicht töten können. Ein untrügliches Zeichen dafür, dass auch der bereits tot war.

Redete er sich ein.

Bis ihm klar wurde, dass dem nicht so war.

Wie ein Tölpel habe ich mich angestellt, klagte er sich jetzt an. Der Tod des Meisters, das wäre mein Meisterstück gewesen. Alles, was ich von ihm gelernt, was ich durch ihn erfahren durfte, war doch auf mich übergegangen.

Die Haikus.

Montaigne.

Hans Schuler atmete tief durch. Ein Luftholen war das, das alle Gedanken, die vorher in ihm wie gehässige Geister gespukt hatten, einfach wegwischte.

Mehr als nur ein Meisterschüler war er jetzt. Er war jetzt selbst der Meister und hatte die Aufgabe, seinen Meister zu töten.

Für beide gab es keinen Platz mehr in dieser Welt!

*

Er lag neben ihr. *Du riechst so gut.* Wie oft hatte sie ihm das gesagt. Diesem Geruch war sie verfallen. Egmont drehte sich mit halb geöffneten Augen zu ihr hin. Und fragte nach der Uhrzeit.

»Früh noch«, sagte sie. »Fast noch Nacht.« Und signalisierte ihre Bereitschaft, sich ihm erneut hingeben zu wollen. Was immer er verlangte, sie würde es ihm geben. Nichts würde sie ihm verweigern. Zu allem war sie bereit. Auch wenn es wehtat.

Egmont rieb sich den Restschlaf aus den Augen.

»Ich muss duschen«, sagte er.

Hannah hielt ihn zurück. Und sagte: »Ich komme mit.«

Egmont ließ es zu. Obwohl er lieber allein gewesen wäre. Hannah erregte ihn nicht, zumindest nicht jetzt, trotz der aufwendigen Anstrengungen, die sie trieb.

Er dachte an Nele. Die schrie in sein Ohr.

»E'mont!«, schrie sie.

Aber er hatte keine Antwort für sie parat, keine Umarmung. Nicht einmal ein erstauntes Bewundern, wenn sie das T-Shirt hochzog, um ihren noch kaum vorhandenen Busen zu zeigen.

»E'mont!«

Er wurde das nicht los.

Der warme Duschstrahl fiel auf ihn. Hannah strengte sich an, seine Aufmerksamkeit auf sich zu lenken, leckte das Duschwasser von seiner Brust, kniete sich hin, leckte weiter, aber Egmont nahm keine Notiz von ihr. Sein Glied blieb schlaff. Hannahs Bemühungen waren ihm lästig. Er stieg aus der Duschwanne und trocknete sich ab. Hannah klagte ihn an. Erst wortlos, mit mürrischem Blick, ehe sie ihn zur Rede stellte.

»Was ist los? Was hast du?«

Mehr fragte, mehr sagte sie nicht. Und Egmont schwieg.

Sie kam ihm näher, umarmte ihn, einen letzten Versuch wagend.

»Ich kann jetzt nicht«, antwortete Egmont und entzog sich ihrer Umarmung.

»Ist es wegen Nele?«, fragte Hannah.

Egmont nickte. Aber er wusste, das war nur ein Teil von dem, was ihn umtrieb.

Er stieg in seine Hose, zog sich das Hemd an und verabschiedete sich mit einem flüchtigen Kuss auf ihre beiden Wangen.

Hannah schaute ihm nach, zum Weinen bereit, und verfolgte ihn mit ihren Blicken, wie er in sein Auto stieg und losfuhr.

»E'mont«, rief sie ihm, wie Nele es getan hätte, leise nach.

Der Frühjahrswind nahm es auf. Hannah blieb halbnackt an der Tür stehen und setzte sich diesem feuchten Luftstrom aus.

Als der Wind genug hatte, verzog er sich, wie Egmont es ihm vorgemacht hatte.

KAPITEL SECHS

Niemals hat sich wohl jemand so absolut und so vollständig darauf eingestellt, dass er der Welt Lebewohl sagen muss, wie ich und sich so allseitig von ihr gelöst. Der Tod ist am selbstverständlichsten, wenn man schon vorher möglichst tot ist.

Michel de Montaigne

*

Lott hatte keine Lust mehr. Er stand vor dem Spiegel im Bad und dachte: Wenn du morgens aufstehst und es dir schwerfällt ins »Gschäft« zu gehen, dann ist es an der Zeit *aufzuhören.* Das Gesicht im Spiegel nickte ihm zu. Ein Spiel, ein Déjà-vu, wie er es nannte, weil es sich bald jeden Morgen wiederholte. Aber was änderte es. Er putzte sich die Zähne und machte sich fertig. Elli wartete bereits mit dem Frühstück. Und am Tisch saß Britta, die ungeduldig darauf wartete, mit dem Kollegen Lott nach Ulm zu fahren.

Lott aber war noch im Bad und schaute herausfordernd in den Spiegel. Als könnte er darin täglich seinen Alterungsprozess verfolgen. Täglich fand er neue Indizien darin, die jedes Mal ein gelindes Entsetzen in ihm auslösten. In der vergangenen Nacht hatte sich, wie er nun eindeutig feststellte, am Hals die Haut zusammengerollt. Auch das Grau der Wimpern zeigte heute

Spuren, die einen inneren Alarm bei ihm auslösten, die signalisierten, dass es höchste Zeit war, mit seinem »G'schäft« aufzuhören. Ein Jahr trennte ihn noch vom ersehnten Ruhestand. Aber er dachte nicht daran, so lange damit zu warten. Nach diesem Fall, eigentlich waren es ja zwei Fälle, war Schluss damit. Das Gesicht im Spiegel ließ zudem keine Zweifel aufkommen, dass er es ernst meinte. Er hatte genug von dieser Tätigkeit, denn diese beiden letzten Fälle, die Ermordung der kleinen Nele und die von Sally Buck, hatten das Fass zum Überlaufen gebracht, auch wenn diese kurz vor dem Abschluss standen. Alle Indizien deuteten darauf hin, dass Hans Schuler der Mörder war. Die Fahndung nach ihm lief auf Hochtouren. Nach seiner Erfahrung konnte es, wenn sie Schuler nicht schon hatten, nur noch Stunden dauern, ehe die Fahndung einen Erfolg bringen würde.

An ihm und der Soko lag es dann, alle Fakten zu bündeln und diese dem Staatsanwalt vorzulegen, damit eine Anklage erfolgen konnte.

Er machte sich jetzt fertig fürs »G'schäft«. Und schaute noch einmal in den Spiegel.

Da flutete eine Woge von Angst sein Herz, ohne dass er einen aktuellen Grund dafür fand. Es war nicht das Erschrecken über seinen Alterungsprozess. Irgendetwas anderes kündigte sich an, das spürte er, etwas, was den letzten Funken der noch gelassenen Stimmung in ihm löschen würde. Der Stachel saß tief. Er gab sich alle Mühe, dass der nicht auch noch sichtbar wurde.

Elli rief ihn und auch Britta trieb ihn an, endlich am Frühstückstisch zu erscheinen, damit sie rechtzeitig nach Ulm kämen. Sie klagte zudem über Kopfschmerzen. Lott beeilte sich, schob dieses unbehagliche Gefühl zur Seite, griff schon nach dem Autoschlüssel, den er Britta zuwarf, und verabschiedete sich von Elli.

Als er im Auto saß, zog er sein Handy hervor und rief im Neuen Bau an.

Die Fahndung hatte noch keinen Erfolg bisher gebracht.

Lott glaubte im ersten Moment, sich verhört zu haben.

Schulers Fluchtweg war doch eindeutig, und die Fahndung war ihm auf den Fersen gewesen. Richtung Söflingen. Richtung Maienwald. Richtung Weststadt. Es war heller Tag. Die Beschreibung des Gesuchten wurde in den Radiosendern durchgegeben. Hinweise gab es inzwischen zuhauf, wie er vernahm. Eben wurde Schuler noch im Braunland gesichtet. An der Donau kurz vor dem Wehr. Und auch in Wiblingen.

Lott wurde laut. Britta hielt sich die Ohren zu, gestikulierte ihm, dass Kopfschmerzen sie noch immer plagten. Aber sie raste jetzt. Die Autobahn war frei.

Lotts Wut versank mit ihm tief im Sessel des Wagens. Er schmollte. Beschimpfungen lagen ihm auf der Zunge, aber die wurden nicht laut. Zurück kam die Angst, die ihn am frühen Morgen schon heimgesucht hatte. Dieses ungute Gefühl, das ihm den Atem rauben wollte. Jetzt spürte er es wieder.

Er rief Petra an, die bereits im Dezernat saß. Er instruierte sie zu veranlassen, die Buchhandlung Taube und die Wohnung von Hannah Halder unter Polizeischutz zu stellen. Petra, die seine Unruhe spürte, versuchte ihn zu beruhigen, sagte ihm, dass dies alles schon geschehen wäre. Aber Schuler war, so verrückt es klingen mochte, irgendwo untergetaucht, wo er sich sicher zu fühlen glaubte.

Lott legte auf.

Schuler hat keine Freunde.

Schuler hat keine Verwandten, die ihm Unterschlupf gewähren würden.

Es musste einen Platz geben, wo er sich sicher fühlte.

Aber wo?

Britta musste das Tempo jetzt drosseln. Der Frühverkehr nahm zu. Vor ihnen aber tauchte schon die Silhouette des Münsterturms auf.

*

»Immer noch keine Spur von Schuler!«

Petra Mai rief den beiden, kaum hatten Lott und Britta das Büro betreten, das zu.

Britta grüßte und ging an ihren Schreibtisch, fuhr den Computer hoch. Kurze Zeit später rief sie Lott zu sich.

»Hier sind die Fotos, die ich an dem Haiku-Abend in der Buchhandlung gemacht habe.«

Lott trat an ihren Schreibtisch und schaute die Bilder, die Britta nacheinander herzappte, an. Die meisten zeigten Egmont, etliche aber auch die rund 20 Leute, die Hörerschar also, die Britta aus verschiedenen Perspektiven mit ihrer Kamera festgehalten hatte.

Plötzlich stockte Lott der Atem. Etwas stimmte nicht. Er bat Britta, ihn an den Computer zu lassen. Die Kollegin kam Lotts Wunsch nach und räumte ihren Platz, stellte sich aber hinter den Kollegen mit Blick auf den Bildschirm.

»Was ist?«, fragte sie ungeduldig.

»Der Blickkontakt«, antwortete Lott.

Britta schaute den Kollegen fragend an.

»Schuler und Taube«, antwortete Lott. »Es sieht aus, als stünden sie in ständigem Blickkontakt.«

»Ist es nicht selbstverständlich, dass die Hörer auf den Vortragenden schauen?«, warf Britta ein.

»Aber Taubes Blicke gehen ausschließlich in ein und dieselbe Richtung. Es sieht aus, als würden sie stets auf Schuler haften bleiben.«

Britta schaute und nickte.

»An dem Abend ist mir das nicht aufgefallen«, gestand sie.

»Wie auch«, beruhigte sie Lott. »Die meiste Zeit haben wir den Blick auf den Vortragenden gerichtet. Und Hans Schuler hatten wir noch nicht im Visier.«

»Du meinst …«

Britta horchte, aber Lott sagte nichts mehr. Sein Blick aber machte der Kollegin deutlich, dass es zwischen Schuler und dem Buchhändler mehr als nur das vermeintliche Geschäftsinteresse von Egmont war, das die beiden verband. Die nächste Dienstbesprechung stand aufgrund der neuen Erkenntnisse an, die kurzerhand anberaumt wurde. Sie würde nur Minuten dauern. Weder Mollenkopf noch Lander wurden informiert. Die Zeit, die ihnen blieb, das spürte Lott, war knapp.

*

Der Himmel zeigt sich heute wieder im Kobaltblau. Egmont Taube wusste nicht, warum er das dachte und, wenn auch nur für sich, so laut formulierte, dass jemand, der neben ihm hergegangen wäre, es hätte hören müssen.

Hatte er den Satz so irgendwo gelesen? Oder war das lediglich der Blick zum Himmel gewesen, der ihm diese Formulierung zuflüsterte. Was überhaupt kümmerte ihn der Zustand des Wetters. Er hatte eine Entscheidung zu treffen, und die war unabhängig vom Wetter in die Tat umzusetzen.

Hans Schuler war zu einer Gefahr mutiert. Für ihn.

Das folgsame Hänschen.

Jetzt hatte er übertrieben. Neles Ermordung war die Tat eines Wahnsinnigen, dazu unnötig wie ein Kropf. Eine sinnlose Fleißarbeit, mit der er sich Fleißpunkte oder ein Fleißbildchen verdienen wollte. Aber das Gegenteil war der Fall. Er selbst fühlte sich schuldig, schleppte die Schuld an Neles Tod mit sich herum wie eine nicht zu tilgende Last. Und Sallys Tod war derselben Kategorie entsprungen, unnötig wie ein Kropf, auch wenn er selbst dadurch, im günstigsten Fall, von ärgerlichen Fragen verschont bleiben würde.

Mein Gott, warum dachte er jetzt so.

So argumentierten Verbrecher.

Er und Sally, das lag lange zurück, das war wie in einem früheren Leben gewesen.

Aber jetzt lief er Gefahr, dass dieses frühere Leben ihn einholen und über ihn gestülpt würde, einem Schonbezug gleich, unter dem er zu ersticken drohte.

*

Petra Mai fiel die undankbare Aufgabe zu, Sallys Schwester Susanne aufzusuchen, die einzig verbliebene Kontaktperson laut Aussage des Bruders Franz, die Sally noch mit der Familie verband. Franz Buck hatte die Kommissarin mit diesen Worten hinauskomplimentiert, dann aber nachgehakt, um den Termin der Beerdigung bei ihr zu erfragen. Da sollte doch die ganze Familie, wie er kundtat, erscheinen. Ganz egal, wie sie zu Sabine standen. Familie blieb schließlich Familie. Auch wenn dieser Tod ganz typisch für Sabine wäre.

»Sie werden benachrichtigt, wenn die Leiche freigegeben wird«, hatte die Kommissarin versprochen und war, nur knapp grüßend, gegangen.

Jetzt stand sie vor Sallys Schwester Susanne. Sie war verheiratet, Mutter von zwei Kindern und wohnte in der Neubausiedlung im Eichengrund.

In Tränen aufgelöst stand sie an der Tür.

»Mein Bruder hat mich eben angerufen«, erklärte sie.

»Mein Beileid«, sagte Petra und kam dann schnell zur Sache.

»Sie hatten Kontakt zu Ihrer Schwester?«, fragte sie.

»Hin und wieder haben wir miteinander telefoniert, gesehen haben wir uns seit einem Jahr nicht mehr.«

»Sagt Ihnen der Name Hans Schuler etwas?«

»Nein, wer soll das sein?«

»Ihre Schwester soll mit ihm eine Zeit lang liiert gewesen sein.«

Susanne schüttelte den Kopf. »Nein, der Name sagt mir nichts.«

»Sie war mit ihm in Cham zusammen, vermutlich auch in Regensburg.«

»Sally hat dort gearbeitet, hauptsächlich im Bayerischen Wald, aber der Name Schuler sagt mir nichts, auch nicht sein Vorname.«

»Hans Schuler«, hakte Petra nach.

Sallys Schwester schüttelte wieder den Kopf, sagte dann: »Hat der meine Schwester umgebracht?«

»Er steht zumindest unter Verdacht«, wich Petra der Frage aus.

»Sally hatte wohl eine Beziehung mit einem Ulmer Buchhändler, aber das ist lange her.«

Petra horchte auf und hakte nach: »Egmont Taube?«

»Egmont, genau. Ein ulkiger Name, den man sich merken kann. Das hab ich ihr noch gesagt. Aber das ist bestimmt zwei, drei Jahre her, wenn nicht länger.«

»In letzter Zeit nicht mehr?«

»Nein, die Beziehung hat wohl nicht so hingehauen. Wie das so üblich ist bei Fernbeziehungen. Ich hab sie noch bei ihrem letzten Besuch danach gefragt. Sie ist aber nicht weiter darauf eingegangen. Hat gleich davon abgelenkt, es war ihr irgendwie peinlich, wie ich vermutete, und habe deshalb nicht weiter nachgefragt.«

»Hatte Ihre Schwester in den letzten Tagen einen Besuch angekündigt?«

»Nein«, wehrte Susanne ab. »Aber sie hat sich auch vorher nie angekündigt, stand immer plötzlich vor der Tür, aber wie gesagt, das ist schon wieder eine ganze Weile her.«

Petra Mai nickte. Für ein paar Augenblicke beherrschte eine bedrückende Stille den Raum, die Sallys Schwester schließlich durchbrach.

»Kann ich sie sehen?«, fragte sie.

Petra nickte. Ohnehin musste die Leiche jemand identifizieren.

»Wenn Sie möchten, kann ich Sie mitnehmen«, sagte Petra.

»Ich muss mich umziehen«, antwortete Susanne und ging eine Treppe nach oben.

Petra nickte ihr nach, schaute sich ein wenig in diesem Wohnzimmer um. Ein Foto an der Wand nahm ihre Aufmerksamkeit in Anspruch. Die beiden Schwestern, einige Jahre jünger, und zwischen ihnen ein Mann. Vermutlich einer ihrer Brüder, die den Kontakt zu Sally abgebrochen hatten, aus welchem Grund auch immer.

Susanne kam, ganz in Schwarz gekleidet, zurück.

Petra brachte sie zur Prittwitzstraße in die Rechtsmedizin. Banzhaf hielt Sallys Leiche dort unter Verschluss.

*

Hans Schuler wusste, dass die eigene Gartenhütte ihm wenig Schutz gewähren würde, zumindest nicht länger als für eine Nacht. Und die war jetzt vorüber. Er war unruhig, die ganze Nacht war er unruhig gewesen, hatte kaum geschlafen. Das mindeste Geräusch hatte ihn hochschrecken lassen. Dann hing er minutenlang am Fenster, bis die Laute sich in der lauen Frühlingsnacht wieder verloren. Aber der folgende Schlaf dauerte wieder nur wenige Minuten.

Schuler war schnell wach geworden, als der Morgenverkehr einsetzte. Ein tiefes, stetes Brummen, weit entfernt von der nächsten Bundesstraße her, aber der Wind trieb die Geräusche bis zu der Gartenanlage hoch und sie drangen dort durch die Hüttenwand zu ihm vor.

Schuler setzte sich aufs Bett, machte seine bewährte Pause, aus der er neue Kraft zu schöpfen hoffte, um dann, mit neu beladener Vergangenheit, die nächsten Schritte wagen zu können. Unter seinen bestrumpften Füßen fühlte er die groben Holzplanken.

Er ging jetzt auf und ab, schaute dabei immer wieder aus dem Fenster. Jedem noch so fernen Geräusch horchte er nach wie ein Tier, das eine Gefahr witterte.

Dann wurde er ruhig. Er hörte ein Auto vorfahren. Es war ein Lieferwagen, den er kannte. Er gehörte dem Buchhändler Egmont Taube.

Der Buchhändler, sein nächstes, sein letztes Opfer.

Danach war Schluss.

Dachte er. Und flüsterte: »Das Sterben geht ja im Nu vorbei. Es lohnt sich nicht, sich deshalb zu ängstigen.«

Michel de Montaigne dröhnte in ihm.

Das Sterben geht ja im Nu vorbei. Ein Satz, den er nicht mehr loswurde.

Die Geräusche draußen verstummten indessen. Er schaute aus dem Fenster und beobachtete, wie Egmont aus dem Lieferwagen stieg und auf die Gartentür zuging. Schuler ging ihm entgegen und öffnete ihm.

»Du kannst hier nicht bleiben«, sagte Egmont. Er ergriff Schulers Hand und drängte ihn zu seinem Lieferwagen, öffnete die Seitentür und ließ ihn hinten einsteigen.

»Wohin?«, fragte Schuler mit fiebernder Stimme.

Egmont antwortete nicht. Er nahm den Umweg über die Kellerhalde, vorbei am Söflinger Bahnhof, stadteinwärts dann. In der Bessererstraße hielt er an, ließ Hans Schuler aussteigen und führte ihn zu einem Barackenbau.

Er schloss auf. »Hier bist du erst mal sicher«, versprach er.

Hans Schuler schaute sich um, entdeckte das Sofa und ließ sich dort nieder.

»Danke«, krächzte er laut.

*

Unser Täter ist ein Feigling. Nach den Tieren wird er sich an Kinder oder an Frauen vergreifen.

Und dann?

Brittas Worte, ihr Profiler-Netz, das sie um den Fall gesponnen hatte, klang in Lott nach. *Ein Netz aus routinierten Fragen spinnen.* Lott hoffte, dass das, was Britta im Augenblick witterte, auch Hand und Fuß hatte. Er wusste nicht, wie er die Misstrauensfalten, die in ihr Gesicht gepflügt worden waren, zu deuten hatte. Sie wussten doch, wer die beiden Morde begangen hatte: Hans Schuler, der im Augenblick noch flüchtig war. Lott konnte Brittas Schweigen, das laut war und Bände sprach, nicht zuordnen. Was versprach sie sich davon, Petras Zeugenvernehmung mit Taube immer wieder anzuhören. *Alles, was ich sage, wird aufgezeichnet. Und immer und immer wieder spielen Sie das dann ab. So lange, bis Sie irgendetwas herauszuhören glauben, woran Sie mich festnageln können. Und sei es nur ein unachtsames, hektisches Atemholen.*

Damals hatten sie darüber gelacht. Petra vor allem.

Jetzt standen die Zeichen anders. Egmont Taube war in diese Morde verwickelt. Vermuteten sie. Vielleicht würde er aber auch das nächste Opfer sein. Alles war möglich.

»Es würde passen«, meinte Britta. Und forderte: »Wir müssen Egmont noch einmal vernehmen, damit diese Lücke geschlossen werden kann.«

Britta wollte das Verhör übernehmen. Das Verhör einer Profilerin, das andere Prioritäten setzte. Petra hielt sie zurück, erwiderte: »Wir haben von Egmont Taube im Augenblick keine Spur. Wir wissen nicht, wo er sich aufhält. Er ist weder im Laden noch in seiner Wohnung. Ich habe die Fahndung nach ihm in Gang gesetzt.«

*

»Das Leben versteckt sich vor mir«, sagte Petra. Und zwar so melancholisch, wie er es von Petra nicht kannte. Lott schaute sie an, ohne ihren Ausspruch kommentieren zu wollen. »Die Verwaltungsreform hat viel Motivation weggenommen«, sagte sie dann. »Weißt du noch, wie viele Stellen an Dezernatsleitern damals zwangsläufig gestrichen wurden? Aus zehn Dezernatsleitern, die ihren Aufgabenbereich abdeckten, gehörten sechs Dezernatsleiter der Katz. Auf vier sogenannte Inspektionen wurde das Ganze geschrumpft.«

»Was soll das jetzt?«, hakte Lott nach. »Kriegst du deinen Moralischen?«

»Ach was«, wehrte Petra ab. »Aber hast du nicht auch das Gefühl, dass nichts besser geworden ist?«

Lott schwieg. Ihr schonungslos über den Mund zu fahren, war für einen Moment seine Absicht gewesen. Aber dann würde das Gespräch in pure Rechthaberei ausarten, das brauchte er jetzt nicht. Zumal sie manche Behauptung, er kannte das zur Genüge, gleich wieder abschwächen würde. Und dafür halb fremde Schicksale, wie sie das nennen würde, in die Waagschale werfen.

Aber eine Schimpftirade brauchte die Kollegin jetzt. Und die klang in Lott noch nach, als Petra den Parkplatz im Hof des Neuen Baus verließ. Beim Einsteigen aber spürte Lott wieder diesen stechenden Schmerz im Abduktorenbereich. *Die Hüfte*. Da war es wieder, das alte Problem, mit dem er sich seit Jahren herumschlug. Eine einzige unachtsame Bewegung und schon meldete sie sich mit ihrer generativ-arthritisch bedingten Kapselverdickung, ihrer Gelenkspaltverschmälerung und Pfannenrandusur im Bereich des rechten Acetabulumdaches zurück. Am Kapselansatz des oberen Pfannenrandes eine ödematöse Verdickung der Gelenkkapsel mit Kalkeinlagerungen. Der Befund war noch immer derselbe, nur ein wenig fortgeschrittener. Die Schmerzen waren wieder in ihrer ganzen Tragweite da, besetzten bald nicht nur mehr den Hüftbereich, sondern zogen die Ischias-Linie entlang Richtung Knie und annektierten bald Fessel und Wade. Und das alles innerhalb weniger Sekunden. Wie oft hatte ihm Brauchle nicht zu einer neuen Hüfte geraten. *Zweite verbesserte Auflage.* Einer der wenigen Halbsätze, bei denen er sich des Hochdeutschen bediente. Jetzt aber musste er erst mal dem rechten Bein in den Wagen helfen, dann das Bein durchdrücken und den ursächlichen Schmerzpunkt finden und drücken. Später, wenn sie an Ort und Stelle angekommen wären, würde er das Bein schwenken, einen Achter damit drehen, bis das Gehen wieder möglich wurde.

Alt werden ist nichts für Feiglinge. Und nichts für Weicheier.

Mein Gott, auf diese Weisheiten konnte er wirklich verzichten. Wie häufig hatte er die sich nicht anhören müssen, wenn er schmerzbelastet durch die Pforte der Polizeidienststelle ging, dem Kollegen an der Wache Schmerzfreiheit vorspielte, den Aufzug mied und tapfer die Treppen bis zu seinem Büro hochstieg. Er tat immer alles, um den Mitleidsfragen nach seinem Gesundheitszustand zu entkommen.

»Ist was?«, fragte Petra.

»Nein, nein, alles gut«, sagte Lott. Und stieg am Parkplatz des Söflinger Friedhofs aus.

*

Die Friedhofsglocke läutete, das »Totenglöckle«. Lott betrat den Friedhof und schaute instinktiv in Richtung der Gräberreihen, in der auch das Grab seiner Eltern lag. Und Brauchles letzte Ruhestätte. An dieser hatte eine Serie von Mordfällen seinerzeit ihren Anfang genommen.

»Wir haben eine Leiche.« Mit dieser Entschuldigung hatte er der Witwe den überstürzten Aufbruch damals zu erklären versucht. Und Lisbeth, Brauchles Frau, hatte entwaffnend gelächelt und ihm geantwortet: »Wir doch auch.« Das war typisch Lisbeth gewesen.

Auch heute war wieder eine Beerdigung im Gange. Lott warf einen Blick auf die Trauergemeinde. Und wieder hörte er den Pfarrer durch ein schadhaftes Mikrofon die einstudierten Floskeln sprechen. Und er beobachtete, wie die Trauernden am offenen Grab Erde und Weihwasser dem Verstorbenen hinterherschickten. In diesem Moment überkam Lott das untrügliche Gefühl, dass alles sich im Leben wiederholte. In einer anderen Maskerade vielleicht. Aber das Leben war keine Strecke, die man hinter sich brachte, es war ein Kreis, den man wieder und wieder gehen musste. Die Erinnerungen standen wieder einmal parat, aber Petra holte ihn gleich in die Gegenwart zurück.

»Der letzte Hinweis, den wir bekommen haben, stammt von Sallys Schwester. Nicht mit Schuler, mit Egmont Taube hatte Sally was am Laufen. Aber das ist, nach Aussage der Schwester, Jahre her. Der Name Hans Schuler sagte ihr nichts.«

Lott nickte. Die Trauergäste zogen an ihnen vorbei. Lott grüßte sie still. Einige der Gesichter kamen ihm bekannt vor. Es waren Gesichter, die ihn an seine Kindheit erinnerten. Er konnte sie aber nicht wirklich zuordnen.

Petras Handy klingelte.

»Die Fahndung ist unterwegs«, teilte sie Lott mit. »Schuler ist im Maienweg gesehen worden. Seine Eltern hatten dort einen Schrebergarten.«

»Gibt es eine genaue Adresse?«, fragte Lott.

»Wohl kaum«, antwortete Petra.

Sie gingen zum Parkplatz zurück. Petra voraus. Mit eiligen Schritten. Als Lott ihr hinterherkam, hatte sie den Wagen schon gestartet und war aus der Parklücke herausgefahren. Lott stieg ein.

Bis zum Maienweg war es ein Katzensprung.

Die Kollegen von der Fahndung kamen ihnen entgegen.

»Der Vogel ist ausgeflogen«, sagte einer von ihnen.

*

Eine Baracke war es, übrig geblieben aus der Nachkriegszeit. Mit einem Kohleofen versehen, der in der kalten Jahreszeit die Feuchtigkeit von den hier lagernden Akten fernhalten musste. Hier stapelten sich Verlags- und Kundenrechnungen, Buchhaltungsunterlagen der vergangenen zehn Jahre, so weit zurückliegend eben, wie es das Finanzamt vorschrieb. Dazu en gros gekauftes Büromaterial, zerlesene Leseexemplare und gefaltete Pappkartons, zur Wiederverwendung gedacht oder zur Beseitigung zusammengepresst.

Vor Jahren hatte Egmont diese zum Abbruch bereite Immobilie günstig erworben, in der er alles lagerte, was in den Räumen der Buchhandlung keinen Platz mehr fand. Und er hatte auf dem Sofa, das nahe dem Ofen für einen ungestörten Mittagsschlaf aufgestellt worden war, etliche seiner weiblichen Lehrlinge verführt. Nicht zum Sex gezwungen, nein, das hatte Egmont nicht nötig. Für einen Teil der weiblichen Belegschaft kam es einer Gratifikation, einem 13. Monatsgehalt gleich, wenn Egmont Interesse an ihnen zeigte. Es waren Pluspunkte, die im Kampf um die Pole Position gesammelt wurden. Der Liebling des Chefs zu sein war lukrativer als die Funktion der Ersten Sortimenterin. Das eine aber schloss das andere nicht unbedingt aus.

Von einem der beiden verschmutzten, provisorisch mit ausgedienten Vorhängen zugezogenen Fenster blickte Schuler auf einen Hinterhof der Bessererstraße, benannt nach der betuchten Patrizierfamilie, die einst großes Ansehen in der Stadt genossen hatte.

Schuler lachte. Er schaute in einen öden, menschenleeren Hinterhof hinein und grinste und prustete, lachte still vergnügt vor sich hin und in sich hinein und ließ sich wieder auf das Sofa fallen, auf dem er schlafend die letzten Stunden hinter sich gebracht hatte.

Von wegen »Hänschen klein«.

Er hatte es allen gezeigt. Allen hatte er es gezeigt.

Und nun posaunte er es hinaus, hinaus in die Welt. Dieses Haiku, das er erschaffen hatte:

Wie Tautropfen
auf einem Lotusblatt,
so vergehe ich

Er war stolz auf dieses Haiku. Er hatte es erschaffen wie aus dem Nichts. Vielleicht auch nur gefunden, es irgendwo aufgespürt. Was für eine Rolle spielte das schon. Es war sein Haiku und er hielt es so fest, wie er früher als Kind einmal ein Spielzeug festgehalten hatte, das die Mutter ihm wegnehmen und bis zur nächsten Weihnacht auf dem Dachboden vor ihm verwahren wollte. Dieses Haiku aber hing an seinen Lippen wie der Morgentau an dem frischen Grün draußen. Und es war *sein* Haiku, *sein* Meisterwerk.

»Wie Tautropfen
auf einem Lotusblatt,
so vergehe ich.«

Er sagte es. Und sagte es immer wieder. In verschiedenen Tonlagen. Gelegentlich brummte er es nur so vor sich hin. Sein tiefes Brummen erinnerte ihn wieder an den Gesang tibetischer Mönche.

Plötzlich schreckte er hoch. Er vernahm Schritte vor der Tür. Er lauschte. Das Geräusch eines Schlüsselbundes vernahm er, dieses sachte Klirren. Und dann, wie der Schlüssel im Türschloss gedreht wurde. Er fuhr hoch.

»Ich bin's«, sagte Egmont, während er eintrat und dem Flüchtigen eine Tüte mit Semmeln und Brezeln zuwarf.

»Danke«, piepste Schuler, griff nach seinem Messer, öffnete den kleinen Kühlschrank, der einst in einem Wohnwagen diente, und bestrich eine Semmel mit Butter. Er biss in eine der beiden Hälften und lachte. In der rechten Hand hielt er das Messer fest, so fest, als fürchte er, jemand könnte es ihm nehmen.

Hans, das »Hänschen klein«, spielte mit dem Messer, als wäre es ein Spielzeug. Doch kein Messer, ein Skalpell war es, scharf gewetzt und für seine Bedürfnisse wie geschaffen.

Lachend schritt er Egmont entgegen. Dann warf er den Kopf in den Nacken und stieß einen gequälten Schrei aus. Dann hob er das Messer, ließ es aber gleich wieder sinken. Denn stolz hob er an, mit dem eben verfassten oder entliehenen Haiku auf den Lippen:

»Wie Tautropfen
auf einem Lotusblatt,
so vergehe ich.«

Egmont lächelte und sagte mit fragendem Unterton: »Ein Sterbe-Haiku?«

Schuler nickte stolz. »Ist von mir, wie findest du's?«

»Es ist nicht von dir, das weißt du doch. Es ist von Senryu, gestorben am zweiten Tag im sechsten Monat im Jahre 1827.«

Schuler schluckte.

Tränen standen in seinen Augen.

»Von mir ist es«, beharrte er trotzig.

»Nein«, sagte Egmont. »Es ist nicht von dir, es ist Senryus Sterbehaiku. Aber du hast es entdeckt. Ist doch auch schon was.«

»Es ist von mir«, trotzte Schuler und stellte sich herausfordernd vor dem Buchhändler auf. Das Messer, das Skalpell, nicht aus der Hand lassend. Drohend stand er jetzt da, dieser Wicht, dieser Dreikäsehoch, erbärmlich diese ganze Erscheinung. Weder Messer noch Skalpell passten zu dieser geduckten Kreatur. 1,60 groß, wenn überhaupt. Dem Kleinwuchs gerade noch so entkommen.

So stand er da, Herausforderung mimend, aber eben nur mimend, ohne Gewicht und mit nur magerem Willen.

»Sie suchen nach dir«, sagte Egmont ruhig.

»Eine Hundertschaft«, strahlte Schuler jetzt, plötzlich und mit anderem Ausdruck. Und fügte stolz hinzu: »Die kriegen mich nicht! Ich habe den Uhu getötet und einen Luchs zur Strecke gebracht. Gar nicht so einfach. Man muss schließlich wissen, wo die sich herumtreiben.«

»Ohne Sallys Hilfe wäre dir das nicht möglich gewesen«, schränkte Egmont ein.

»Und was hat sie jetzt davon? Was, frag ich dich?«, brüllte Schuler.

Egmont antworte nicht. Er ging auf Schuler zu und nahm ihm das Skalpell aus der Hand. Schuler ließ ihn gewähren, ohne sich zu wehren.

»Tot ist sie!«, schrie er.

»*Du* hast sie getötet«, sagte Egmont ruhig.

»Ja!«, schrie Schuler. Und tanzte dabei, ein Ringeltanz um die eigene Achse.

Und piepste plötzlich kleinlaut: »Den Meister muss ich töten. Der Tod des Meisters, das ist mein Meisterstück.« Und er forderte: »Gib mir mein Messer zurück!«

Egmont lachte still.

»Den Meister muss ich töten!«, schrie Schuler jetzt.

Egmonts stilles Lachen hatte sich in Schulers Gesicht gebrannt. Zur Fratze wurde es dort, dann ein bittendes Kopfschütteln daraus.

Egmont ging auf ihn zu, um ihn zu trösten. Aber sein Lachen kam jetzt herausfordernd und zynisch daher. Und dahinter verbarg sich Überheblichkeit.

Hans Schuler stürmte weinend auf ihn zu. Und trotzig schreiend forderte er sein Messer zurück.

Egmont lachte weiter.

Und sagte: »Du willst dein Messer zurück? Dann hol es dir doch!«

Hänschen Schuler stürmte auf ihn los. Und verstummte im nächsten Moment. An sich herunterblickend sah er, wie das Blut ihm von der Kehle troff.

Egmont betrachtete ihn und sagte:

»Heute ist der Tag
Für einen letzten Blick
Auf den Fuji-no-yama«

Und erklärte: »Das ist Kimpos Sterbehaiku, er ist am dritten Tag im September 1894 gestorben.«

*

Egmont tapste aus der Baracke. Was eben geschehen war, war doch ein Traum gewesen und nicht Wirklichkeit. Der frühe Morgen aber wehte ihm ins Gesicht. Ein frischer Ostwind. Egmont hob seinen mit Spucke angefeuchteten Zeigefinger in die Luft, um sich selbst zu bestätigen, dass er recht hatte: Ostwind.

Angst ist eine Sackgasse, in der du mitsamt deinem Leben verschwindest.

Warum dachte er das jetzt?

Um seine Angst damit zu vertreiben? Brauchte er selbst dazu fremde Formulierungen?

Er schaute auf das junge Grün der Bäume. Der Apfelbaum auf dem Nachbargrundstück trug bereits Blüten, die eine reiche Ernte versprachen.

Er hatte eben einen Menschen getötet, aber kein Anflug von Reue hatte Platz in ihm. Es war Notwehr gewesen. Er sagte sich das jetzt immer wieder vor, als müsse er diesen Text fehlerfrei aufsagen können: Hans

Schuler hat mich bedroht. Er hatte Nele und Sally ermordet. Ohne Auftrag. Egmont wiederholte auch dies. Ohne Auftrag. Mit diesen Morden hatte er nichts zu tun. Es war das Werk eines Irren.

Plötzlich hielt er inne.

Wie war Schuler in die Baracke gekommen?

Man würde ihn das fragen.

Egmont Taube drehte um, öffnete die Tür der Baracke, stieg über den verblutenden Leichnam und achtete darauf, keine vermeidbaren Spuren zu hinterlassen. Er schnappte sich die Tüte mit den Semmeln und Brezeln, klaubte auch die angebissene Semmel auf und steckte sie in die Tüte zurück. Er schloss die Barackentür und öffnete sie gewaltsam, was angesichts der maroden Bauweise keine Mühe machte, und ging zum Wagen zurück.

Einen Moment lang blieb er dort ruhig sitzen. Was eben geschehen war, war doch ein Traum und nicht Wirklichkeit. Er startete den Wagen und fuhr los. An der ersten Ampel Richtung Stadtmitte musste er halten.

Wenn ihr das Leben genutzt habt, könnt ihr gesättigt und befriedigt scheiden. Und wenn ihr nichts damit habt anfangen können, wenn ihr es nutzlos vertan habt, da kann es euch doch erst recht gleichgültig sein, wenn es weg ist; was wollt ihr denn damit.

Michel de Montaigne spukte in seinem Kopf. Egmont Taube suchte Halt in diesen Sätzen. Erklärten sie nicht alles und sprachen ihn frei von jeder Schuld? Was war es schon wert, dieses Leben des Hans Schuler, ein Wegwerfartikel war es. Die Natur hatte sich einen Missgriff mit ihm erlaubt.

Und er, Egmont Taube, hatte lediglich diesen Missgriff korrigiert.

Wenn auch zu spät.

Die Ampel schaltete um.

Der Tod gliedert sich in die Weltordnung ein; es ist ein Stück Leben dieser Welt. Schon bei der Geburt beginnt der Tod: und das Ende ist mit dem Anfang eng verbunden.

Montaigne ließ ihn nicht los. Sätze wie Gebete waren es.

Egmont fand Halt in ihnen. Jetzt mehr als je zuvor.

Der Münsterturm, der plötzlich, wie ihm schien, aus der nahenden Stadt wie ein Mahnmal auftauchte, erschreckte ihn.

… das Ende ist mit dem Anfang verbunden …

Seine Hände waren feucht, sie krampften sich am Lenkrad fest. Die Olgastraße, links das Theater und plötzlich Polizeibeamte, die seinen Wagen aufhielten.

*

Egmont Taube saß im Verhörraum. Zwischen Wänden, die in einem tristen Grau glänzten, ließ man ihn warten. Wie schon vor einigen Tagen. Wann genau, das wusste er nicht mehr. Aber wieder empfand er das Neonlicht, das flächendeckend von der Decke fiel, von kleinen, bedrohlichen Strahlern losgeschickt, als bedrückend. Dazu ein Raum ohne Fenster! Räume ohne Fenster waren Folter. Ein solcher jagte einem doch gleich einen Schrecken ein. Aber Egmont Taube erschrak nicht. Den Schrecken, der ihm im Nacken saß, hatte er mitgebracht.

Das Bild des sterbenden Schuler, dessen Schnittwunde am Hals ihn um den letzten Tropfen Blut gebracht hatte, hatte er mit in diesen Verhörraum geschleppt.

Er starrte auf die beklemmend wirkende Tür, durch die er bereits die Anklage gegen sich hereinmarschieren sah, die sich in dem großen Spiegel an der Breitseite noch verdoppeln würde. Sie ließ ihn erzittern. Nirgendwo war auch nur ein Spalt, durch den die Angst sich hätte freischwimmen können. Damals war es sein dringlichster Wunsch gewesen, diesen Verhörraum so schnell wie nur möglich wieder verlassen zu dürfen.

Heute nicht.

Solange sie ihn hier festhielten, war noch nichts verloren.

Die Luft war wie damals so drückend, als wäre hier lange nicht gelüftet worden. Was störte es ihn heute!

Zwei Stühle vor dem Tisch schufen die Atmosphäre für ein Kammerspiel.

Die Tür wurde geöffnet.

Kommissar Lott trat ein, begrüßte den Buchhändler und setzte sich ihm gegenüber.

Lott hatte Taube, wie der im Verhörraum wartete, bereits durch das nur von außen her nutzbare Sichtfenster beobachtet. Da Taubes Mimik außer der üblichen Unruhe, wie er sie hundertfach im Rahmen einer Verdächtigen-Ermittlung registriert hatte, nichts hergab, brütete Lott nebenher über den zu diesem Zeitpunkt zwangsläufig noch dürftigen Ermittlungsakten, die den Buchhändler betrafen.

Außerdem machte er sich Notizen für die bevorstehende Vernehmung. Unvorbereitet in eine Vernehmung zu gehen ist eine der unverzeihlichen Fehler kriminalistischer Ermittlungstätigkeit. Eine solche Blöße durfte er sich auf keinen Fall geben, zumal Britta zu dieser Vernehmung dazustoßen würde. So zumindest war es geplant. Schulmäßig wie nur möglich wollte er jetzt vorgehen, von den inhaltlichen Aspekten angefangen bis hin zur Vernehmungstaktik und dem Vernehmungsziel. Schließlich konnte es zu Ad-hoc-Situationen kommen, auf die er reagieren musste. Lott kam es vor, als blättere er in bereits abgelegten Vernehmungsakten.

Ein Déjà-vu, wie so häufig in letzter Zeit.

Alles Wissen beruhte auf bereits gelebtem Leben.

Warum schoss ihm das jetzt durch den Kopf?

Ziellose Vernehmungen beschränken sich zu sehr auf die Erfassung dessen, was sich im Laufe der Vernehmung anbietet, und es ist nicht auszuschließen, dass dabei die eigentlich interessierenden beweisrechtlichen oder ermittlungstaktischen Informationen nicht gewonnen werden können.

Lott hatte nicht vergessen, dass eine erste Vernehmung immer einen herausragenden Stellenwert hatte. Und dass jede weitere Vernehmung immer auch von Besonderheiten geprägt wurde, von neuen Beweissituationen, vom Zurechtlegen neuer Verteidigungsstrategien oder gar vom möglichen Widerruf eines Geständnisses. Es waren Faktoren, die dann jeweils auch ein anderes kriminaltaktisches Vorgehen erforderten.

Lott hielt fest: Was wusste er über Egmont Taube?

Die Personalien hatten die Kollegen erfasst. Er war 45 Jahre alt, gelernter Buchhändler, selbstständig seit vielen Jahren und im wahrsten Sinne des Wortes stadtbekannt. Seine Buchhandlung zählte zu den wenigen, die fast schadlos die flächendeckende Vereinnahmung der Branche durch die Internetanbieter überstanden hatte. Er war bisher noch nie mit dem Gesetz in Konflikt geraten. Laut einer ersten Aussage hatte Egmont die Nacht bei einer Mitarbeiterin verbracht.

Mehr war dieser ersten Aussage nicht zu entnehmen gewesen.

Eine Erstvernehmung bietet immer auch die Möglichkeit, die Gesamtpersönlichkeit und somit ein mögliches Vernehmungsverhalten auszuloten und Schlussfolgerungen für das weitere methodische und vernehmungstaktische Vorgehen zu ziehen. Lott fragte sich, warum ihm gerade diese Lehrbuchsätze in den Sinn kamen, ihn geradezu überfielen. Es war doch keine Erstvernehmung, die er vor sich hatte, und er wusste doch, dass er jetzt keine Fehler machen durfte. Und wie er dem Vorgeladenen begegnen würde, war ihm, gestützt von vergangenen Vernehmungen her, ebenso klar. Es war auch nicht auszuschließen, dass Taube durch Neles Tod einen Verlust erlitten hatte und somit auch Opfer war, dem ein gehöriges Maß an Mitleid gebührte.

Lott schaltete das Tonbandgerät ein, prüfte das Mikro und begann das Verhör.

»Sie wissen, warum Sie hier sind?«

Taube antwortete mit einem leisen »Ja«.

Lott teilte dem Tatverdächtigen mit, dass er das Gespräch aufzeichnen würde.

Egmont Taube nickte.

»Beginn der Vernehmung von Egmont Taube. Gegenstand der Vernehmung sind die Morde an Nele Stadel und Sabine Buck. Ich belehre Herrn Taube darüber, dass er das Recht hat, die Aussage zu verweigern, einen Rechtsanwalt zu beauftragen oder Beweiserhebungen zu beantragen.«

Der Buchhändler nickte stumm. Er kämpfte gegen die Tränen an und hatte sichtlich Mühe, seine Gefühle im Zaum zu halten.

»Herr Taube, sind Sie aussagebereit?«, fragte Lott.

»Ja«, sagte Taube.

Dabei wischte er eine Träne, die ihm entschlüpft war, aus seinem Gesicht.

»Sie können sich vermutlich denken, wie meine erste Frage lauten wird«, begann Lott.

»Sie fragen nach meinem Alibi«, antwortete Taube und räusperte sich dabei.

»Richtig«, bestätigte Lott.

»An dem Vormittag, an dem Nele ermordet wurde, war ich in meiner Buchhandlung, was neben meinen Angestellten auch ein Verlagsvertreter bestätigen kann, mit dem ich zur fraglichen Zeit einen Termin hatte. Dasselbe gilt für die Tatzeit, als Sabine Buck ermordet wurde.«

Lott nickte.

»Ich habe mit diesen Morden nichts zu tun!«, beharrte Taube.

»Sie wollen sagen, Sie haben sie nicht begangen.«

»Auch nicht in Auftrag gegeben, wenn Sie darauf anspielen.«

»Sie kannten Hans Schuler ganz gut. Warum haben Sie uns das verschwiegen?«

»Ich wollte, dass er sich der Polizei stellt.«

»Sie haben also gewusst, dass er Nele ermordet hatte?«

»Befürchtet, wäre der richtige Ausdruck. Aber dieser Verdacht hat sich erst, als ich von den Haikus, die bei der Leiche lagen, erfahren habe, erhärtet.«

»Und haben es für sich behalten«, konstatierte Lott.

»Ich sehe ja ein, dass das ein Fehler war. Heute sehe ich es ein. Damals fürchtete ich, dass ich in diese Wahnsinnstat mit reingezogen würde.«

»Inwiefern?«

»Ich habe Nele als Störenfried hingestellt, was sie nicht war. Ich weiß nicht, warum ich es getan habe. Ich hatte mich ja längst von Hannah getrennt. Ich weiß bei Gott nicht, was mich dazu getrieben hat, der kleinen Nele die Schuld an dieser Trennung aufzubrummen.«

»Was hatte Schuler damit zu tun?«

»Er hatte sich inzwischen in Hannah verliebt. Er wollte sie beeindrucken, mit Haikus, er wollte wohl an meine Stelle treten.«

»Was ihm offensichtlich nicht gelungen ist.«

»Hannah hat Nele immer als Ausrede benützt. ›Es geht nicht wegen Nele.‹ Das war ihr Standardsatz. Dabei holte Neles Vaters sie jedes zweite Wochenende zu sich und jeden Mittwochnachmittag bis zum Abend.«

Lott erwiderte kopfschüttelnd: »Das ist doch Unsinn, das erklärt nicht den Mord an Nele!«

»Hans Schuler ist ein Psychopath«, beharrte Egmont.

»Und warum hat er Sabine Buck getötet? Eine Frau, mit der Sie liiert waren?«

Egmont fasste sich schnell.

»Das ist lange her«, antwortete er.

»Und Sie haben sie, ähnlich wie Hannah Halder, an Schuler weitergegeben?«

»So würde ich das nicht sagen. Ich vermute eher, Sabine wollte mir damit eins auswischen.«

»Sie kam nach Ulm, um sich mit Ihnen zu treffen!«

»Nein, ich hatte keinen Kontakt mehr zu ihr. Nicht mehr seit der Zeit, in der sie, aus welchen niederen Gründen auch immer, sich mit Schuler zusammengetan hatte.«

»Auch nicht jetzt, bevor sie nach Ulm gefahren ist?«

»Nein!«, brüllte Egmont außer sich.

»Wir werden das prüfen«, sagte Lott ruhig. »Ihre Telefonate nachverfolgen. Ich glaube Ihnen nämlich nicht.«

»Das ist Ihre Sache«, wehrte sich Taube trotzig.

Die Tür zum Vernehmungsraum wurde geöffnet. Britta trat ein. Was dann geschah, hatte Lott so nicht erwartet. Sie ging auf Lott zu und flüsterte ihm etwas ins Ohr. Dann zog sie einen Stuhl heran und setzte sich neben ihn.

»Das ist meine Kollegin Britta Zorn«, stellte Lott die Kollegin vor.

»Herr Taube«, begann diese ohne Umschweife, »wir haben in Ihrem Lagerschuppen die Leiche von Hans Schuler gefunden. Wollen Sie ein Geständnis ablegen?«

Egmont Taube nickte.

*

Draußen begann es zu regnen. *Maienregen. Davon wächst man.* Lott ärgerte sich, dass ihm die Behauptung seiner Mutter, mit der sie Jahr für Jahr aufwartete, um sie stets aufs Neue zu festigen, in den Sinn kam.

Es gab bei Gott Wichtigeres. Zumindest im Augenblick. Schließlich war er in Erwartung eines umfassenden Geständnisses.

Egmont Taube, der ihnen gegenübersaß, schnäuzte sich. Dann weinte er richtig los.

Lott ließ ihm Zeit, sich zu sammeln.

Egmont stockte wieder. Plötzlich sagte er: »Schuler hat mir keine Chance gelassen. Ich habe ihn in unserer Baracke, in der wir abgelegte Buchungsunterlagen aufbewahren, entdeckt. Er hatte dort geschlafen, die vergangene Nacht dort verbracht.«

»Hatte er denn einen Schlüssel dafür?«, hakte Lott nach.

»Das Schloss ist mehr eine Attrappe als eine Verschlussvorrichtung«, antwortete Taube geziert.

»Woher kannte er denn diesen Unterschlupf?«, fragte Britta, die Bezeichnung »Unterschlupf« dabei besonders betonend.

»Er hat mir einmal geholfen, Akten dorthin zu schleppen.«

»Wann?«, fragte Lott.

»Das ist Jahre her«, antwortete Egmont und fügte ergänzend hinzu: »Schuler muss sich das wohl gemerkt haben.«

Alle schwiegen mit einem Male.

Sekunden vergingen. Oder waren es Minuten?

Vermutlich hatte jeder der Beteiligten, die im Verhörraum zusammensaßen, ein anderes Gefühl vom Vergehen der Zeit.

Britta durchschnitt als Erste die Stille. Mit beißender Stimme forderte sie Taube auf, ein Geständnis abzulegen.

»Erzählen Sie uns, was in Ihrer Baracke geschehen ist.«

»Ich wollte Bücher aus dem Lager holen. Remittenden. Bücher, die wir zurückschicken wollten. Die Genehmigung dafür hat uns der Vertreter gestern ausgestellt, eine Remissionsgenehmigung. Ohne die …«

Britta unterbrach ihn. »Kommen Sie zur Sache. Haben Sie Hans Schuler getötet?«

»Es war Notwehr! Schuler ist mit einem Messer auf mich losgegangen.«

Lott übernahm: »Schildern Sie uns doch bitte den genauen Tathergang!«

»Ich habe ihn wohl überrascht. Er kam bereits mit gezücktem Messer an die Tür. Ich habe ihn gefragt: ›Was suchen Sie hier?‹«

Egmont stockte.

»Ja, weiter«, trieb Britta ihn an. »Was ist weiter geschehen?«

»Schuler hat gefaselt …«

Egmont stockte wieder.

»Was bitte?«, fauchte Britta.

»Dass er den Meister töten muss. So zumindest habe ich es verstanden.«

»Hat Schuler in Ihnen seinen Meister gesehen?«, übernahm Lott.

»Es gibt einen Ausspruch, der folgendermaßen lautet: ›Triffst du den Meister unterwegs, dann töte ihn!‹«

»Hat er darauf angespielt?«, wollte Britta wissen.

»Es ist anzunehmen. Die einzige Erklärung. Aber ich war nicht der Meister von Hans Schuler. Ich bin niemandes Meister.«

»Erzählen Sie weiter«, forderte Lott ihn auf.

»Er ist auf mich losgestürmt, mit dem Messer in der Hand. Was hätte ich Ihrer Meinung nach tun sollen?«

»Fliehen und die Polizei rufen«, antwortete Britta.

»Es ging irgendwie nicht, die aufgebrochene Tür hatte sich verklemmt.«

Mehr sagte er nicht.

Für einige Augenblicke herrschte Ruhe. Eiseskälte machte sich breit.

Taube hatte sich gefangen. Nichts war mehr von seiner anfänglichen Nervosität geblieben.

Lott nahm als Erster den Faden wieder auf: »Sie haben Schuler das Messer abgenommen und ihm, der jetzt wehrlos war, die Gurgel durchtrennt?«

»Nein«, schrie Egmont. »So war das nicht. Es war ein Reflex!«

»Sie haben Schuler das Messer entrissen, und dann?«

»Er hatte das Messer noch in der Hand, ich hab seine Hand gepackt, wollte es ihm entreißen …«

»Und dann?«

»Dann hatte ich das Gefühl, ich weiß, das klingt absurd, aber ich hatte das Gefühl, dass er sich selbst töten wollte. Er hat sich das Messer plötzlich an die eigene Kehle gesetzt. Ich wollte ihn davon abhalten, habe ihm den Arm umdrehen wollen; es war zu spät. Er hat sich mit aller Kraft selbst die Kehle durchschnitten.«

Stille beherrschte wieder den unwirtlichen Raum. Aber nicht lange.

Britta lehnte sich zurück, still, als hätte es ihr die Sprache verschlagen.

»Warum haben Sie nicht gleich die Rettungskräfte gerufen?«, übernahm Lott.

»Ich war in Panik. *Die glauben dir nicht*, hab ich mir gesagt. Und bin stadteinwärts gefahren. Ich musste nachdenken, verstehen Sie das nicht?«

»Welche Rolle spielte Frau Halder?«, fragte Lott, plötzlich das Thema wechselnd. Britta staunte ihn an.

Egmont lachte bitter auf. »Die große Liebe war das nicht. Auch nicht von ihrer Seite aus. Sie hatte gewiss eine nicht ganz leichte Zeit hinter sich, auch wegen Nele. Die Psychologen würden sagen, sie war im Mangel. Ich passte wohl exakt, um diese Lücke zu schließen. Mir war von Anfang an klar, dass das keine Beziehung auf Dauer sein würde. Hannah hat immer nur übellaunig daheim rumgesessen und mir mit ihrer Eifersucht oft das Leben zur Hölle gemacht.«

»Hatte sie denn Grund zur Eifersucht?«

Egmont lächelte süffisant. »Ich bin und war nie ein Chorknabe.«

»Vielleicht dachte Hannah anders«, warf Lott ein.

»Sie hat mich, nicht ich sie verlassen«, wollte Egmont klarstellen.

Britta wurde unruhig, wollte darauf achten, dass das Gespräch fließender vonstattenging, ohne dabei kostbare Zeit zu verlieren. Zeit, die Egmont half, sich freizuschwimmen. So war es höchste Zeit, dass sie in das Gespräch eingriff, um zum Eigentlichen zurückzufinden.

»Sie wussten, wer Nele getötet hat, und haben es nicht angezeigt!«

»Schuler hatte versprochen, sich zu stellen. Ich wollte ihm nicht zuvorkommen. Ich wollte ihm diese Chance nicht wegnehmen. Ich hatte Schuler vor die Wahl gestellt, entweder er stellt sich oder ich zeige ihn an.«

»Da haben Sie ihm aber erstaunlich viel Zeit gelassen«, antwortete Britta zynisch.

»Ich weiß, dass das ein Fehler war«, gestand Egmont kleinlaut.

»Es hat Sabine Buck das Leben gekostet«, konstatierte Britta.

»Das tut mir leid, aber wie hätte ich es verhindern können. Ich wusste doch nicht …«, verteidigte sich Taube.

»War Frau Buck zu einer Gefahr für Sie geworden? Sie haben sie doch an Schuler weitergereicht, oder etwa nicht?«

»Das habe ich nicht! Vielleicht wollte mir Sabine eins auswischen damit, aber ich habe damit nichts zu tun. Die Geschichte war einfach gelaufen!«

»Und da ist Schuler eingesprungen, wie auch bei Hannah Halder.«

»Vielleicht wollte Schuler mir einfach nacheifern …«

»Sie meinen, er wollte Ihre abgelegten Freundinnen übernehmen, wie man abgetragene Kleidungsstücke übernimmt?«

»Weiß der Teufel, warum das so war. Ich bin dafür nicht verantwortlich!«

»Ich glaube Ihnen nicht«, erwiderte Britta. »Ich glaube, Sie haben Schuler benützt!«

»Glauben Sie doch, was Sie wollen!«, schrie Taube.

»Ich glaube nicht, ich vermute und werde unter Beweis stellen, dass Sie Schuler angestiftet haben, wenn nicht das Kind, so doch Ihre ehemalige Geliebte aus dem Weg zu räumen. Und dass Sie Schuler vorsätzlich getötet haben, weil er als Einziger Sie hätte belasten können.«

Lott hörte staunend mit an, wie die Kollegin mit forensischer Objektivität die Ausflüchte ihres Gegenübers sezierte. Er hatte den Eindruck, dass Lohners kriminaltechnischer Bericht für die Kollegin nicht relevant war. Lott stand auf und ging ein paar Schritte. Britta schaute ihn an und nickte. Beide waren sie wohl zu dem Schluss gekommen, die Vernehmung zu beenden.

*

Egmont Taube aber saß noch immer wie festgemauert, den Rücken der Tür zugewandt, die Arme um die Stuhllehne geschlungen, und drehte sich auch nicht um, als Lott und Britta den Raum verließen.

Kurze Zeit später kamen zwei Beamte in Uniform und führten den Buchhändler ab. Sie brachten ihn ins Untersuchungsgefängnis, das neben der Justizanstalt rückseitig der Olgastraße lag.

*

Lott bekam das Bild des Angeklagten nicht aus dem Kopf. Egmont war Buchhändler und, wie er wusste, literaturbesessen und ein Kenner der japanischen Haiku-

Dichtung. Die Bezeichnung »Mörder« passte einfach nicht zu ihm. Aber wie häufig hatte er in seiner langen Laufbahn als Ermittler nicht schon Männern gegenübergesessen, die sich unschuldig wie Lämmer gebärdeten. Er wurde das Bild nicht los, wie Egmont auf dem Stuhl saß, bemüht, seinen Kopf ein paar Grad in eine andere Richtung zu drehen, versunken in Gedanken, erschrocken oder ertappt. Er sah Taube vor sich, höflich nickend mit einem Gruß auf den Lippen. *Artige Gebärden,* dachte Lott. *Artig*, ein gut erzogenes Kind. Lott wunderte sich, warum ihm gerade dieser Begriff in den Sinn gekommen war. Seine Gestik während des Verhörs hatte doch auch Herrisches zum Ausdruck gebracht, das im krassen Gegensatz zu der oft lyrischen Wortwahl, derer er sich bei den im Plauderton geführten Gespräche meist bediente. Taubes stahlblaue Augen hatten Lotts Blick lange standhalten können. Sie strahlten Vertrauenerweckendes aus. Da passte die Kälte, mit der er die Morde in Auftrag gegeben haben sollte, einfach nicht dazu.

Da musste erst eine Wärmeschicht durchbrochen werden, um zu den tiefen Abgründen, die sich bei dem Buchhändler eventuell auftaten, zu gelangen.

Lotts Bauchgefühl, ein untrügliches Zeichen ansonsten, drohte ihn im Stich zu lassen. Vielleicht hatte es sich im Lauf der Jahre auch einfach verbraucht.

Wie so vieles.

Er hatte gehofft, Egmont Taube einordnen zu können. Auch wenn eine Vernehmung nicht dazu da war, bereits im Vorfeld Schlüsse zu ziehen, die man hernach wieder zu revidieren hatte. Diese erste operative Befragung, die Lott hinter sich gebracht hatte, war jedoch weit über eine Orientierungsfunktion hinausgegangen. Britta hatte Taube beschuldigt, für alle drei Tötungsdelikte zumindest mitverantwortlich zu sein.

Relevante Informationen, die zur Aufklärung der Fälle führen könnten, aber waren bislang dünn gesät. Noch war auch die Spurensicherung zugange. Vielleicht fanden sie in Egmonts Baracke Hinweise, die Taubes Schilderungen vom Tathergang widersprachen.

Was Lott im Nachhinein auffiel, Taube hatte sich bei Brittas Verhör alles andere als wortgewandt erwiesen. Britta hatte ihn, vielleicht allein durch ihre Anwesenheit, eingeschüchtert, und Taube hatte außer Trotz kein Mittel gefunden, um sich dagegen zu wehren.

Lott kam der Serienmörder aus Wisconsin, von dem Britta erzählt hatte, in den Sinn. Dessen kriminalistische Laufbahn hatte mit der bizarren Ermordung von Haustieren begonnen. Bei Schuler waren es Wildtiere. Auch die späteren Mordopfer zeigten Parallelen. Ihnen gemeinsam aber war, dass die Mörder Spuren legten. Der Täter aus Wisconsin hinterließ jedes Mal eine Art Warenzettel, auf dem Alter und Gewicht des jeweiligen Opfers notiert waren. Die Angaben trafen meist haargenau. Bis zu seiner Verurteilung hatte er es auf fünf Frauen gebracht, die an Alter und Gewicht mit jeder neuen Tat zunahmen. Schuler dagegen blieb den 17 Silben, die er seinen Opfern beilegte, treu. Lott klang Brittas Bericht mit einem Male im Ohr. *Sein letztes Opfer war zehn Jahre älter und zwölf Kilo schwerer als das vorherige. Damit aber hatte er sich zu weit aus dem Fenster gelehnt. Die Frau hatte sich wehren können und der Täter bei ihr eine Unmenge Spuren hinterlassen. Getötet hatte er sie dennoch. Die eigentliche Spur, ihr Durchbruch, führte die Profiler aber in die Kindheit des Adam Schmitt und zu den ermordeten Haustieren, bei denen er eine ähnliche Signatur wie bei den Frauenopfern hinterlassen hatte.*

Hans Schuler war tot, der Mörder von Nele und Sally Buck.

Bei beiden Opfern hatte er Haikus als Signatur hinterlassen.

Was aber hatte Egmont Taube an Spuren hinterlassen, die ihn als Mittäter überführen würden?

Lott musste Taubes verborgene Signaturen finden und erkennen.

KAPITEL SIEBEN

Ich habe dem Tod absichtlich einen etwas bitteren Geschmack gegeben, damit ihr nicht zu gierig und unbesonnen nach ihm greift, wenn ihr seht, wie einfach durch ihn alles erledigt wird.

Michel de Montaigne

*

Der Himmel heute wieder in Kobaltblau. Dazu ein Löwenzahnteppich, ein blühendes, grellgelb leuchtendes Meer, das die Vergänglichkeit bereits in sich trug. Ein schwereloses Hinübergleiten ins Grau der Pusteblumen.

Lott war früh aufgewacht, konnte nicht länger liegen bleiben. Er schaute aus dem Fenster und schob alle Ermittlungsschritte, die notwendig waren, um den Fall Egmont Taube abzuschließen, beiseite.

In Gedanken ging er spazieren. Das würde er täglich tun, sobald er in Rente war. Und die stand kurz bevor. Ein paar Monate noch, dann war Schluss. Endgültig. Er würde seinen Beruf nicht vermissen, den Ermittlungen nicht hinterhertrauern, nicht heulen wie etliche seiner ehemaligen Kollegen, die mit ihrer Pensionierung nicht klarkamen.

Er hörte Britta im Nebenzimmer. Und Mara, ihre Tochter. Beide waren trotz der frühen Stunde wach und redeten laut miteinander. Elli schlief noch. Lautlos atmend wie ein Kind. Er legte sich zu ihr. Leise, um ihren Schlaf nicht zu stören. Griff zu dem Buch, das auf dem Nachtkästchen bereitlag, und las darin: *Ein Raubvogelkopf – nichts entging ihm, nicht die geringste Bewegung, nicht der leiseste Hauch eines dahingesagten Wortes. Sein stechender Blick schien jeden zu treffen, den er ins Visier nahm, und seine Ohren saugten förmlich alle Laute auf, auch die, die man unter vorgehaltener Hand und hinter seinem Rücken loswerden wollte.*

Es waren Canettis Kindheitserinnerungen, die er jetzt zur Seite legte. Er konnte nicht abschalten. Schulers Physiognomie wurde vor seinen Augen zum Raubvogelkopf. Er drehte sich zu Elli, die aufgewacht war und sich zu ihm drehte, verwundert über das Buch, das er in den Händen hielt, aber nicht darin las. Sie war es doch, die ihre Unruhe, wie er es versuchte, mit entsprechender Lektüre klein hielt. Immer konnte sie mit Gelesenem aufwarten. Manchmal überfiel sie ihren Mann förmlich damit. Und er war wehrlos gegen so viel Weisheit, die sie sich aus den Büchern borgte.

Der Tod reißt alles an sich, auch jede Erinnerung.

Warum dachte sie das jetzt?

Sie griff nach Lotts Hand und drückte sie, drehte sich um und versuchte, in den Schlaf zurückzufinden, was ihr nicht gelang.

Lott lag jetzt da und starrte zur Decke.

Warum zweifle ich immer mehr, fragte er sich. Er dachte an früher. Seine Zeit an der Polizeihochschule war doch längst vorüber. Und seine Glanzzeit dort lag noch länger zurück. Damals, als seine Studenten ihm noch wissbegierig lauschten. Zuletzt hatten sie nur noch Mitleid, wie er glaubte, weil sie das, was er daherbrachte, längst schon im Internet recherchiert hatten. Lott spürte förmlich, wie er sich nicht mehr an den Vorgaben, die er Lehrbüchern entnommen und weitergegeben hatte, festhalten konnte. Auch der Erfahrungsschatz, den er sich im Laufe der Jahre angeeignet hatte und auf den er sich gerne berief, war wertlos geworden.

Er stand auf und ging wieder zum Fenster. Die Sonne war zum Wald hin gewandert. Sie schien ihm ins Gesicht, als wollte sie ihm den Sommer auftischen.

Elli war davon wach geworden, setzte sich auf und öffnete bald ihre Jammerventile und ließ ab, was sich die Woche über in ihr angestaut hatte. Ihre eigenen Empfindlichkeiten hatten sich rasch auf den Plan gewagt.

Lott aber reagierte nicht, Elli stupste ihn an, aber eher krankenwärterisch, wie Elli nun so auf seine Betthälfte zusteuerte, den Zustand ihres Mannes überwachend, wie ein medizinisches Gerät auf der Intensivstation.

Lott strich ihr übers Haar, eine Geste, die Entwarnung signalisieren sollte und um Platz zu schaffen für Ellis Wehmutsgefühle, die ihr hochstießen, wenn sie an ihre Buchhändlerzeit dachte.

Warum aber gerade jetzt?

Wegen Egmont Taube vielleicht?

Aber hatte er denn zu bestimmen, welches Gefühl zu welchem Zeitpunkt und zu welchem Anlass passte?

Ellis Wehmutsgefühle konnten mäandern. Von ihrer Buchhändlerzeit konnten sie vielarmig in alle Richtungen wandern. Liebe, Ehe, Mutterschaft. Und Lott war meist ein geduldiger Zuhörer.

Gewiss, es waren Gespräche, die in der Vergangenheit unsere Liebe genährt hatten, dachte Lott. Als diese ausblieben, war diese Liebe bereit, sich schnell aus dem Staub zu machen. Da war es Elli, die diesem Schritt jedes Mal Einhalt gebot. Ellis Harmoniesucht. Gegen die kam er nicht an. Sie stoppte bei ihrem Mann das Gefühl des Mangels, das immer auch begleitet vom Schmerz gewesen war, wie er das erst kürzlich so trefflich formuliert fand.

Lott schnaufte tief durch. Als müsste er alles Aufgestaute mit einem Male loswerden. Im Augenblick musste doch all diese Vergangenheit weggescheucht werden.

Sie hatten einen Fall. Und Lott glaubte nicht, dass der schon gelöst war. Nicht in seiner ganzen Tragweite. Er mäanderte wie Ellis Wehmutsgefühle.

*

Im Nebenraum wurde Brittas Tochter Mara laut. Ihr Lachen kam und ging aber so schnell, als gäbe es in dieser Welt noch keinen Platz dafür.

Ohnehin war Elli jetzt wach, war aufgestanden und gleich damit beschäftigt gewesen, das Frühstück herzurichten, das später fast wortlos eingenommen wurde, weil jeder im Schneckenhaus der eigenen Gedanken festklebte.

Auch die Abschiedsrituale gingen fast wortlos vonstatten. Nur Britta kündigte an, wohl die nächste Nacht bereits wieder daheim verbringen zu können. Der Fall war, soweit es sie betraf, abgeschlossen. Was folgte, das lag in den Händen anderer. Bei Staatsanwalt Mollenkopf, bei Taubes Rechtsanwalt und dem Hohen Gericht.

Auf der Fahrt nach Ulm schwiegen Britta und Lott fast die ganze Zeit. Jeder schien in seinen eigenen Gedanken gefangen zu sein. Die Mordfälle Nele Halder und Sabine Buck waren geklärt. Und Egmont Taube musste dem Hohen Gericht erklären, dass er aus Notwehr Hans Schuler getötet hatte.

Aber Zufriedenheit über die geklärten Fälle konnte sich nicht breitmachen. Weder bei Lott noch bei Britta. Etwas stimmte nicht. Beide spürten das, ohne es erklären zu können. Als hinter Herrlingen das Ulmer Münster vor ihnen auftauchte, sagte Britta: »Vielleicht werde ich doch noch die eine oder andere Nacht bei euch verbringen müssen.«

Lott wusste, was die Kollegin damit sagen wollte, und lächelte.

Britta parkte im Hof des Neuen Baus und ging dann die Treppen voran in den ersten Stock, ins Büro der Inspektion 1.

Lott plauderte noch an der Wache mit einer Kollegin, die er seit Jahren kannte, aber in den Tagen, in denen er jetzt in Ulm war, nicht zu Gesicht bekommen hatte. Sie lachten beide über vergangene Zeiten, als wäre da immer alles lustig gewesen. Ein entschuldigendes Lächeln ihrerseits, weil sie fürchtete, Lott von der Arbeit abzuhalten, beendete das Hin und Her der geschwindelten Komplimente.

Petra empfing ihn strahlend, als hätte sie sich dafür ein Lachen ausgeborgt. Vertrauensvoll wie eine zugelaufene Katze schmiegte sie sich für einen Moment an ihren einstigen Chef. Und sprach dann hektisch, jedoch vertraut, als verriete sie Geheimnisse.

»Hättest du gedacht, dass wir das so rasch aufklären?«, triumphierte sie dann und redete das so schnell daher, als wäre sie lange nicht zu Wort gekommen. Ihre Ausgelassenheit schlug fast ins Hysterische um. Ein Gefühlsmoment, den Lott an ihr so nicht kannte.

»Tut mir leid, Petra, aber Begeisterung darüber finde ich derzeit noch fehl am Platz. Irgendwas stimmt nicht, sagt mir mein Gefühl. Und Britta ist derselben Meinung.«

Petra starrte ihn an und fauchte: »Was willst du eigentlich?«

»Das ist mir alles zu glatt gegangen«, wich Lott ihr aus.

»Ach was. Jetzt ist die Justiz an der Reihe, wir haben unsere Arbeit getan. Und das war eine gute Arbeit. Von allen!«

Petras Blick war dabei zu Britta geschwenkt. Aber die Blicke der Kollegin auf Zeit waren auf den Bildschirm fokussiert.

Lott schaute abwechselnd zu den beiden Frauen, die sich einander vertraut wie erschöpfte Feinde gaben. Petras strohfarbenes, ungebändigtes Haar stand ihr jetzt zu Berge. Sie war mittlerweile vom gehobenen Dienst in den höheren Dienst aufgestiegen. Ein paar graue Fädchen, die sich in Petras krause Mähne geschlichen hatten, standen als Signale für die Vergänglichkeit. Das Licht vom Fenster her fiel in ihr Kraushaar und kreierte dort einen Glorienschein. Petras Leichenbittermiene passte da nicht. Ihr bleiches Gesicht ließ zudem einen flauen Magen vermuten, der jegliche Nahrung verweigerte.

Lott ging zum Fenster, um es einen Spaltbreit zu öffnen. Ein zarter Wind fächelte vom Münsterplatz herüber. Er dachte an die Wanderung mit Elli durchs Junigrün, bis auch diese Farben verblassten.

Er schaute noch einmal in Petras aufgewühltes Gesicht, das ihn fragen wollte, was eigentlich los sei. Sie konnten den Fall doch reinen Gewissens abschließen. Mit einem geheimnisvollen Lächeln aber wandte Lott sich ab und ging nach draußen. Er musste jetzt allein sein, die Gedanken neu ordnen.

Britta schaute auf.

»Wo willst du hin?«, fragte sie flüsternd.

Lott hob die Arme, ein Zeichen dafür, dass er sich darüber selbst noch nicht im Klaren war.

*

Verschiedene Disziplinen müssen bei der Fallanalyse ineinandergreifen: Psychologie, Spurensicherung, forensische Psychiatrie, Statistik.

Warum dachte er das jetzt.

An Brittas Version des Tatherganges, die ein eigenes Bedürfnis des Täters verriet. *Fallanalytiker sprechen von Schlüsselentscheidungen.*

Was davon traf auf den Buchhändler zu?

Britta hockte in seinem Ohr: Es ist ähnlich wie damals in Wyoming. Ein Täter, der sich bei jeder Tat ein gewichtsmäßig stärkeres Opfer ausgewählt hat. Auch bei Schuler war eine Steigerung erkennbar. Tiere – ein behindertes Kind – eine Frau. Der Meister zuletzt, quasi als Meisterstück, das ihm jedoch misslungen war.

Lott holte sich aus der Kantine eine Tasse Kaffee, ging damit nach draußen und schnappte nebenher so viel von dieser Frühlingsluft, wie er nur kriegen konnte.

Das bevorstehende Verhör mit Egmont Taube hätte er lieber jemand anderem überlassen, aber er durfte jetzt nicht kneifen.

Britta, die ihm gefolgt war, unterbrach Lott in seinen Gedanken.

Als sie ihm näher kam, empfing Lott sie mit dem Gedanken, der ihn die ganze Zeit schon umkreist hatte.

»Dein Vergleich mit dem Serienmörder passt nicht«, sagte er.

Britta schaute ihn herausfordernd an.

»Schuler war eine Marionette«, versuchte Lott zu erklären. »Er hing an Taubes unsichtbaren Fäden.«

Britta widersprach: »Als er den Uhu und den Luchs ermordete …«

Sie sprach nicht weiter.

»Taube hat auch damals schon auf Schuler eingewirkt«, führte Lott den Gedanken weiter. »Schuler hat nie eine Tat selbst kreiert, so wenig wie ein Haiku.«

»Die Haikus am jeweiligen Tatort waren doch von ihm und für den Meister, für Taube, bestimmt!«, warf Britta ein. »Also hat er sie doch geschrieben, zumindest das letzte Haiku, das der Leiche von Sabine Buck beilag.«

Lott zitierte:

»Bis heute
Hast du deine Pflicht getan.
Alte Vogelscheuche«

»Die Silbenzahl stimmt nicht«, bemerkte Britta.

»Es sieht so aus, als hätte sich Schuler nicht mehr an die Vorgaben gehalten.«

Britta nickte. Sie gab Lott recht und führte den Gedanken weiter: »Ein Schüler, der dem Meister gefallen will.«

»Und Taube hat sich geschmeichelt gefühlt«, konstatierte Lott.

Dann fing er an zu zitieren: »Hat der alte Hexenmeister sich doch einmal wegbegeben! Und nun sollen seine Geister auch nach meinem Willen leben. Seine Wort und Werke merkt ich und den Brauch, und mit Geistesstärke tu ich Wunder auch.«

Britta lächelte.

Lott, angetrieben von diesem Lächeln, fuhr fort: »Walle, walle manche Strecke, dass zum Zwecke Wasser fließe und …«

»… mit reichem, vollem Schwalle, zu dem Bade sich ergieße«, unterbrach Britta Lotts fleißiges Zitieren.

»Ob das die Schüler von heute noch immer auswendig lernen müssen?«, fragte sich Lott und schmunzelte, kam aber dann gleich zur Sache: »Verhält es sich bei Schuler nicht ebenso wie bei Goethes Zauberlehrling?«

»Taube ist der Meister, und Schuler, der sich als Lehrling entpuppt, bei dem läuft das Spiel aus dem Ruder«, stimmte Britta ihm zu. Und meinte lakonisch: »Schuler ist also Taubes Zauberlehrling.«

Lott nickte: »Ganz richtig. Taube ließ den Lehrling zaubern. Leider, ohne an die Folgen zu denken.«

*

Ich gehe auf einem Seil, aber der Abgrund ist nicht der Tod, sondern das Leben.

Die Gitter vor dem kleinen Fenster engten ihn nicht ein. Er musste hochschauen, um hinauszuschauen. Dann sah er den Gipfel des Münsters. Was kümmerte es ihn. Er legte sich wieder zurück auf die schmale Pritsche und starrte an die weiß getünchte Decke. Vom Gang her drangen Stimmen und das Geklapper von Geschirr. Was kümmerte es ihn. Die Stimme, die in seinem Kopf dröhnte, war lauter als der Geräuschpegel da draußen. *Was ist der Wert eines Tieres? Wie viel wiegt das Leben eines Menschen? Was überhaupt ist ein Leben wert?* Damit hatte alles begonnen. Wenige Sätze, mit denen er ein weißes Papier besudelt hatte. Damals, vor einer endlos langen Zeit, wie ihm schien. Und weiter entfernt wie ein früheres Leben. Morgenlicht drang herein. Er starrte zu dem Fenster hoch und spannte den Bogen weiter: *Gerade so viel, wie es das Spiel verlangt! Denn das Leben ist ein Spiel mit Gewinnern und Verlierern. Nicht mehr. Nicht weniger. Der Sieger bekommt die Hand der Königstochter. Und obendrein ein Schloss. Mit einem Park dabei, in dem die Pfauen regieren.* Was hatte er sich damals, als die Welt noch in Ordnung war, nur dabei gedacht! Mit diesen eigenen Zeilen, die bestimmt für einen einzigen Leser waren, mit denen er seine eigene Welt auf den Kopf stellte. Genügte ihm diese Welt, in der Bücher allein Bücher waren und eine für ihn unantastbare Welt in sich bargen, nicht mehr? *Der Verlierer geht leer aus. So war die Welt noch in Ordnung. Jetzt hat sie sich gedreht. Jemand muss sie wieder ins Lot rücken. Denn der Sieger darf nicht leer ausgehen.* Warum hatte er diese Zeilen geschrieben? *Die Spielregeln müssen ihre Gültigkeit zurückgewinnen.* Diese letzte Zeile dazu, die Schuler als Auftrag gewertet hatte. Um eine klare Weltsicht zu kreieren, in die ein behindertes Kind nicht hineinpasste.

Taube stand auf, um mehr von diesem Münsterturm zu erwischen. Ein Blick, den er nie als selbstverständlich gewertet hatte. Stets war er dankbar dafür gewesen, wenn er den Münsterplatz überquerte, unterwegs zur Bank, um die Einnahmen des vergangenen Tages einzuzahlen.

Egmont Taube ließ das Bild eine Weile in sich ruhen, dann hörte er, wie draußen der Regen einsetzte. *Maienregen, davon wächst man.* Warum nur suchte ihn wieder dieser Kindergedanke heim, den einmal seine Großmutter für ihn allein oder für alle Kinder in die Welt gesetzt hatte. Er lag wieder auf dem Rücken, starrte an die Decke und hörte zu, wie der Regen auf die Stadt fiel. Er roch nach Mai, nach den Blüten der Bäume. Nach dem ersten Grün der Birken und nach dem Flieder, der im Garten seiner Kindheit noch immer blühte. Er hörte die Münsterglocken schlagen. Sie schlugen für ihn. Ein letztes Mal, wie er hoffte. Dann schloss er die Augen und zitierte flüsternd Michel de Montaigne: *Ich sehe, Gott sei Dank, meiner Todesstunde so gefasst entgegen, dass ich gehen kann, wenn es mir gefällt, ohne dass mir der Abschied von irgendetwas schwer würde. Ich löse allmählich alle Bindungen. Von allen kann ich leicht Abschied nehmen, außer von mir.*

Dann war er bereit zu sterben und traf alle Vorkehrungen dafür.

*

Sie hatten doch alles richtig gemacht. Britta sah mit scheuem Blick zu ihm herüber. Lott runzelte die Stirn, wartete, bis sie gerufen wurden. Ein Vollzugsbeamter holte sie ab und ließ sie vor Taubes Zelle warten. Britta war nervös. Sie zupfte an sich herum, schaute gehetzt in alle Richtungen und hatte Probleme, ruhig auf dem ihr zugewiesenen Platz stehen zu bleiben. Sie dachte an den Buchhändler und daran, wie sie ihm heute begegnen würde. Sie nahm sich vor, eine aufgeschlossene, unverkrampfte, von gegenseitiger Achtung geprägte Atmosphäre zu schaffen. Eine Situation wie bei einer ersten Kontaktphase, die dazu genutzt wird, Gesprächsbereitschaft zu erzeugen, einen inneren Draht zu der vernehmenden Person herzustellen. Sie senkte den Blick. Als sie ihn wieder hob, bemerkte sie, wie ein Vollzugsbeamter aus der Zelle, in der vermutlich Egmont Taube untergebracht war, mit gespielter Gelassenheit zu ihnen trat.

»Sie können da jetzt nicht rein«, murrte er.

»Und warum nicht?« Lott horchte nach.

Der Vollzugsbeamte schwieg erst, dann sagte er: »Wir haben eine Leiche. Ich muss die Zelle sichern, bis der Arzt hier ist.«

Plötzlich tauchten Marlies und Lohner auf, noch vor dem Arzt. Ehe Lott etwas fragen konnte, teilte Lohner mit, dass Egmont Taube sich wohl das Leben genommen habe. Kurz darauf traf der diensthabende Amtsarzt ein und stellte den Totenschein aus. Als alle ihre Arbeit getan hatten, betraten Britta und Lott die Zelle.

Neben der Leiche fanden sie Egmonts Zeilen, die er hinterlassen hatte, vor. Es waren Montaigne-Zitate, die er an Stelle eines Geständnisses, als Erklärung für diesen Schritt, wohl passender fand.

Lott schaute zu Britta hinüber, sah ein paar Tränen, die über ihre Wangen rollten, ehe sie diese hastig wegwischte, um sie ungeschehen zu machen. Lott drückte ihren Arm. Dann verließen sie gemeinsam die Zelle.

*

Die Wolken hingen tief über der Landschaft. Hie und da aber brach die Sonne durch und beanspruchte den ganzen Horizont, um standesgemäß unterzugehen. Sie fuhren bereits hinter Blaustein der Alb entgegen. Britta lenkte mit trügerischer Leichtigkeit den Wagen. Beide schwiegen sie. Lott erinnerte sich, wie sich Britta oft wundgeredet hatte und wie er mit einer Stimme um sich warf, die Britta erschrecken musste.

Unter seinen eigenen Worten war er aufgeblüht, allein zu dem Zweck, diesen Fall endlich zu lösen. Nun war der Fall gelöst und sie schwiegen beide.

Lott flüsterte ihr, nur um etwas zu sagen, fragend ins Ohr: »Soll ich dich ablösen?«

Britta wehrte ab: »Nein, ist schon in Ordnung.«

Ihr Lächeln klebte an ihm. Er grinste zurück. Aber so, als wolle er damit eine turbulente Szenerie eröffnen, was ihm gründlich misslang. Aber auch Britta gaukelte sich etwas vor, wenn sie sich einreden wollte, gute Arbeit geleistet zu haben, denn sie schaute wehleidig zu Lott hinüber und eher so, als hätten sie gerade eine Schlacht verloren.

Lotts Handy meldete sich. Hilbinger war dran. Und stürmte gleich los.

»Hab das mit Ulm gehört, gute Arbeit«, lobte er.

Lott zuckte zusammen. Wenn Hilbinger einen lobte, dann wollte er was.

Lott schwieg deshalb und wartete ab.

»Ich brauche Sie hier, Sie beide. Die Kollegin ist doch bei Ihnen?«

Lott bejahte und fragte, was denn so dringlich wäre.

»Na ja, das meist Übliche. Korruptionsverdacht im eigenen Laden.«

Lott stöhnte hörbar auf.

Hilbinger registrierte das.

»Der Korruptionsverdacht weitet sich auch auf die Ulmer Stadtverwaltung aus«, fuhr Hilbinger fort. »Und Ulm, das ist doch *Ihr* Pflaster!«

»Wenn schon«, wehrte Lott ab. »Unser Dezernat ist derzeit mit 15 Personen besetzt, alles Leute im gehobenen Dienst, die nicht zum ersten Mal mit einem Fall möglicher Korruption konfrontiert werden.«

»Sie kennen die Ulmer besser als die Kollegen hier. Man zählt dort auf Ihre Neutralität.«

»Wie bitte?«, entfuhr es ihm.

Aber dann ließ Lott ihn ausreden. Obwohl er es satt hatte. Wer ermittelt schon gerne gegen die eigenen Kollegen. Und muss sich dann den Vorwurf gefallen lassen, dem »Landjägerverfolgungskommando« anzugehören. Zudem hasste er den Jargon, den die Interne dafür benutzte. Diese verharmlosende Redensart: *Landjägerverfolgungskommando.* Mit beißendem Witz hätte er Hilbinger antworten mögen, aber erst als der schon aufgelegt hatte, fiel ihm ein treffender Satz dazu ein: *Du bist das Pfeifchen, nach dem jeder tanzen soll.* Wie so oft kamen ihm die treffenden Sätze erst, wenn die Situation schon eine andere war.

Britta schaute ihn von der Seite her an, als wüsste sie Bescheid. Und flüsterte ihm, wie zur Bestätigung, dieses ungeheuerliche Wort zu: *»Landjägerverfolgungskommando.«*

Und lachte dann drauflos.

Da schrumpften selbst die Sterne, die am Himmel zu leuchten begannen, zu Kleinkram. Oder Britta hatte sie weggeschoben, mit einem einzigen Blick? Halbfremde Schicksale gehörten doch zu ihrem Alltag. Sie schaute wieder zu Lott hinüber und versuchte dabei freundlich zu wirken, musste aber einsehen, dass sie es doch nicht hinbekam. Lott war in seinem Missmut gefangen. Aufmunternde Worte, jedem Satz zur Verstärkung beigegeben, blieben ohne jedes Echo.

Lott starrte aus dem Fenster. Nicht bereit, selbst eine knurrende Bestätigung von sich zu geben. Er spürte das geringe Gewicht ihrer Äußerungen, dagegen kam er an, er bekam aber auch nicht den Blick von ihr fort. Eine gegenseitige Anhänglichkeit, die sie verband.

Vielleicht, dachte Lott, hätte sie einfach schweigen sollen.

*

Mara kam der Mutter aufgewühlt entgegen, als würde sie spüren, dass es heute wieder nach Hause ging. Elli aber bestand auf ein letztes, gemeinsames Abendessen. Britta war es recht und Mara hatte Hunger. Lott holte eine Flasche Wein aus dem Keller, »Hagnauer Sonnenufer«, während Elli Felchenfilets, Butterkartoffeln und grünen Salat auftischte. Britta hatte währenddessen schon einmal die beiden kleinen Koffer gepackt, in denen sie Nachtzeug und Unterwäsche neben anderer Kleidung hergebracht hatte.

Während des Essens wurde viel Belangloses geredet, als müssten sich alle nach den aufwühlenden Gesprächen in der letzten Zeit davon ausruhen. Mit keinem Wort wurde der zurückliegende Fall erwähnt. Er war abgeschlossen und Lott hatte einen Deckel draufgemacht. Was vor ihnen lag, die Ermittlung gegen die eigenen Kollegen, wurde ebenfalls unter Verschluss gehalten. Small Talk war angesagt. Laue Mitteilungen über eventuelle Urlaubsreiseziele sowie in den Mittelpunkt gezerrte Alltagsangelegenheiten, die niemand wirklich interessierten. Auch Maras aktuelle Schulsituation diente lediglich der Unterhaltung. Als niemand mehr etwas zu sagen wusste, räumten die Frauen den Tisch ab. Die Verabschiedung dauerte ein paar Minuten länger als vorgesehen, weil Mara immer noch irgendetwas von ihren Sachen vergessen hatte mitzunehmen.

Die Rufe des Uhus, des Königs der Nacht, tönten von der Wanduhr. Es war 22 Uhr. Mara horchte. Ihr gefiel Lisas sinniges Geschenk, und sie wusste bald alle Namen der Vögel, die sich in dieser Uhr versteckten, auswendig. Jede Stunde hatte ein anderer Vogel die Aufgabe, anzukündigen, welche Stunde es geschlagen hatte. Jetzt war der Uhu an der Reihe. Mara lachte und imitierte ihn. Britta aber drängte zum Aufbruch und half ihr in die Jacke.

*

Elli lag, mit einem Buch in den Händen, bereits im Bett. Als Lott ins Schlafzimmer kam, sagte sie, auf das Buchcover deutend: »Martin Walser.« Und zitierte daraus:

»Was kann uns schon passieren. Wir sterben doch.«

ENDE

VERWENDETE LITERATUR

Teiko Inahata, Erste Haiku-Schritte – eine Fibel, Haiku-Verlag München 1986.

Yoel Hoffmann, Die Kunst des letzten Augenblicks, Herder Verlag Freiburg 2000.

Haiku – Japanische Dreizeiler, Reclam Verlag 1995.

Japanische Jahreszeiten Tanka und Haiku aus dreizehn Jahrzehnten, Manesse Verlag 1963.

Haiku – Japanische Gedichte ausgew. v. Dietrich Krusche, dtv 1994.

Imma von Bodmershof, Haiku, dtv 2002.

Haiku – Japanische Dreizeiler hrsg. Jan Ulenbrook, Heyne 1979.

Markus Erlwein / Doktor Inigo Fajardo, Umweltkriminalität – Interview mit einem spanischen Umweltfahnder zu den bayerischen Luchsmorden, in: Vogelschutz, Ausgabe 3/2015 – Das Mitgliedermagazin des LBV

Doktor Norbert Schäffer, Standpunkt, in: Vogelschutz, Ausgabe 3/2015 – Das Mitgliedermagazin des LBV

Walter Hahn, Eine Wanderung durch den Schönbuch, Fest- und Heimatverlag Aalen 1956.

Ackermann/Clages/Roll, Handbuch der Kriminalistik, Borrberg Verlag 2000.

Michel de Montaigne, Essays